Good Girl Turned Bad

EDIZIONE ITALIANA

BLOOD MONEY BILLIONAIRE
LIBRO DUE

BLAIR BUTLER

FIRE FINCH

FIRE FINCH PRESS

Good Girl Turned Bad

BLOOD MONEY BILLIONAIRE, LIBRO 2

La Brava Ragazza Diventata Cattiva

BLOOD MONEY BILLIONAIRE, LIBRO 2

CAPITOLO 1

Manette

ALISTAIR

Non mi piace lasciare Ivy.

Se dipendesse da me, la porterei ovunque vado, o, meglio ancora, resterei con lei in hotel senza mai lasciare la camera da letto. Mi sentivo così anche prima che fosse aggredita, ma ora questa sensazione è amplificata al punto che mi sembra di aver perso una parte di me stesso quando siamo separati.

Che cliché. Non che me ne freghi qualcosa. Tutto ciò che mi importa è lei, e non cambierei questo per nulla al mondo.

Quel giorno in cui è scomparsa mi perseguiterà per tutta la vita. La consapevolezza di essere stato così vicino a perderla mi fa impazzire. Parlo di vera pazzia, come quelle storie che si sentono di persone che perdono la testa. Che si buttano dai grattacieli. Che lanciano le auto contro gli alberi. Che aprono il fuoco su chissà chi.

Tutto quello che so è che sono stato fortunato. Ho avuto una seconda possibilità con Ivy e ho intenzione di trattarla come la regina che è.

Il trauma che ha subito è ancora fresco nelle nostre menti. Syd dice che il Dr. Sandringham aiuterà Ivy con il suo PTSD. Io ho bisogno di qualcosa di diverso per superare il mio. La vendetta è stata un buon inizio, ma ho bisogno di altro.

Purtroppo, ho potuto uccidere Jeffrey fottuto Bates una volta sola.

Ora ho bisogno di qualcos'altro per trasmutare la mia furia. La mia paura.

La mia violenta ruminazione viene interrotta dal ronzio smorzato del mio telefono. Mi riporta dalla mia testa al mio corpo. Faccio un respiro e lo raggiungo, la mia mano passa sul cappotto di cashmere ed entra nella tasca foderata di seta.

Christopher.

«Ehi», dico. «Che succede?»

«Non certo il nostro portafoglio azionario», risponde. «Maledetti pirati delle criptovalute che bloccano i nostri scambi. Gli investitori scappano come se potessero ottenere un rendimento migliore altrove».

«Passerà». Queste cose passano sempre.

«Passerà solo se facciamo qualcosa», sbotta Chris. «Prima lo facciamo, meglio è».

Mio fratello è una testa calda. È sempre stato quello che salta prima di guardare. E questo lo mette nei guai di continuo.

Guardo fuori dal finestrino dell'auto. È grigio e nebbioso, e la città sembra monocromatica. «Che cosa hai in mente?»

«Non lo so ancora. Questo è un territorio nuovo».

«Organizza un incontro con Laszlo e la squadra. Lui avrà qualche idea. Fai mettere l'appuntamento nella mia agenda da Gazinski».

«Lo sai che sono il tuo socio, non il tuo dipendente, vero?»

«Solo perché mamma ci ha dato quote uguali dell'azienda non ti rende il mio socio, Christopher».

«Odio quando tu-»

«Parliamo dopo», dico, e termino la chiamata. Non ho spesso tempo per le sue lamentele, ma oggi non le sopporto. Ho questioni più urgenti di cui occuparmi.

Ivy ha accettato di trasferirsi da me. Ancora non ci posso credere.

Ci conosciamo da meno di una settimana, eppure entrambi sappiamo che eravamo destinati a stare insieme. Diavolo, l'ho saputo dal primo momento in cui ho posato gli occhi su di lei: è stato un colpo di fulmine che si è rapidamente trasformato in qualcosa di più profondo. Incontrare Ivy ha ribaltato molte delle mie opinioni precedenti, ed è uno dei motivi per cui la trovo così interessante.

Detto questo, introdurla nel mio mondo non sarà privo di sfide. Sono ansioso che quando conoscerà il vero me - l'uomo ferito con le mani sporche di sangue - si allontanerà. Lei è così pura, e io sono... l'opposto.

Ho fatto sembrare facile invitarla a venire a vivere con me, come se non fosse un grosso problema. Ciò che lei non vede - ciò che le nascondo - sono le ore che passo sveglio di notte, sapendo che sto facendo una cosa terribile portandola nella mia vita. La prima notte insieme ha scherzato dicendo che ero un kraken. Non sapeva quanto fosse vicina alla verità. Sono un mostro oscuro che la trascina nel mio abbraccio, le mie braccia che la avvolgono mentre lei sorride.

Scuoto la testa, cercando di scacciare l'immagine inquietante. No. Non sono un mostro. A volte mi sento come tale, ma questo non lo rende vero. Devo fare ciò che è necessario per proteggere la mia famiglia, e talvolta questo comporta astuzia, conflitto e varie forme di violenza. Non sono un mostruoso kraken; sono un cane che ha dovuto imparare a mordere. Scivoliamo fino a fermarci davanti all'edificio R.E. e sono grato di essere costretto a uscire dai miei cupi pensieri prima che ritornino ai miei peggiori ricordi - ricordando la terribile perdita che la mia famiglia ha subito. Oggi non sarà un giorno di lutto, ma di celebrazione di nuovi inizi.

Saluto Macavoy e mi dirigo a grandi passi nell'ingresso girevole dell'edificio di vetro. Noto, non senza affetto per Ivy, che la vernice verde neon che aveva temporaneamente deturpato le insegne è stata completamente rimossa. All'ingresso, Rafael Gazinski mi viene incontro nell'atrio con un flat white fumante.

«Buongiorno, signore».

La maggior parte degli assistenti personali rimane alla scrivania finché il capo non arriva in ufficio, ma a Gazinski piace anticipare i tempi e risparmiare tempo informandomi sul programma della giornata mentre saliamo gli ottanta piani. Non mi sentirete lamentare. È il miglior assistente personale che abbia mai avuto. Sa gestire il mio tempo meglio di me, e l'uomo sa come fare una valigia. In breve, è una benedizione.

«Buongiorno, Gazinski».

Questo è un codice per *sono pronto per il briefing*. È un segnale che tutto è in ordine e che è ora di cogliere l'occasione. Se ometto la parte del "buongiorno", sa che solo le cose più urgenti e importanti dovrebbero essere in agenda e rinvia o annulla tutto il resto. Si farà anche da parte, tranne che per portare regolari rinforzi di caffeina. Come ho detto, l'uomo è una benedizione.

Gazinski resta vicino mentre ci dirigiamo verso gli

ascensori. È brillante nell'essere abbastanza vicino da comunicare a toni smorzati, ma allo stesso tempo non mi sento mai come se invadesse il mio spazio personale. Non molti uomini riescono a farlo, nella mia esperienza. Le donne, tuttavia, sono esperte in questo.

Entriamo nel primo ascensore disponibile e i dipendenti che lo stavano aspettando si fanno rispettosamente da parte per prendere il prossimo. Gazinski fa loro un cenno e preme il pulsante per portarci all'ultimo piano.

«Ha un appuntamento alle nove e trenta con Imelda Gothford. Dovrebbe essere relativamente veloce. Se non lo è, la interromperò con una "chiamata importante". Poi avrà tempo per lavorare con il team di Merril per assicurarsi che il progetto di sviluppo sia in linea. Sackler vuole vederla, ma l'ho rimandato a domani».

Aggrottò la fronte. «Perché?»

«Ho supposto che volesse il pomeriggio libero. Se mi sbaglio, posso semplicemente-»

«No», lo interrompo. «Hai ragione. Come sempre. Grazie, Gazinski».

Passare il pomeriggio con Ivy è esattamente quello che voglio fare. L'ascensore si ferma dolcemente ed emette un suono mentre le porte si aprono. Il mio ufficio mi aspetta: minimalista, monocromatico e recentemente pulito. Era il mio rifugio fino a quando non ho incontrato Ivy. Ora, non vedo l'ora di allontanarmene.

«Cosa vuole Sackler?» chiedo.

Gazinski alza le spalle. «Non ha detto, signore. Lo vedrà domani alle dieci. Porterà la colazione».

Sorrido e mi siedo, ma Gazinski non se ne va. Lo guardo, alzando le sopracciglia.

«Mi stavo solo chiedendo se avesse bisogno di aiuto con... questo pomeriggio».

Stringo lo sguardo. «Puoi essere più specifico?»

Gli unici piani che avevo per il pomeriggio erano di prendermi cura di Ivy nel modo in cui lei voleva.

«Mi scusi. Sto oltrepassando i limiti». Si ritira. «Mi chiedevo solo se avesse bisogno di assistenza per preparare la tenuta per la sua... ospite».

«Ivy non è un'ospite», gli dico. «E Brumilde è là».

«Certamente». Gazinski si gira per andarsene.

Mi sento generoso perché ho in mano un buon caffè caldo e un pomeriggio con Ivy Mickelson davanti a me. «Puoi prenderti il pomeriggio libero».

Gazinski sbatte le palpebre, confusione che increspa la sua fronte.

«Questo è tutto», dico, e sposto la mia attenzione allo schermo.

Ho un'assistente email che intercetta i messaggi importanti ed elimina e blocca il resto. Il suo servizio dedicato è costoso, ma pagherei il triplo. È un cambiamento rivoluzionario. Ha ridotto la mia casella di posta da oltre mille messaggi al giorno a solo una manciata a cui posso di solito rispondere prima di finire il mio primo flat white. Mentre raggiungo l'inbox zero, prendo l'ultimo sorso, poi getto il bicchiere di carta nel cestino sotto la mia scrivania. La mia mente torna alla vernice verde neon, che è diventata simbolo di Ivy. Chiamo Gazinski.

«Sì, signore?»

«Cosa volevano quelle persone? Gli ambientalisti che stavano protestando?»

«Ehm... hanno inviato un manifesto, credo. Volevano risposte su alcune cose, cambio di politica su altre».

«Come abbiamo risposto?»

«Non l'abbiamo fatto, signore. Si sono dispersi dopo le esplosioni».

«Organizza un incontro con loro e le parti pertinenti qui. Concedi loro ciò che vogliono, entro limiti ragionevoli. Io non parteciperò, ma leggerò il verbale».

«Consideri fatto».

Nonostante sappia che sarò presto con lei, mi manca troppo Ivy per concentrarmi sul lavoro. Le mando un messaggio.

ALISTAIR RAVENSCROFT
Ciao, bellissima.
IVY MICKELSON
Alistair! Mi manchi.
Gazinski mi ha dato il pomeriggio libero. Sarò all'hotel per prenderti prima che te ne accorga. Hai fatto tutti i bagagli?
Se per "tutti i bagagli" intendi che ho una scatola delle cose che mi hai comprato, allora sì. Tutto pronto.
E sono emozionata.
Avviserò il personale. Brumilde è eccezionalmente felice che ti trasferisca.
Brumilde?
Potrei chiamarla la mia governante, ma in realtà è la mia seconda madre. Si assicurerà di coccolarti.
(E di mettermi in imbarazzo.)
Metterti in imbarazzo come?
Sarà creativa al riguardo, ne sono sicuro.
Sembra che avrò una nuova migliore amica.
NBF
Comunque
Sei sicura di voler stare con me? Non voglio metterti pressione se non sei pronta. Voglio anche essere chiaro che sei benvenuta a rimanere in hotel finché lo desideri.
Ne sono assolutamente sicura.

E se decido che è un errore me ne andrò! Quindi non preoccuparti.

Non te ne andrai.

Fammi indovinare, sbarre alle finestre? Manette?

Sì alle manette, ma niente sbarre alle finestre.

Brumilde non approverebbe.

LOL

Non te ne andrai perché ti renderò la donna più felice del mondo.

Cosa ti rende l'esperto della felicità femminile globale?

La mia vasta conoscenza degli orgasmi, per cominciare.

Questo non lo contesto.

Eccellente. Ci vediamo tra un paio d'ore.

Non vedo l'ora!

Mi appoggio allo schienale della sedia e sospiro. Non merito Ivy Mickelson, ma passerò il resto della mia vita cercando di meritarla.

CAPITOLO 2
Bastone Gigantesco

IVY

Sento delle discussioni fuori dalla porta e il cuore mi si blocca in gola. La mia mente torna immediatamente a Jeff che mi urla contro. Comincio a tremare. Mi avvicino con cautela alla porta d'ingresso per scoprire cosa sta succedendo.

«Si allontani dalla porta, o sarò costretto a trattenerLa», sento dire a Henderson.

«Oh, vaffanculo, zoticone», dice una voce che conosco meglio della mia. La mia ansia svanisce. Corro gli ultimi passi e spalanco la porta, facendo sobbalzare sia Henderson che Becks.

«Becks!»

Si libera dalla presa di Henderson e mi avvolge. «Ives», sussurra. «Ero così fottutamente preoccupata». Mi stringe così forte che mi fa male, ricordandomi i pugni di Jeff.

Henderson non è contento.

«Va bene», gli dico. Più che bene.

«Signora», dice Lucky. «La signorina Rebecca Bradley è nella lista pre-approvata dei visitatori, ma-»

«Ma cosa?» grida la mia migliore amica, belligerante come sempre.

Henderson completa la frase. «Ma deve suonare il campanello prima di... entrare così».

«D'accordo», gracchio. «Mi assicurerò che lo faccia la prossima volta».

Henderson lancia un ultimo sguardo di disapprovazione a Becks, poi chiude la porta.

Becks ridacchia. «Quell'irlandese ha un bastone gigantesco su per il sedere».

«In realtà è adorabile», dico, sperando che sia abbastanza forte perché Henderson lo senta, ma le mie corde vocali sono ancora danneggiate dall'inalazione del fumo. Prendo a braccetto Becks. «Vieni. Ti mostrerò la catapecchia in cui ho vissuto, poi possiamo prendere un tè».

«Hai una voce di merda. Ancora peggio di quando eri al telefono».

«E ho un aspetto peggiore della mia voce», rispondo. Un occhio nero, un labbro gonfio. Almeno il mio dente nuovo e la costola fratturata non sono in bella vista.

Becks mi guarda e deglutisce. Trattiene a stento le lacrime. «Non posso credere che quel bastardo ti abbia fatto questo».

«Me la sono cavata a buon mercato. Lorna e Jamie sono ancora in ospedale. Siamo stati con loro ieri sera. Jamie è assolutamente disperato per Lorna. Si sta colpevolizzando per aver fatto entrare Jeff in casa».

Le guance di Becks si arrossano di rabbia. «Questo mi fa infuriare. Maledetto Jeff. Vorrei poter...» Stringe i denti, troncando il resto della frase.

«Anch'io», dico, accarezzandole il braccio. «Ma ora è sparito. Siamo al sicuro».

«Come fai a saperlo?»

Non ho voglia di discuterne in quel momento. Forse un'altra volta, quando le cose si saranno calmate e la vita non sembrerà così surreale. «Alistair se n'è occupato».

Becks mi lancia un lungo, duro sguardo. Penso che capisca che non sono pronta per una ramanzina, quindi lascia perdere. So che l'argomento riaffiorerà presto - dopotutto è una giornalista investigativa.

«Dunque, questa è la cucina», dico, accendendo il bollitore.

Becks fischia. «È proprio una topaia. Capisco perché sei così disperata di andartene da qui».

«Oh sì», concordo, facendo una faccia buffa. «È assolutamente terribile. È un'assoluta vergogna. Aspetta di vedere il bagno».

Ci sistemiamo sul divano con del tè Earl Grey.

«È così strano», dice Becks.

«*Così* strano». Ogni parte della mia vita è stata strana da quando ho incontrato Alistair Ravenscroft.

«Andrai davvero a vivere con lui?»

Annuisco. «So che non ti fidi di lui, ma io sì».

Becks alza le mani come per fermarmi. «Non mi fido di lui e non credo che dovresti farlo nemmeno tu. Ma il fatto è che ti ha salvato la fottuta vita e non lo dimenticherò mai, mai. Quell'uomo è una leggenda».

«E la vita di Jamie», sussurro.

«E la vita di Jamie!» fa eco, con gli occhi spalancati per enfatizzare. «Non sopportavo l'idea che fossi nei guai dopo quella lite che abbiamo avuto. Mi sono presa a calci così forte che mi sorprende di non aver viaggiato nel tempo».

«Volevi proteggermi», dico. «Non hai fatto niente di sbagliato. Odio che abbiamo litigato. Ti voglio così tanto bene».

«Il sentimento è reciproco», dice Becks. «Ecco perché fa male quando litighiamo».

Posa il tè e mi dà un abbraccio delicato. La respiro, così grata di averla nella mia vita.

«Hai bisogno di aiuto per fare i bagagli del tuo appartamento? Visto che hai una costola fratturata e tutto il resto?»

«Alistair ha assunto qualcuno che lo faccia. Ma grazie».

Rotea gli occhi in modo scherzoso.

«Impacchetteranno solo lo stretto necessario», continuo. «Non voglio il resto. Mi farà bene ricominciare da capo dopo tutto quello che è successo».

Non sopporto l'idea di tornare in quell'appartamento claustrofobico. Mi sento soffocare solo a pensarci.

«Amen, sorella. Se qualcuno merita un nuovo inizio, sei tu».

Non so se sia vero, ma accetto. Restiamo in silenzio per un po', perse nei nostri rispettivi pensieri.

«A proposito dell'elefante nella stanza», inizia Becks. «Cosa farai riguardo alle attività... *ehm*... non proprio legali di Alistair?»

«Intendi il fatto che è presumibilmente un violento boss della mafia?»

Lei sorride. «Sì, quello».

«Voglio dire, come ti ho detto, adoro quel ragazzo per averti salvata da Bates, ma se questa fosse solo una questione di cadere dalla padella alla brace?»

«Alistair mi proteggerà. Non importa cosa accada».

«Se lo dici tu», risponde Becks.

Posso vedere quanto sia preoccupata, ma non è il panico maniaco del caffè. Non è che io sia indifferente a tutto questo, ma so di aver preso la decisione giusta - o almeno la decisione giusta per ora.

CAPITOLO 3
Ruby Rush

ALISTAIR

A mezzogiorno, sono pronto per lasciare l'ufficio per il resto della giornata. Metto in ordine la mia scrivania come piace a me: quasi vuota e con tutto perfettamente allineato. Mi alzo e prendo il cappotto. È di Savile Row. Vicuña grigio antracite, doppiopetto. Mi è piaciuto così tanto il primo che ne ho comprati altri due in tonalità leggermente diverse. Me lo infilo, godendomi la familiare sensazione di comfort che mi dà.

«Ci prendiamo il giorno libero, eh?» arriva un sussurro alle mie spalle. Sorrido e mi volto.

«Madre». Le prendo la mano e la bacio su entrambe le guance. «Cosa ti porta qui?»

Non mi preoccupo nemmeno di lanciare un'occhiataccia a Gazinski per averla fatta passare senza annunciarla. È l'unica che ha l'autorità – e l'audacia – di farlo.

«I soliti impicci», sospira, ma sta sorridendo.

«Christopher?» la incalzo.

La sua voce è nitida, il suo accento chiaro e preciso. «Tra le altre cose, sì».

«Lo terrò a freno», prometto.

«Non ha bisogno di essere tenuto a freno. Ha bisogno di galoppare. È un purosangue frustrato dai suoi limiti. Deve sfogare la sua energia distruttiva».

«Sì», annuisco. «Hai ragione, naturalmente. Me ne occuperò».

«Grazie. Verrai al pranzo di domenica? Ci sei mancato la settimana scorsa».

Penso al corpo nudo di Ivy disteso sulle lenzuola color champagne al Raven. I suoi capelli che incorniciano il suo viso perfetto, la sua pelle come seta al tatto. Preferirei di gran lunga passare la giornata a divorarla piuttosto che partecipare al formale pranzo di famiglia.

«Allora?» insiste.

«Ti farò sapere», dico. «Potrei avere altri piani».

«Hmm». Incrocia le braccia e solleva il mento. «I tuoi piani provvisori per domenica hanno qualcosa a che fare con la donna che stai trasferendo nella tenuta?»

Sogghigno. «Vedo che il passaparola della famiglia Ravenscroft è efficiente come sempre. Dirò due paroline a Brumilde per le sue chiacchiere».

«Non farai niente del genere», mi avverte mia madre. «Se non fosse per Brumilde, non avrei la minima idea della tua vita personale».

«Come dovrebbe essere».

«Sciocchezze. Sono tua madre».

«Ho trentotto anni».

«Esatto. Sei un bambino. Cosa sanno del mondo i trentottenni? Te lo dico io. Niente».

«Wow. Bello sapere che rispetti l'uomo che gestisce il tuo impero globale di grande successo».

«Non c'entra nulla il rispetto. Ovviamente ti *rispetto*. Conosco anche i tuoi limiti. Che sono molti».

«Ahi», rispondo. «Quindi sono praticamente un bambinone con gravi limitazioni. Bello sapere cosa pensi di me».

«Oh, smettila. Non prenderla sul personale. Rischi di sembrare tuo fratello».

«Dio ce ne scampi», mormoro. «Posso avere il permesso di lasciare il mio ufficio adesso?»

Isobel Ravenscroft rimane ferma con le mani sui fianchi. Indossa un abito fantastico – un turchese scintillante – e il suo caratteristico rossetto rosso acceso. Ruby Rush, lo chiama. Mia madre ha sempre avuto stile, ma è certamente migliorato dopo che papà ha lasciato l'azienda. Si è fatta valere in ogni modo.

«Ti concedo questo pranzo domenicale, ma voglio che tu sia presente al prossimo. E voglio conoscere questa tua donna».

«Sissignora», rispondo, facendole un saluto militare di scherno.

«Non potevo crederci quando ho sentito che stavi installando una donna nella tenuta. Ho quasi fatto cadere la tazza con il piattino».

Quando non appaio adeguatamente scioccato dall'immagine, aggiunge: «Era la mia Royal Crown Derby!»

Allungo la mano verso la mia sciarpa. «Catastrofe sventata, allora».

Abbassa il mento. «Proprio così».

«Devo andare», mento. Amo profondamente mia madre, ma è meglio apprezzarla a piccole dosi. «E per tua informazione, non sto *installando una donna* nella tenuta. Non è un elettrodomestico. Si chiama Ivy Mickelson, è assolutamente meravigliosa, e si trasferisce questa sera».

Isobel mi osserva per un momento, forse scrutando i miei tratti da bambinone.

«Tutto ciò che voglio è che tu e Christopher siate felici. Lo sai».

«Lo so».

«Se una donna ti renderà felice, sono completamente favorevole».

«...Ma?»

«Spero solo che tu abbia fatto le tue ricerche su di lei».

«Non è una cacciatrice di dote, se è questo che stai insinuando».

«Non sono contraria all'idea delle cacciatrici di dote, purché l'accordo sia equo. Dio sa che mi hanno chiamato così ai miei tempi, ma ho reso felice tuo padre, quindi è stato vantaggioso per entrambi».

«Tu rendi ancora felice papà. Non posso credere che qualcuno abbia avuto l'audacia di chiamarti cacciatrice di dote».

«Solo ragazze invidiose, e sempre alle mie spalle. Ma non mi è mai importato. Non fa male quando non è vero. Ho sposato tuo padre per amore all'antica: un affetto profondo e duraturo. Spero che tu trovi un amore simile».

«In tal caso, credo che sarai contenta». È un'affermazione audace, ma vera. Nella mia mente, io e Ivy staremo insieme per sempre.

Madre sembra sorpresa, ma non infelice. «Bene, allora», dice, lisciandosi il vestito. «Non vedo l'ora di conoscerla».

In macchina, mentre vado da Ivy al Raven, ripenso alla conversazione con mia madre. Sembra essere sospettosamente aperta all'idea della mia "nuova donna". Non che abbia avuto una "vecchia donna". Fidanzate, sì. Fidanzate che ho presentato ai miei genitori? Assolutamente no. Troppi bagagli, troppe complicazioni, troppi segreti in attesa di giocare a Whack-a-Mole – o Acchiappa-il-Topo, qualunque sia il parassita che preferisci massacrare.

Ma... Ivy.

Sarà doloroso introdurla nella famiglia, e pieno di rischi. Ma ho poca scelta in materia se vogliamo stare insieme. Renderò la transizione il più fluida e facile possibile per lei e spererò in Dio che non si allontani.

CAPITOLO 4
Minacce Vane

IVY

Becks è andata via da ore. Sto seduta in salotto, a guardare l'orologio, aspettando Alistair come una scolaretta alla fine di una lunga giornata. Sono così emozionata di vedere la sua casa. Mi aspetto un design contemporaneo brutalmente moderno con arredi minimalisti. Neutro e grigio. Metallico e nero. Fantastico di comprare fiori per portare un po' di calore, un po' di morbidezza.

Vado di nuovo allo specchio per osservare lo stato delle mie varie ferite. Di solito preferisco evitare il trucco pesante, ma il mio occhio nero aveva bisogno di un serio camuffamento. L'occhio stesso è ancora un po' arrossato. Non c'era molto che potessi fare per il labbro gonfio se non evitare di evidenziarlo con il gloss. Inspiro per verificare quanto sia dolorosa la mia costola, e questa mi ricompensa con il dolore sordo della guarigione.

ALISTAIR RAVENSCROFT
   Come sta la Polmonite Nera?
IVY MICKELSON

Molto meglio, grazie. Anche la voce migliora.

Peccato. La voce da inalazione di fumo è sexy da morire

Sei impossibile.

Ignorerò questo commento. Sto arrivando. Devo prendere qualcosa per te?

Antidolorifici? Pastiglie per la gola? Lingerie costosissima?

Perché la lingerie sicuramente aiuterà la mia situazione.

La lingerie aiuta in qualsiasi situazione.

Non posso fare a meno di pensare a Putin con un completino di pizzo e copricapezzoli.

Gelato?

Se mangio altro gelato, non mi entrerà più nessuna lingerie, non importa quanto sia costosa.

Più di te da amare.

Aggiunge una GIF divertente di un uomo che si sfrega le mani e muove le sopracciglia in modo allusivo.

Smettila e arriva subito!

Sono così nervosa. E non posso fare respiri profondi perché fa male.

Non c'è niente di cui essere nervosa. Penso che ti piacerà la tenuta.

Se non ti piace, ne prenderemo una che ti piace.

E se non piacessi a Brumilde?

Allora troveremo qualcuno che piacerà a Brumilde.

Rido ad alta voce. Fa male.

L'umore di Henderson sembra migliorato. Forse è felice di tornare alla tenuta. Prende una delle mie scatole, e Alistair afferra l'altra. Le poche cose che volevo dal mio appartamento sono già state consegnate ad Ascot Grange. È strano come quasi tutto quello che possiedo sia contenuto in pacchi così piccoli. Mi aspetterei una sensazione di scarsità, di costrizione, ma l'emozione opposta galleggia nel mio petto: una sensazione bella, leggera e aperta di speranza per la mia nuova vita. Sorrido ad Alistair, e lui ricambia, mettendo la sua mano calda sulla parte bassa della mia schiena.

«Hai preso tutto?» chiede.

Annuisco. «Credo di sì.»

Tutto ciò di cui ho davvero bisogno è lui, ma non lo dico ad alta voce.

Nel sedile posteriore della limousine, mi prende la mano. «Sono così felice che tu venga a stare da me.»

«Anch'io,» rispondo.

Sembra un po' formale e ha un'espressione seria sul volto divino. Non lo ammetterà, ma penso che potrebbe essere nervoso quanto me. Per alleggerire l'atmosfera, gli prendo la mano e la sposto sotto la mia gonna. I suoi occhi si addolciscono immediatamente di desiderio, come se avessi appena premuto un interruttore. Lo guardo, rendendo chiara la mia intenzione. Alistair attiva la funzione privacy, facendo scurire i finestrini e alzare il divisorio del compartimento posteriore.

«Visto che hai portato la limousine...» dico. «Così tanto spazio e privacy. Non vorrei sprecarli.»

Le labbra di Alistair si curvano verso l'alto. «Come

precedentemente concordato, detestiamo l'idea dello spreco.»

Inizia a muovere la mano, accarezzandomi attraverso le mutandine. È così caldo e piacevole. Sospiro. Si avvicina di più e le mie cosce si aprono automaticamente. Sanno chi comanda. Alistair si china e mi bacia dolcemente, il che mi fa sentire come se fossimo adolescenti arrapati sul sedile posteriore dell'auto di qualcuno. La sua mano mi accarezza sotto la gonna, aumentando la sensazione. Gemo piano. So che c'è un'insonorizzazione, ma quello che stiamo facendo sembra così proibito che mi contengo. Spingo fuori il petto, desiderando che mi tocchi il seno, volendo i miei capezzoli nella sua bocca. La costola mi fa male, ma il mio bisogno è più forte del dolore. È una vittoria mentale: il mio desiderio per Alistair vince contro la ferita inflitta da Jeff.

Alistair percepisce la mia brama crescente e ringhia. «Non voglio farti male.»

«Non mi farai male,» prometto.

Intreccia le dita tra i miei capelli e mi bacia più forte, e io apro di più la bocca per farlo entrare. La mia vagina ora sta brillando, calda e gonfia sotto il suo tocco magico.

«Sbottonati la camicetta,» mormora. «Lo farei io, ma ho le mani occupate.»

Ridacchio e inizio dal primo bottone. Prima di sganciarlo, decido di stuzzicarlo.

«Dimmi cosa mi farai stasera alla tenuta.»

Le mie dita accarezzano il bottone ricoperto di tessuto nero, aspettando la sua risposta.

«Beh,» risponde. «Prima, ti mostrerò il nostro letto. Penso che lo approverai.»

«Mmhmm?» Faccio scivolare il primo bottone.

Alistair sposta di lato le mie mutandine e riprende il

suo ampio movimento circolare, mormorando il suo piacere per quanto sono bagnata.

«Poi, molto lentamente, ti toglierò i vestiti.»

Sbottono il secondo bottone. «Continua pure.»

«È qui che ti metto nella vasca idromassaggio. Verso lo champagne.»

«Conosco questa routine,» dico, fingendo di non essere impressionata. La nostra prima notte insieme.

«Credimi,» ringhia. «Niente di quello che ti farò stasera sarà di routine.»

«Ah,» ronzo, slacciando il terzo bottone. Il mio orgasmo si sta già avvicinando. «Quindi è per cullarmi in un falso senso di sicurezza, poi farai di me quello che vuoi.»

«Aprirò la mia piccola borsa di trucchi e deciderò quale usare su di te. Ma non prima di averti massaggiato tutto il corpo con olio e averti leccato la figa.»

Un altro bottone.

«Nessuno mi ha mai fatto venire come fai tu,» sussurro.

Alistair si schiarisce la gola e aggiusta la sua posizione. Metto la mano sui suoi pantaloni dove il suo cazzo sta tendendo il tessuto. Geme. «Dio mi aiuti, Ivy. Voglio scoparti da toglierti il respiro proprio qui in macchina.»

«Non fare minacce vane.» La mia voce è ansimante mentre il piacere aumenta. Slaccio un altro bottone, e la mia camicetta è ora abbastanza aperta perché Alistair prenda il mio seno nella sua mano. Lo tira fuori dal reggiseno e lo tiene nel palmo mentre abbassa la testa per accarezzare il capezzolo. Il calore nel mio bacino si espande così che tutto il mio busto vibra del mio bisogno di lui. Le dita di Alistair sono scivolose ora, e le spinge bruscamente dentro di me. Sussulto per il brivido improvviso e cerco di trattenere l'orgasmo. Le sue dita dentro di me sono incredibili, semplicemente perfette, ma non voglio venire da sola.

Mi affretto a cercare la sua fibbia della cintura, slacciandola insieme ai suoi pantaloni. Tiro giù con forza i suoi boxer di seta tesi, liberando il suo magnifico cazzo duro.

«La mia costola,» dico. «Dovrò stare sopra.»

«Chi è che fa minacce vane adesso?»

Mi metto a cavalcioni sulle sue gambe, rivolta verso di lui, disperata per averlo dentro di me. Afferra i miei seni e li succhia. Tiro di lato le mutandine con una mano e guido il suo cazzo verso la mia apertura con l'altra. Mi abbasso di un centimetro ed entrambi gemiamo per l'assoluto piacere. Leggermente stordita, mi abbasso ancora e lascio uscire un gemito lungo e basso.

«Cazzo,» mormora Alistair nel mio petto. Mi stringe più forte così che il suo viso è soffocato dai miei seni. Rimaniamo così per un momento, godendoci la sensazione. Respiriamo profondamente, occhi chiusi, deliziandoci nell'intensa intimità della posizione.

Uso le cosce per spingere su, poi scendo con facilità – fino in fondo – e sussulto di nuovo.

«Così fottutamente profondo,» sussurro. Mi sto avvicinando. Mi muovo su di lui per un po', godendomi la sensazione della sua piena lunghezza dentro di me, il modo in cui mi allarga completamente.

Alistair soffia un respiro. Forse trova difficile non prendere il controllo e semplicemente spingersi dentro di me. Inizio a cavalcarlo, spingendo il suo viso nei miei seni mentre scivolo lungo il suo enorme cazzo. I suoi denti sfiorano un capezzolo e io grido. *Così vicina.* Sto riprovando quella sensazione quando i miei arti evaporano e tutto ciò che sono è vagina, seni e bocca. Una felicità vertiginosa prende il sopravvento.

«Sto per venire,» sussurro nel suo orecchio. «Verrai con me?»

Risponde con un gemito. Ancora profondamente dentro di me, stringo il suo cazzo il più forte possibile e inizio a cavalcarlo sul serio. Mi concentro intensamente nel trattenere il mio orgasmo, ma il movimento scivoloso di lui dentro di me mentre stringo così forte minaccia di travolgermi. Un basso gemito rotolante mi sfugge. Afferro i miei seni oscillanti, pizzicando i capezzoli e guardando negli occhi di Alistair. Ciò che vedo lì mi spinge oltre il limite. Perdo il controllo della metà inferiore del mio corpo, gridando e tremando forte, mantenendo tutto il tempo il contatto visivo. Alistair si morde il labbro mentre mi guarda venire. È così intensamente intimo – più di qualsiasi altra cosa abbiamo fatto. Sto ancora venendo quando lui inizia. Afferra la mia mascella e stringe i denti, un avvertimento a non chiudere gli occhi; una supplica a rimanere con lui, a rimanere connessi in ogni modo.

E io rimango con lui; una corrente ci unisce. Tutto il suo corpo si irrigidisce. La mia vagina ancora palpitante, lo cavalco ancora un po' finché non geme forte. Sento il suo cazzo contrarsi contro i miei muscoli interni che lo tengono stretto. Geme di nuovo e trema sotto di me finché non è finito.

La fronte di Alistair cade sul mio petto. Passo le dita tra i suoi capelli e bacio la sua testa. Lui dà un morso giocoso alla mia spalla. Sto per scendere da lui quando la limousine si ferma con un movimento fluido.

Alistair sorride. «Sembra che siamo arrivati.»

CAPITOLO 5
I Segugi

IVY

Il grande cancello nero con dettagli dorati si apre rassicurantemente piano, dandomi abbastanza tempo per scendere dalle gambe di Alistair e sistemarmi la gonna e i capelli. Mi affretto a riabbottonarmi la camicetta. Anche se mi sto concentrando per rendermi presentabile, non posso ignorare la vista fuori. Il lungo viale sinuoso è fiancheggiato da antiche querce che ombreggiano il tappeto smeraldo sottostante. Quando il sole rompe le nuvole, i raggi frammentati illuminano i bellissimi alberi secolari e mi si mozza il respiro in gola. Lancio ad Alistair uno sguardo stupefatto, senza timore di mostrargli quanto sia in soggezione davanti a questo paesaggio. Lui sembra compiaciuto e mi stringe la mano. La dimora appare alla vista e il mio cuore si gonfia. Muri di pietra color miele ricoperti di edera e glicine sono dipinti d'oro dal sole del tardo pomeriggio. Noto comignoli ornati, finestre a piombo e un ingresso maestoso con porte in legno intagliato. Il giardino è meticolosamente curato, vivace di fioriture vibranti.

Sono sbalordita da tanta bellezza e, allo stesso tempo,

sollevata che non sia un'enorme mostruosità. Avevo pregato qualsiasi dio disposto ad ascoltarmi che non fosse una villa con dodici camere da letto e l'impronta ecologica di un aeroporto, perché per quanto adori Alistair, non avrei potuto convivere con la mia coscienza. Questa sembra assolutamente perfetta. Grandiosa, elegante, incredibilmente affascinante e non sovradimensionata. Distolgo lo sguardo per guardare nuovamente Alistair.

«Wow. È... perfetta.»

Vedo sollievo anche nei suoi occhi, e mi stringe ancora la mano.

Macavoy rallenta gradualmente sulla ghiaia scricchiolante. Faccio un altro respiro profondo. Sono così eccitata e nervosa che non so cosa fare di me stessa, ma quando Alistair mi sorride, mi sento più calma.

Macavoy apre la mia portiera e mi aiuta a scendere. Quando lo ringrazio, credo di vedere una sorta di conferma nella sua espressione, forse ottimismo che il suo datore di lavoro finalmente si sistemi. Poi la porta d'ingresso si apre e c'è un turbinio di abbai e code scodinzolanti mentre due cani escono come fulmini, lanciandosi verso Alistair tra guaiti felici e leccate.

Alistair ride mentre li rimprovera. «A terra», ordina con fermezza. «A terra!» Poi li accarezza entrambi quando obbediscono.

Sono sbalordita che Alistair abbia dei cani. Non li ha mai menzionati, e non ho mai visto nemmeno un singolo pelo di cane sui suoi costosi completi scuri. Non si addice proprio all'immagine del freddo capo aziendale che immagino sia fuori dalla camera da letto.

«E questo chi è?» chiedo, accarezzando il golden retriever dagli occhi dolci che viene ad annusarmi. Il suo mantello immacolato è quasi bianco, e ha un'espressione sorridente mentre ci studiamo a vicenda.

«Quello è Reacher», dice Alistair. «E questa è Bijou.»

Scoppio a ridere. Bijou è un piccolo bulldog francese nero con un collare azzurro cielo luccicante. È la cosa più dolce. Mi accovaccio per accarezzarla e lei ansima, in stile carlino, con la lingua fuori.

«Più che Bijou, Principessa Bijou», le sussurro. Lei ansima in segno di approvazione. «Chi è una brava bambina?» le chiedo, e lei abbaia. Reacher si avvicina per ricevere la sua parte di coccole. «Anche tu», gli dico mentre gli scompiglio il pelo.

«Non avrei mai potuto tenere un cane in quell'appartamento», dico ad Alistair. «Ne ho sempre desiderato uno.»

Era uno dei motivi per cui l'appartamento di Camden non mi è mai sembrato casa. Jamie ed io abbiamo sempre avuto animali domestici crescendo, e i miei genitori hanno ancora un bel po' di bestiole. Reacher e Bijou mi guardano, felici di avere una nuova amica.

«Ah», sospiro. «Che meraviglia.»

Un'ombra cade sul terreno dove sono accovacciata. Alzo lo sguardo e vedo una donna che immagino sia Brumilde. Mi alzo velocemente e mi pulisco le mani sui vestiti, rivolgendo alla governante quello che spero sia un sorriso accattivante.

«Brumilde», dice Alistair con affetto, «ti presento Ivy.»

Il suo viso è amichevole, cosa di cui sono grata. Desidero disperatamente che le piaccia. «Signorina Mickelson.» Mi tende la mano. «Piacere di conoscerLa.»

«Ivy, per favore. Chiamami Ivy.» I miei nervi mi rendono irrequieta, e le mie parole escono troppo velocemente. Cerco di rilassarmi. «Piacere di conoscerti anche per me, Brumilde.»

Lei sorride. «Vedo che hai conosciuto i segugi.»

«Sì», rido. «Un comitato d'accoglienza niente male.»

«In effetti. Oggi sono particolarmente esuberanti perché Star è a casa.» Guarda Alistair. «Ti hanno sentito la mancanza!»

«Ne dubito», ribatte Alistair. «Hanno sempre amato più te.»

«Non è una competizione», dice lei.

«Tutto è una competizione», risponde lui.

Brumilde ride e alza gli occhi al cielo, poi scuote la testa verso di me. *Non è cambiato per niente*, posso immaginare che pensi.

Guardo Alistair con rinnovata adorazione. Dio, amo quest'uomo. Penso di amarlo di più adesso, qui con Brumilde e i cani che scodinzolano, rispetto a quando eravamo all'hotel, perché ora sto intravedendo la versione reale di lui. Al The Raven, era un dio con addominali scolpiti e un viso ridicolmente stupendo, ma senza un contesto, era un ritaglio di cartone. Non fraintendetemi, la versione di cartone era decisamente eccellente, ma questo... è un livello completamente nuovo.

Macavoy ritorna dopo aver portato dentro le mie scatole, cosa che non avevo notato facesse. Gli sorrido e sussurro con le labbra *grazie*, e lui risponde toccandosi il cappello.

«Vuole che Le mostri la Sua camera?» chiede Brumilde. «Per confermare che tutto sia di Suo gradimento?»

«Oh, non preoccuparti», dice Alistair. «Mostrerò io a Ivy la casa. Perché non metti su l'acqua per il tè e ne prendiamo una tazza?» Aggrotta la fronte guardando l'orologio. «O, meglio ancora, facciamo un brindisi di benvenuto. Gin per voi signore?»

«Non dovrei», dice Brumilde. «Devo iniziare a preparare la cena.»

«Sciocchezze», risponde Alistair. «Prepareremo qualcosa un po' più tardi.»

Brumilde sorride raggiante. «Non serve convincermi più di tanto. Abbiamo quella nuova bottiglia della distilleria locale.»

Lui è compiaciuto. «Cosa stiamo aspettando?»

Brumilde mi lancia un'occhiata. «Gin *artigianale*», dice. «Biologico. Ingredienti di origine locale. Chissà cos'altro inventeranno.»

Rido. Mentre ha la mia attenzione, fa un rapido gesto furtivo verso la mia camicetta. Guardo in basso e vedo che ho lasciato un bottone slacciato. Arrossisco e lo chiudo rapidamente, e quando alzo di nuovo lo sguardo verso di lei, mi fa l'occhiolino con aria complice e si gira per entrare in casa.

CAPITOLO 6
Ascot Grange

ALISTAIR

È bello essere a casa. È particolarmente bello avere Ivy qui. Le prendo la mano e camminiamo nell'abbraccio fresco dell'ingresso. La vedo rabbrividire, così prendo la mia sciarpa e gliela avvolgo attorno alle spalle.

«Il salotto è caldo», dice Brumilde. «Ho acceso il camino prima, con grande gioia dei cani».

A volte penso che i cani godano del meglio di questa casa.

«Il salotto è da quella parte», indico. «Fai come se fossi a casa tua. Vado a prendere da bere e torno subito».

Ivy sorride e annuisce. Sembra felice. Mi avvicino per darle un bacio veloce e lei mi circonda con le braccia.

«È così meraviglioso qui», sussurra. La abbraccio e poi la lascio andare.

Raggiungo Brumilde in cucina, che è splendente come sempre. Quella donna sa come pulire, tra le altre cose.

«Tutto a posto con la casa?» chiedo, prendendo due bicchieri da gin e un tumbler da whisky.

«Oh sì, niente da segnalare». Sta preparando un vassoio

di stuzzichini su un grande tagliere. Sembra crearli senza sforzo, accumulando olive marinate, cracker, bastoncini di carota e salse. Seguono prosciutto iberico, salmone affumicato, capperi, formaggio cremoso e patatine.

«Nessuna notizia è una buona notizia», mi ritrovo a dire senza pensare. La voce di mio padre.

«Di solito sarei d'accordo», dice Brumilde, «ma le tue notizie sembrano essere piuttosto buone».

«Sì», concordo, versando il ghiaccio dalla macchina nei bicchieri. «Suppongo di sì».

«Per non essere troppo diretta», continua mentre prende piatti e posate, «ma non hai mai portato una donna a casa prima, quindi presumo che ci sia qualcosa di speciale nella signorina Mickelson».

«Infatti». Le sorrido. «Per non essere troppo diretto».

«Tua madre è assolutamente entusiasta».

Misuro e verso il gin artigianale nei bicchieri, li completo con acqua tonica effervescente e aggiungo chicchi di melograno e cetriolo. «Davvero? Non ero sicuro».

«Forse scioccata ed entusiasta in egual misura».

«Sembra giusto», rispondo, versandomi il malto.

«Le presenterai?» chiede Brumilde.

«A tempo debito», rispondo. «Prima voglio Ivy tutta per me».

«Capisco. Mi farò da parte».

«Non è quello che intendevo. Solo che voglio che Ivy mi conosca prima di invitare il caos della famiglia nella nostra relazione. L'ultima cosa che voglio è spaventarla».

Prende l'enorme vassoio e aspetta che io inizi a camminare verso il salotto. «Una strategia sensata».

La lascio passare per prima dalla porta. «Speriamo, cara Milly. Speriamo».

Pensavo che Ivy stesse guardando la parete di libri, ma

la trovo raggomitolata vicino al fuoco con Bijou sulle ginocchia. Ci sente entrare e sorride radiosamente. Bijou rotea gli occhi per il piacere sotto le sue carezze.

«Non abituarti», dico al bulldog francese.

Ivy mi lancia un'occhiataccia finta e sussurra a Bijou: «Non ascoltare il tuo papà. Sei la benvenuta sulle mie ginocchia in qualsiasi momento». Reacher alza lo sguardo dal suo letto e sorride.

«Non farti strane idee», dico al retriever.

Brumilde ridacchia, mette giù il cibo e porta via i cani per la loro cena mentre Ivy si scusa per andare a lavarsi le mani. Chiedo ad Alexa di riprodurre una delle mie playlist di Spotify e, quando siamo tutti seduti di nuovo, c'è un'atmosfera festosa, o almeno per quanto la dimora possa mai esserlo. È strano chiacchierare e ridere qui, strano ma piacevole. Se devo intrattenere potenziali clienti, li porto fuori a Londra. Nessuno riceve un invito ad Ascot Grange.

Temevo che Ivy potesse sentirsi a disagio qui, ma riempie il suo piccolo piatto di cibo e si siede con i piedi nascosti sotto di sé mentre mangia, sembrando più a suo agio di quanto l'abbia mai vista.

«Così buono!» esclama entusiasta in direzione di Brumilde.

Sento una fitta nei pantaloni. Le ho sentito dire "così buono" in quel modo prima, quando non parlava di cibo, e ora non posso fare a meno di vederla nuda, con le gambe spalancate mentre mi prendo il mio tempo con lei.

«Andrà bene?» chiede Brumilde, guardandomi. Ha finito il suo drink e ha le guance rosee.

Sbatto le palpebre e scuoto la testa. Mi schiarisco la gola. «Scusa, ero distratto. Cosa stavi dicendo?»

«Solo che devo sbrigare alcune commissioni per la casa domani, quindi tornerò solo nel tardo pomeriggio, se va bene. I frigoriferi del cibo e delle bevande sono completamente riforniti, così come la legna da ardere, quindi non dovreste aver bisogno di nulla, ma se vi servisse qualcosa, sarò a solo una telefonata di distanza».

«Va benissimo, grazie», rispondo, pensando non per la prima volta che Milly è forse la migliore governante del pianeta.

«Allora vado», dice, alzandosi. «È stato un piacere conoscerti, Ivy».

«Anche per me», risponde Ivy, alzandosi. «Grazie di tutto».

C'è già calore tra le due donne, il che mi fa immensamente piacere. Accompagno Brumilde all'uscita, mi assicuro che i cani siano sistemati nella stanza d'ingresso e riempio i nostri bicchieri lungo il percorso di ritorno.

«Non posso credere che *vivi qui!*» strilla Ivy al mio ritorno.

Ridacchio e le passo il suo drink. «Sono contento che ti piaccia».

«*Non è* quello che mi aspettavo».

«Dimmi pure».

«Pensavo, non so, che ti piacessero le cose veramente minimaliste, super pulite ed eleganti. E sei così... ricco...»

«Ti aspettavi una mostruosità gargantuesca».

Il suo viso si increspa. «Sì! Beh, qualcosa di enorme e... freddo. Con ventisei stanze e un eliporto. Ma questo è l'opposto. Voglio dire, guardalo!» Indica il muro di libri, i dipinti, il camino. «Questo posto ha *un'anima*».

Sento il mio collo e le spalle rilassarsi. Non mi ero reso conto che fossero tesi.

Mi sistemo accanto a lei e faccio tintinnare il suo bicchiere, mettendomi i suoi piedi in grembo per massaggiarli.

«Comincerò a fare le fusa», scherza Ivy. «Mi sento come la Principessa Bijou».

Rido, quasi sputando il mio whisky. Quando mi sono ripreso, dico: «Aspetta di vedere il resto della casa».

«Oh no», risponde Ivy. «È terribile? È mostruosa? Ho parlato troppo presto, vero?»

«Nasconderò le parti volgari. Il bagno d'oro con il water di diamanti da dieci carati senza difetti. E l'eliporto».

«Grazie al cielo». Sorride.

«Volevo comunque liberarmi dei diamanti. Troppo luccicanti».

«Hmm», dice, assumendo un accento snob. «Luccicano terribilmente. Piccole cose vanitose. Meglio liberarsene del tutto».

«Lo farò sapere a Bradford».

Lei scoppia a ridere. «Chi è *Bradford*?»

«Il custode e tuttofare. Il marito sofferente di Brumilde».

«Di cosa deve soffrire? Brumilde è un tesoro!»

«Gli piace lamentarsi. C'è sempre qualcosa su cui brontolare. Fa impazzire Milly. Ma non sono infelici. È un matrimonio buono e solido se mai ne ho visto uno».

«E i tuoi genitori?» chiede con cautela. «Com'è il loro matrimonio?»

Smetto di massaggiarle i piedi per un momento, e lei lo nota.

«Scusa», dice rapidamente. «Troppo, troppo presto».

Scuoto la testa. «No, non è questo. È solo che non sono sicuro di come rispondere. Sembravano avere sempre un ottimo rapporto quando crescevamo, ma ci sono stati momenti di... tensione».

«È così in tutti i matrimoni, no? Quando è nato Jamie, ricordo che i miei genitori litigavano molto. All'inizio lo trovavano stressante».

«Sì, hai ragione». Espiro e prendo un sorso. «È solo che mio padre non è mai stato lo stesso».

La preoccupazione nei suoi occhi mi fa sentire vulnerabile. «Lo stesso dopo cosa? Cosa gli è successo?»

Vorrei dirglielo, ma non lo faccio. «Lasciamo quella conversazione per un'altra volta. Voglio celebrare il fatto di averti qui». Faccio scivolare la mia mano su per la sua gamba. «Voglio inaugurare tutte e ventisei le stanze con te».

«Sfida accettata», dice. «Ma non pensare di poter sempre eludere le mie domande con l'offerta di sesso eccellente. Che ti piaccia o no, ci conosceremo a vicenda».

È proprio questo che temo.

«Sì, signorina Mickelson», dico, spingendo la mano più su e accarezzando le sue mutandine. «Ma prima ti distruggerò davanti a questo fuoco».

CAPITOLO 7

Dal Momento in Cui Ti Ho Incontrato

IVY

Alistair si inginocchia davanti a me, mi toglie le mutandine e mi apre delicatamente le cosce.

«Volevo farlo da quando siamo arrivati». Non perde tempo e affonda il viso nella mia intimità, ma i suoi movimenti sono lenti e voluttuosi.

Appoggio il bicchiere e lascio cadere la testa all'indietro, chiudendo gli occhi mentre il mio corpo si scioglie sul divano in pelle. Gemo mentre il calore aumenta. Alistair si prende il suo tempo, leccando, succhiando e circondando il mio clitoride. Il gin cocktail forte, la musica indie rock in sottofondo e il calore e la luce del camino permettono al mio corpo un rilassamento che raramente provo. Sono una calda pozza di piacere quando finalmente solleva la testa.

«Ho bisogno di scoparti», dice.

Sento una nuova ondata di eccitazione attraversarmi. «Sì, per favore».

«Così educata», mi prende in giro. «Io non sarò affatto educato quando ti piegherò su questo divano».

Ridacchio. «Piega pure». Non m'importa se la mia

costola non è ancora guarita. Sono così pronta per lui; sento un vuoto doloroso dentro di me.

Mi afferra e mi solleva, poi mi gira di schiena così che le mie ginocchia sono sul sedile del divano, quindi spinge la parte superiore del mio corpo in avanti in modo che il mio sedere sia in aria. Lo afferra con entrambe le mani e morde la mia natica sinistra, poi mi dà uno schiaffetto giocoso. Strillo e rido. Torna a dedicarsi alla mia intimità e il mio sorriso svanisce.

Santo cielo.

È così dannatamente eccitante. Voglio prendere tutto ciò che è disposto a darmi. Allargo ancora di più le gambe e mi tocco il clitoride con le mie stesse mani mentre lui mi apre con un dito, poi due.

«Cazzo», gemo. «Sto per venire».

«Non ancora», ordina. «Non ho ancora finito con te».

Ma l'orgasmo è proprio lì e non so come fermarlo. «Sono così vicina».

«Non osare venire finché non te lo dico io», mi avverte, il che mi fa voler venire ancora di più.

Ritira le dita e mi dà una sculacciata forte. Grido.

«Troppo?» chiede.

Scuoto la testa. «No. È bello».

Mi sculaccia di nuovo, proprio vicino alle labbra, poi ancora. Il colpo riverbera attraverso tutto il mio bacino. Nonostante il suono forte, non c'è dolore, solo piacere. Le sue dita mi trovano di nuovo, penetrandomi mentre mi tocco. Sono un pasticcio caldo e bagnato.

La sua mano libera trova il mio viso e afferra la mia mascella. Infila quelle dita nella mia bocca così che entrambe le sue mani sono dentro di me. È strano ed erotico essere penetrata in questo modo. Non avrei mai pensato che le dita di qualcuno nella mia bocca potessero essere così eccitanti. Sono così eccitata adesso che ho bisogno di averlo dentro di me. Inarcò la schiena, mettendo in mostra il mio sedere, supplicandolo. Lui capisce il messaggio e rimuove le dita dalla mia bocca, mettendosi in posizione.

«Per favore, scopami», lo supplico. Il dolore alla costola è un ricordo che svanisce. «Scopami più forte che puoi».

Rugge in risposta. «Ho sognato questo», dice, abbassandosi i pantaloni e accarezzando il suo membro. «Dal momento in cui ti ho incontrata, ho sognato di scoparti davanti a questo fuoco. Di leccarti su questo divano».

Mi sento delirante di desiderio. In questo momento Alistair potrebbe farmi qualsiasi cosa.

Mette una mano ferma sulla parte bassa della mia schiena e trova la mia intimità con il suo bellissimo membro. Spinge dentro solo un centimetro. Lo sento enorme, come se non potesse entrare. Respiro profondamente, circondando il clitoride con le dita umide. Alistair spinge più a fondo, afferrando la mia spalla per fare leva. Sibilo di piacere. È così dannatamente bello. Mi spingo verso di lui per averne di più dentro di me. Sono avida ora; voglio tutto di lui, il più profondamente possibile. Lui geme e io sussulto quando tutto il suo membro scivola dentro. I miei muscoli si contraggono intorno a lui, pronti a venire.

«Alistair», gemo. «Scopami. Scopami, scopami».

Inizia a spingere dentro di me. Le parole non hanno più importanza. Tutto ciò che esiste è la nostra pelle che si tocca, si tende, scivola. Il mio punto G è incandescente. Mi viene voglia di gridare ma mi trattengo, mantenendo la concentrazione sulla sensazione che minaccia di distruggermi.

Alistair ruggisce mentre aumenta il ritmo e la profondità delle sue spinte, aggiustando la posizione dei piedi per andare il più a fondo possibile, il che mi fa vorticare nello spazio. Sento l'inizio dell'orgasmo di nuovo e non posso fare a meno di abbandonarmi ad esso, muovendo i fianchi con lui.

Gemo, forte, sia come affermazione che è assolutamente delizioso, sia come avvertimento che sto per venire. Alistair mi spinge con forza contro il divano e si scaglia dentro di me, ed è così bello che mi viene voglia di piangere. Grido mentre il mio orgasmo mi travolge, illuminandomi dentro e trasformando i miei arti in gelatina. Alistair riesce a dare ancora qualche spinta prima di essere sopraffatto dal suo, e sto ancora venendo quando il suo membro pulsa dentro di me, i miei muscoli che tremano intorno ai suoi potenti spasmi.

Rimaniamo così per un po', finché non riprendiamo il controllo dei nostri corpi, poi lui si sfila e mi adagia davanti al fuoco, lisciandomi la gonna e baciandomi il viso.

«Santo cielo», dico. «È stato incredibile. Credo che questa stanza sia stata inaugurata con successo».

«Stai bene? Ero preoccupato di farti male alla costola».

«Il tuo tocco magico fa sparire il mio dolore».

Mi accarezza il collo con il naso e fa scorrere un dito lungo il mio sterno.

«Non posso credere che tu sia qui», dice. «Sembra un sogno».

In effetti sembra un po' troppo bello per essere vero.

CAPITOLO 8

Il Più Grande è il Migliore

ALISTAIR

Beviamo un altro drink davanti al fuoco e finiamo quello che resta dell'eccellente vassoio di spuntini di Brumilde, toccandoci languidamente mentre guardiamo le fiamme divorare la legna.

«Ti va un tour?» chiedo.

Ivy ha quello sguardo post-coitale che adoro vedere. Nonostante i lividi, è la più bella che abbia mai visto. Occhi dolci, labbra piene, guance arrossate. È una fottuta dea.

Lei sorride e annuisce. «Mi piacerebbe fare un tour. E una doccia».

«Penso che la doccia ti piacerà» dico.

«Non ho dubbi» risponde. «Se è come tutto quello che ho visto finora».

Sospiro. «Sono sollevato che ti piaccia il posto... finora».

«Cosa c'è da non amare?» dice, guardandomi con occhi spalancati.

«L'impronta ecologica?»

Ivy ride. «Ero così preoccupata che vivessi in un enorme palazzo. Cioè, sono sicura che l'impronta ecologica di questo posto sia enorme, ma possiamo lavorarci. Non è niente come mi aspettavo».

Quindi siamo entrambi sollevati.

«Non ho tempo per gestire una casa enorme» dico. «Voglio dire, nemmeno gestisco questa casa, pago persone per farlo. Ma devo comunque supervisionarla. Inoltre, prima che tu entrassi nella mia vita, ero l'unico che stava qui. Non ha senso avere una tenuta enorme per una persona sola».

«Sì, ma stai usando la logica delle persone normali. La logica dei ricchi è diversa».

Faccio un sorrisetto. «Lo è? Suppongo di sì».

«Il più grande è il migliore» dice Ivy. «Giusto?»

«Sì» dico. «Siamo tutti un branco di pagliacci incompetenti e avidi».

«Non ho detto questo. E poi, non andrei mai a letto con un pagliaccio. Mi terrorizzano».

Rido. «Cosa posso dire? Sono felice di sentirlo».

Ivy mi segue con i bicchieri vuoti mentre riporto in cucina il tagliere di formaggi. Mi fermo all'entrata della cucina per farla passare.

«Oh mio dio» esclama. «È bellissima!»

Io non vedo più nessun aspetto della casa come bello. Mi ci sono abituato. Vedo solo le cose che devono essere cambiate o sistemate, che non mancano mai di irritarmi. Suppongo sia la condizione umana.

«La adoro, la adoro, la adoro».

Questo mi fa piacere. «Tè o champagne?»

«Farei un omicidio per una tazza di tè. Grazie».

Accendo il bollitore. I suoi occhi mi seguono, imparando dove si trovano il tè e le tazze dietro le ante integrate.

«Pensavo che avresti avuto dei servitori» dice. «Per fare cose come prepararti il tè».

Sbuffo. «*Servitori?* Hai visto troppi drammi d'epoca su Netflix».

«Non è vero. Le persone con il tuo patrimonio netto hanno gente che fa tutto per loro».

«Sì, beh, apprezzo la mia privacy. E ho del personale, come ti ho detto».

«Quindi hai Brumilde e Bradford. Qualcun altro?»

Verso l'acqua appena bollita nelle tazze. «Vediamo. Brumilde, governante. Lei gestisce il posto. Bradford si occupa dei terreni. Beckett è il giardiniere. Un addetto alla piscina viene due volte a settimana, si chiama Martin. Poi c'è René, che pulisce la casa, e Cecily, che si occupa del bucato e della stiratura».

«Quindi hai dei servitori. Li chiami solo *personale*».

Rido di nuovo. «Credimi, René non è una servitrice, e mi darebbe uno schiaffo se mai la chiamassi così».

«Qualcun altro?»

«Conosci gli altri. Henderson, Lucky, Macavoy. Sono nei paraggi, ma non dovresti vederli a meno che non siano necessari».

«Se questo è il numero di persone necessarie per occuparsi di questo posto, non vorrei sapere quanti ne servirebbero per un palazzo».

«Esattamente. La mia famiglia pensa che io sia quello con i piedi per terra...»

Ivy quasi si strozza con il tè. «Non mi spingerei *così* lontano».

«...ma in realtà, mi piace solo mantenere le cose snelle. Efficienti».

Ivy accarezza l'immacolato piano di marmo con le sue rifiniture in rame. «Se questo posto è *con i piedi per terra,* allora io vivo davvero su un pianeta diverso».

«È tutta una questione di prospettiva» dico. «Aspetta di vedere la casa dei miei genitori, dove sono cresciuto».

«Oh dio» geme, sembrando divertita e un po' nauseata. «È enorme?»

«La odierai» le assicuro.

Fa una smorfia, ma il suo sorriso prevale. «Sono troppo euforica per odiare qualcosa adesso. Domattina rinsavirò e disprezzerò tutti voi».

«Buon piano» dico. «O... forse se ti tengo con una dieta costante di champagne e orgasmi, riuscirò a mantenerti abbastanza euforica da sorvolare sulle oscenità facoltose della mia famiglia».

«Anche questo è un buon piano» risponde Ivy. «Diamo un'occhiata a questa doccia».

Mostro a Ivy la sala da pranzo, il patio, la cantina, la sauna e la stanza d'ingresso che funge anche da lavanderia e stanza per il cane. Mi fermo per mostrarle alcune delle opere d'arte alle pareti. Al piano di sopra ci sono cinque camere da letto, una delle quali è il mio ufficio, e una che uso per gli attrezzi da palestra.

«Una è una camera per gli ospiti» dico. «Non viene mai usata, quindi un giorno mi metterò a fare qualcos'altro con essa. O forse tu la vorrai come studio di yoga?»

Ivy adora la camera principale. Accarezza la coperta in cashmere sul letto e tocca i cuscini. «Oh, Alistair, è *bellissima*».

Di tutti i luoghi della casa, questa camera da letto è quella che rispecchia maggiormente il mio stile. Il vecchio denaro con cavalli e cani da caccia, l'eleganza confortevole della campagna che caratterizza il resto della casa si ferma alla porta. Se avessi un appartamento in città, l'intero posto sarebbe così. Metallo nero opaco, maschile, monocromatico, con lenzuola organiche morbide come il burro. Ogni centimetro della stanza è di prima qualità, perfettamente installato e superbamente mantenuto. Ivy esclama davanti alla cabina armadio.

«Santo cielo, Alistair» mormora. «C'è più Savile Row qui dentro che nel negozio stesso».

«Non è *tutto* Savile Row» dico. «Cerco di non essere troppo prevedibile».

Mi lancia uno sguardo significativo. «Non ti descriverei mai come prevedibile».

«Perché non fai una doccia?» dico. «Poi ti mostrerò la stanza del sesso».

Ivy scoppia a ridere, poi si ferma mettendosi una mano sul petto. «Hai detto che avevi cinque stanze qui sopra. Me ne hai mostrate quattro».

Inarcò le sopracciglia in modo allusivo. «Esattamente».

CAPITOLO 9
Caldo, Freddo, Formicolio

IVY

«Non stai parlando sul serio.» Il mio cuore accelera.

«Serio come un infarto», risponde Alistair.

Potrei avere un arresto cardiaco se mi fa venire ancora stasera. «Hai una stanza del sesso.»

«Non è una stanza del sesso», dice. «È una stanza incredibilmente lussuosa progettata per il piacere.»

Lo fisso. «E René non ha problemi a pulirla?»

Lui ridacchia. «René non sa che esiste.»

«Ah», rispondo. «Questo è quello che *tu* pensi.»

Immagino tutti i servitori – voglio dire *personale* – che si divertono un mondo quando il gatto non c'è.

«Sul serio. È una porta nascosta. Nessuno sa che è lì tranne me.»

Sono senza parole. Non dovrei essere scioccata, ma lo sono. «Quindi... me la farai vedere?»

Le labbra di Alistair si curvano verso l'alto. «Pensavo non l'avresti mai chiesto.»

Mi prende la mano e mi conduce attraverso la cabina armadio. All'estremità, che sembra una parete piuttosto solida, si inginocchia e allunga la mano nell'angolo, nascosto dai lunghi cappotti appesi. C'è un suono metallico di scatto, e fa scorrere la parete – che in realtà è una porta scorrevole a scomparsa – verso sinistra per rivelare la stanza nascosta.

È della stessa dimensione della sua camera da letto, e c'è un letto identico nello stesso posto, ma ci sono indizi che suggeriscono che questa versione clonata della sua stanza è quella maliziosa. C'è un caminetto e un secchiello per lo champagne. L'arte appesa alle pareti è erotica, e c'è una vetrina di giocattoli sessuali. Le lenzuola sul letto sono di raso grigio canna di fucile, e le cinghie di contenimento sembrano essere un elemento fisso.

«Vai», dice Alistair incoraggiante. «Dai un'occhiata.»

Entro nella stanza. Odora di vaniglia e sandalo. Dev'essere per via delle candele da massaggio che vedo sul comodino. Ammiro uno dei dipinti – un olio espressionista del volto di una donna nell'estasi – poi premo timidamente una delle porte dell'armadio a contatto morbido. Si apre per rivelare un'altra collezione di giocattoli sessuali. L'armadio successivo è pieno di varia lingerie e costumi per giochi di ruolo. Tiro fuori una sottile creazione con cinghie tenute insieme da anelli d'oro. È della mia taglia.

«Wow.» C'è altro che potrei dire?

«Sono arrivati tutti stamattina», dice. «Non sono sicuro al cento per cento di cosa ti piaccia, quindi ho preso un assortimento da provare.»

Guardo il contenuto dell'armadio successivo: altri giocattoli. Quanti giocattoli potrebbe mai servire a un uomo? E un intero ripiano di lubrificanti, ognuno che promette effetti diversi: caldo, freddo, formicolio, giochi anali, super-scivoloso, sapore di caramello salato, CBD.

«Avrei dovuto tenerlo per dopo», dice. «Sei sopraffatta.»

«Più che altro... terrorizzata.» Alcuni dei dildo sembravano particolarmente intimidatori, per non parlare delle frustate e dei tappi anali.

«Andiamo. Fingi di non aver mai visto nulla. Per quanto ne sai, questa stanza non esiste.»

«No», dico, chinandomi per esaminare un'elegante collana con mollette per capezzoli. «È affascinante. Ed eccitante.»

Tocca qualcosa sul suo telefono. L'opera d'arte di fronte al letto diventa uno schermo TV.

«Audio surround», dice. «Per quel porno politicamente corretto che ti piace guardare.»

Sono a letto ben sveglia, rannicchiata contro il corpo caldo e solido di Alistair. Nonostante sia esausta per il sesso, i drink e gli antidolorifici, oltre ad aver fatto una doccia gloriosa, non riesco proprio a prendere sonno. Non è il nuovo materasso o i cuscini – non ho mai sentito un letto più comodo di questo. Ci sono solo così tante cose a cui pensare e così tante emozioni da elaborare che i miei neuroni non smettono di attivarsi.

Il disagio più ovvio è che sono innamorata di un miliardario. Mi fa sentire meravigliosa e terribile allo stesso tempo. Non ho mai conosciuto un uomo come Alistair prima – un uomo che mi fa sentire così completamente al sicuro, amata, desiderata.

È una droga.

Lui è una droga.

E so che non importa quanti soldi abbia o non abbia, il mio affetto profondo e costante per lui non svanirà. Ma non si può nascondere il fatto che va contro i miei valori fondamentali avere così tanto quando altri hanno così poco.

Sì, la tenuta e le auto sono umili per gli standard dei miliardari, e questo è un enorme sollievo. La proprietà mi sembra ancora enorme, ma secondo gli standard di Ravenscroft, è minuscola. Può essere ulteriormente convertita per ridurre la sua impronta ecologica, il che comincerò a pianificare immediatamente, con l'approvazione di Alistair. Una delle cose frustranti nell'adottare tecnologie verdi è che molte delle soluzioni sono proibitive in termini di costi, ma fortunatamente per noi, questo non sarà un problema qui. Potremmo anche arrivare al punto in cui la tenuta sia completamente autonoma o, ancora meglio, fornisca energia solare alle proprietà vicine o alla rete. Sarà un progetto eccellente su cui lavorare perché ho il tempo e l'energia, e mi farà sentire meno come una venduta per vivere qui. Se Alistair accetta di lasciarmi farlo, sarà una soluzione elegante a gran parte della mia angoscia.

Una volta che il mio cervello spunta questo problema dalla lista, la sfida successiva è la guarigione più astratta dall'aggressione. Il mio corpo sta bene – non ci saranno danni permanenti dalle ferite che ho subito dai colpi di Jeff. I miei polmoni si sentono ancora un po' malandati, ma anche quello svanirà. È il contraccolpo emotivo che mi preoccupa di più. Il modo in cui ho flashback di lui che mi prende a pugni, che mi urla che sono una puttana, e il terrore assoluto che ho visto sul volto di Jamie. Un flashback da PTSD non è come un ricordo che salta fuori, è molto più viscerale di così. Il mio corpo si comporta come se fossi ancora in quel momento in cui ero in pericolo. Vengo inondata di adrenalina, la mia ansia aumenta così tanto che mi sento stordita, e il mio cuore mi si blocca in gola. La Dottoressa Sandringham dice che è perfettamente normale sentirsi così, e che con la giusta cura, i flashback diminuiranno. Mi ha insegnato tecniche di radicamento, respirazione e di percepire il mio vero ambiente con i sensi per allontanare il luogo pericoloso nella mia testa. Ha anche detto che è normale sentirsi ansiosi per molto tempo dopo un evento del genere. Il trauma programma il tuo cervello a cercare il pericolo, quindi dobbiamo lavorare per riprogrammarlo. Devo reimparare che sono al sicuro. Essere tra le braccia di Alistair, nella sua casa, aiuta molto.

Il mio telefono vibra. Sono le due del mattino, quindi temo sia un'emergenza con Jamie, o brutte notizie su Lorna. Lo prendo, mi siedo, e vedo che è un messaggio da un numero sconosciuto. Quando lo apro, mi rendo conto che è lo stesso numero che mi ha inviato gli screenshot della conversazione di testo tra Alistair e Lucky prima che si occupassero di Jeff. Prima che io possa decidere se voglio leggerlo o no, i miei occhi hanno già scansionato metà del messaggio.

Numero Sconosciuto
  Devi uscire da quella casa.

Ma che cazzo?

Ivy Mickelson
  Chi sei?
  Non è importante
  SÌ è importante
  Devi uscire da quella casa e non vedere mai più Ravenscroft. Non è chi pensi che sia.
  So chi è.
  Non hai la minima cazzo di idea

Il mio stomaco si contrae e il terrore si riversa nel mio corpo.

Per favore smetti di inviarmi messaggi
Smetterò di mandarti messaggi quando te ne andrai del cazzo da Ascot Grange

Sto tremando quando blocco il numero. Quando mi rannicchio contro il corpo di Alistair, non è così confortante come prima.

CAPITOLO 10
Nuova Nomina

ALISTAIR

Quando mi sveglio, Ivy dorme ancora profondamente. Osservo il suo viso per un po', poi mi alzo silenziosamente per non svegliarla. Sta ancora guarendo, quindi più riposo fa, meglio è. Faccio un rapido allenamento di quarantacinque minuti, poi preparo il caffè. Brumilde oggi si sta facendo desiderare con le sue commissioni inventate, quindi abbiamo la tenuta tutta per noi, e ho intenzione di approfittarne appieno. Faccio alcune telefonate di lavoro, poi mi siedo con una seconda tazza di caffè – un Panama Geisha particolarmente buono, comprato all'asta – per esaminare i risultati trimestrali dell'azienda. Armato della mia penna preferita, un evidenziatore e alcuni post-it, scorro rapidamente il corposo documento. Il mio obiettivo è sbrigare tutto il lavoro prima che Ivy si svegli, così da poter trascorrere il resto della giornata con lei.

Quando finalmente sento i suoi passi sulle scale, è passato mezzogiorno. Alzo lo sguardo dal bancone della cucina e le sorrido. «Buongiorno, dormigliona.»

I suoi capelli non pettinati sono arruffati e indossa

ancora il pigiama. Assolutamente deliziosa. Mi alzo per abbracciarla, e lei si sente leggera e femminile tra le mie braccia.

«Mi dispiace aver dormito così a lungo,» dice, sbadigliando. «Ieri sera non riuscivo *proprio* a prendere sonno.»

«Colpa mia,» rispondo. «Scusa. Non avrei dovuto proporti così all'improvviso la stanza del sesso.»

Lei ride contro il mio petto. «Non era per quello. Mi sento solo un po' agitata.»

La stringo più forte, poi la guido verso uno sgabello al bancone. Preparo il caffè per entrambi e ci sediamo insieme.

«È la tenuta il problema?» chiedo. «O pensi che stiamo andando troppo veloce? Cosa ti preoccupa?»

Lei scuote la testa. «Adoro la tenuta,» dice. «Non credo che stiamo andando troppo veloce.»

Osservo Ivy, aspettando che continui. Sembra che stia lottando con i suoi pensieri.

«Puoi dirmi qualsiasi cosa,» dico. Cerco di alleggerire l'atmosfera. «Non mi offenderò. O, se mi offendo, potrai farmi ammenda.»

Lei sorride di nuovo, ma senza sincerità. «C'è solo molto a cui pensare.»

«Lascia che ti aiuti,» dico. «Possiamo discuterne insieme.»

I suoi occhi sono come acqua marina cristallina. Sento l'impulso di baciarla, ma mi trattengo. C'è ovviamente qualcosa che la disturba.

Si agita un po'. «Come ti sentiresti se iniziassi a fare progetti per... apportare piccole modifiche alla casa?» Prima che abbia il tempo di rispondere, continua, arrossendo. «So che è un cliché. Una donna si trasferisce a casa di uno scapolo e immediatamente vuole cambiare tutto...»

Alzo le spalle. «*Mi casa, su casa.*»

«Intendo cambiamenti veri,» risponde. «Non risistemare i mobili e aggiungere qualche cuscino.»

«Guarda,» le dico. «Non voglio sembrare superficiale, perché so che questo è importante per te, ma onestamente non mi importa se vuoi ristrutturare qualsiasi cosa in questa casa.»

Lei non distoglie lo sguardo. «Qualsiasi cosa?»

Mi schiarisco la gola. Cosa aveva esattamente in mente? «Qualsiasi cosa entro limiti ragionevoli. La cosa principale è che voglio che tu sia felice qui. Cosa hai in mente?»

«Solo alcune cose di base per iniziare,» spiega. Ora sembra più allegra. «Compresa una revisione completa delle tue fonti energetiche.»

Ridacchio, ma lei non sta scherzando. Cancello il sorriso dalla mia faccia e annuisco. «Sì, potremmo farlo.»

I suoi occhi si illuminano. «Davvero?»

«Certo. Se puoi elaborare un piano, possiamo esaminarlo insieme e iniziare il progetto il prima possibile.»

Per quanto riguarda i problemi, questo è facile da risolvere. Inoltre, il modo in cui mi sorride rende sopportabile il disagio che provo per i cambiamenti proposti.

«Quindi praticamente sarò una project manager ecologica per un miliardario?»

La sua gioia è contagiosa. «Sembra proprio di sì. Congratulazioni per la sua nuova nomina, signorina Mickelson.»

Mi rivolge quel sorriso-smorfia eccitato che mi ricorda le galline sul poster di quei film di Chicken Run – non che lo direi mai ad alta voce.

«Oh, festeggiamo,» dice, poi nota il mio documento. «O stai lavorando?»

«Il mio lavoro ha perso ogni attrattiva quando hai attraversato quella porta.»

Si strofina i palmi delle mani. «È troppo presto per lo champagne?»

Sbuffo. «Non è mai troppo presto per lo champagne.»

Trovo del salmone marinato e del formaggio cremoso in frigorifero. C'è un'insalata, mirtilli e sottaceti, oltre a una pagnotta di ciabatta alle olive. Dispongo tutto sul bancone e apro una speciale annata di Dom Pérignon.

Ivy afferra una fetta di pane, aggiunge una fetta di salmone e lo sgranocchia. Adoro il modo in cui apprezza il cibo. Mi eccita.

«Oh,» dice, togliendo una briciola dal labbro. «È delizioso.»

Infatti, penso.

Facciamo tintinnare i bicchieri. Quando mi guarda, i suoi occhi brillano ancora. «Che modo eccellente per iniziare la nostra nuova convivenza.»

Prendo un sorso. Questa è davvero un'ottima annata. «Onestamente, sono ancora stupito che tu abbia accettato di trasferirsi da me.»

Lei ride, mostrando i suoi denti bianchi e dritti. «Piuttosto avventato, vero?» Si serve altro pane e insalata, e io faccio lo stesso.

Ivy Mickelson non è affatto avventata. «Spontanea, forse,» dico.

«Beh, è stato piuttosto... spontaneo... da parte tua invitarmi.»

«Potrebbe sorprenderti sapere che non sono noto per la mia spontaneità.»

«Bugie. Ti ho visto in camera da letto.»

«Non è spontaneità,» dico. «È tutto perfettamente pianificato e orchestrato.»

Ivy si sposta sulla sedia, e c'è un leggero rossore sulle sue guance, che si intensifica dove erano pallide dal sonno solo poco fa. «Capisco. Quindi... cosa hai pianificato per noi oggi?»

Il piacere mi punge. Inspiro profondamente e sospiro, godendomi il momento. «Beh, visto che abbiamo la casa tutta per noi...»

«Dovremmo sfruttarla al massimo,» conclude Ivy, pragmatica. «Finora abbiamo inaugurato solo una stanza.»

«Oh sì,» rispondo. «La sfrutteremo certamente al massimo.» Il mio membro si contrae e si gonfia. «Non ti dirò il piano, perché voglio sembrare uno spirito libero.»

«Mentre, in realtà, hai un programma dettagliato di quando e dove scoperemo.»

Rido. «Più o meno.»

Smette di sorridere. «Mi piace come sei sempre in controllo. Mi fa sentire al sicuro.»

Odio l'idea che si sia mai sentita insicura.

«Sei al sicuro,» le dico.

CAPITOLO 11

Caldi e Scivolosi

IVY

Alistair prende la bottiglia di champagne e io i bicchieri. Pensavo che avrebbe voluto portarmi in una delle stanze della casa, ma mi conduce fuori. Non si ferma a mettere una giacca, quindi presumo che non sfideremo gli elementi a lungo. Sono ancora a piedi nudi e indosso il mio elegante pigiama procurato dal concierge di Raven. I cani impazziscono quando Alistair apre la porta, credendo che li stiamo portando a passeggiare, mentre io non ho idea di cosa Alistair abbia in mente. Mi sento in colpa per questo, quindi do loro una carezza ciascuno e prometto che li porterò a fare una bella passeggiata più tardi. Sarà una situazione vantaggiosa per tutti perché muoio dalla voglia di camminare per la tenuta e orientarmi.

«Alistair», dico, «dove stiamo andando?»

Ma non avrei dovuto chiedere, perché appena guardo oltre lui, vedo la struttura in vetro della piscina. L'umidità ha appannato le finestre, ma riesco ancora a distinguere l'acqua blu. Sembrerebbe invitante se non fosse per il fatto che una piscina riscaldata dev'essere uno dei peggiori peccati per la crisi climatica. Faccio un respiro profondo. Non farò la martire, decido. Posso essere matura. La godrò il più possibile e poi la inserirò nella lista delle cose che devono essere alimentate a energia solare, e farò in modo che accada il prima possibile. Alistair apre la porta della struttura, facendomi entrare ma tenendo fuori Reacher e Bijou. La stanza è umida, calda e odora di cloro.

Alistair si volta a guardarmi, ignaro delle mie preoccupazioni, e sorride. Gli sorrido di rimando, ma non mi sembra genuino come vorrei. Quanta disonestà è vitale in una relazione, mi chiedo. Quanto di te stessa dovresti seppellire per preservare lo status quo? So che la comunicazione è tutto, ma c'è una grande differenza tra un dialogo onesto e sollevare ogni singolo problema quando si presenta. Nessuno vuole avere una relazione con qualcuno così.

I messaggi che ho ricevuto ieri sera mi hanno messo in ansia, e ora sto pensando troppo a tutto. Cosa intendeva chi mi ha scritto quando ha detto "Non è chi tu credi che sia"? Vorrei solo poterli dimenticare. Ero stata anche svegliata da un sogno orribile poco dopo essere riuscita ad addormentarmi verso le quattro. Una scena senza senso con Jeff e Jamie e un fumo così denso che continuavano a scomparire.

Avevo bisogno di un appuntamento al caffè con Becks, al più presto.

«Ivy?»

Mi scuoto e guardo Alistair. Sbatto le palpebre, chiedendomi da quanto tempo sono distratta.

«Stai bene?» chiede.

Annuisco. «Sì. Scusa. Solo stanca». E preoccupata. E confusa.

Prende i calici dalle mie mani e li appoggia sul bordo della piscina, che è nebulosa di vapore, come in un sogno.

«È fantastico!» esclamo, pronta a uscire dalla mia testa, a tornare nel mio corpo e a immergermi nell'acqua invitante.

Alistair si spoglia e io lo seguo, lasciando cadere il morbido pigiama su una sdraio. Nonostante la stanza calda, i miei capezzoli si irrigidiscono. Non sono ancora abituata al suo corpo, così scolpito e tonico.

«Se l'affare che fai non dovesse funzionare», dico, «potresti fare il modello part-time».

«Lo terrò in considerazione», risponde, con un sorrisetto. «Grazie».

Ci tuffiamo contemporaneamente. Non essendomi ancora preparata per la giornata, sono contenta di non avere trucco. Non devo preoccuparmi di bagnarmi i capelli o di avere il mascara che mi fa sembrare un panda. L'acqua calda è assolutamente meravigliosa, e me la godo. I miei muscoli si rilassano, e il dolore alle costole scompare del tutto. Giochiamo un po', ridendo e stuzzicandoci, finché Alistair mi spinge contro il bordo e mi bacia. Adoro la sensazione delle sue mani su di me sott'acqua, così calde e scivolose e giocose. Ridacchio ed esploro anche il suo corpo, così diverso dal mio. I suoi ampi pettorali, gli addominali scolpiti da poster, il modo in cui i suoi muscoli sporgono sopra il restringimento dei fianchi.

Prendo delicatamente il membro di Alistair, accarezzandolo e sentendolo indurirsi nella mia presa. I suoi baci diventano più profondi e esigenti, e il mio clitoride inizia a vibrare di desiderio. Mi morde il labbro inferiore, poi scende ai miei capezzoli, che sporgono appena dall'acqua. Si muove senza sforzo, sostenuto dall'acqua, e li succhia lentamente mentre mi tiene delicatamente la gabbia toracica. Indolente e lenta, la giornata si estende davanti a noi. Il nostro unico obiettivo è il piacere.

Sospiro di piacere, l'acqua calda e il tocco esperto di Alistair mi fanno dimenticare tutto. Gli unici pensieri nella mia testa sono quanto questo sia incredibile. La sua lingua abile sulla pelle sensibile della mia areola, il modo in cui stuzzica il mio capezzolo toccandolo appena, poi lo succhia abbastanza forte da farmi sussultare, inviandomi una corrente elettrica attraverso il corpo. Giuro che quest'uomo potrebbe farmi venire solo con il gioco del seno.

«Sei così dannatamente bella», mormora.

Gli accarezzo di nuovo il membro mentre si alza per baciarmi. Si sporge con forza, schiacciandomi contro il bordo della piscina. Mi piace la ruvidità del suo tocco, il bisogno, come se non potesse controllarsi.

La sua mano scende al mio clitoride, che massaggia. Le mie ginocchia sembrano cedermi. Potrei perdere l'equilibrio. Se mi fa venire, penso che potrei affogare. Immagino che ci siano modi peggiori per morire.

«Cosa vuoi?» mi sussurra nell'orecchio. Mi fa rabbrividire.

«Quello che voglio sempre», rispondo. «Te. Dentro di me».

Emette un ringhio, facendo pulsare la mia vagina. «Cos'altro?»

«Nient'altro. Nient'altro in tutto il mondo. Solo te dentro di me ora».

Mi solleva fuori dall'acqua e sul bordo della piscina, poi mi apre le gambe e si posiziona tra di esse. La sua testa è all'altezza perfetta per un cunnilingus.

Mi fa impazzire con la lingua, poi esce dalla piscina per finire il lavoro. Ma voglio anche io un turno per succhiarlo. Stende un grosso asciugamano a righe e prima che possa trascinarmi su di esso, afferro il suo membro e lo bacio. Alistair resiste all'inizio, ma poi mentre lo prendo in bocca, il suo corpo si rilassa sull'asciugamano con un sospiro. È appoggiato sui gomiti così da potermi guardare. Mantengo il contatto visivo mentre prendo tutto quello che riesco - adoro vederlo guardarmi, adoro le fiamme nei suoi occhi. Inizio lentamente, muovendomi appena, solo stuzzicandolo con una lingua gentile, amando la sensazione di avere il suo membro in bocca.

Gradualmente stringo la presa, e lui geme. Le mie mani lavorano sul suo membro, su, giù, intorno mentre lo attiro più profondamente nella mia bocca. La punta tocca il fondo della gola. Mi preparo per non avere conati prima di spingerlo ancora più in fondo, così che la sua intera lunghezza sia nella mia bocca, nella mia gola. Smettiamo di muoverci, rimanendo in quella posizione mentre lo inghiotto. Rimango così il più a lungo possibile prima di aver bisogno di riprendere fiato. Vedendo le stelle, mi pulisco la bocca e gli sorrido, poi uso le mani per massaggiarlo ovunque - membro, testicoli, perineo, sedere, finché non riesce più a guardare. Occhi chiusi, si appoggia sull'asciugamano. Sto per prenderlo in bocca di nuovo quando il mio desiderio prende il sopravvento, e ho bisogno di lui dentro di me. Alistair è nella posizione perfetta per farmi salire e sedermi a cavalcioni. Sentendomi una vera boss, opto per la reverse cowgirl, rivolta verso i suoi piedi mentre abbasso la mia vagina bagnata sul suo magnifico membro.

Gemiamo entrambi forte mentre scivola dentro. Mi sento così piena. Ho le mani libere per massaggiarmi il seno e il clitoride, e il calore e la pressione del suo membro fanno galoppare il mio orgasmo verso di me. Mi muovo contro di lui, usandolo per il mio piacere. Le sue mani afferrano i miei fianchi mentre li faccio roteare, amando la sensazione di lui. È perfetto e vorrei che continuasse per sempre, ma il mio climax è così vicino. Lo sento nei piedi e nelle gambe - *oh, sarà un orgasmo che coinvolge tutto il corpo -* nelle mani, nella testa. Un'onda calda e irregolare di piacere attraversa tutto il mio corpo.

«Cazzo», gemo. «Ca-a-a-zzo».

Mi sento come se stessi fluttuando nello spazio. Poi sento Alistair spingere un dito bagnato nel mio sedere e questo mi manda completamente oltre il limite. Perdo il controllo mentre l'orgasmo mi travolge, illuminando ogni parte di me. Grido di piacere, poi mentre il climax continua, si trasforma in un gemito prolungato per tutto il tempo che dura. Il membro di Alistair si gonfia, e questo mi fa venire di nuovo, i miei muscoli si contraggono intorno a lui mentre viene dentro di me.

CAPITOLO 12
Lenzuola di Seta

ALISTAIR

«Non sapevo che fossi una che urla», la stuzzico.

Siamo asciutti e al caldo, seduti davanti al fuoco con una cioccolata calda.

«C'è molto che non sai di me», mi stuzzica di rimando.

«Voglio sapere tutto», dico, anche se so che questo è un territorio pericoloso. Giocare al do ut des non funzionerà a mio favore.

«Nemmeno io sapevo di essere una che urla», ammette, con gli occhi che brillano maliziosamente. «Ero sorpresa quanto te».

«Io non ero sorpreso», preciso, sentendomi soddisfatto. «Era solo questione di tempo».

Ivy ride. «Oh, capisco, sei un amante così straordinario che era *solo questione di tempo*».

Alzo le spalle. «Qualcosa del genere».

Mi lancia un cuscino. La mia mano scatta in tempo per afferrarlo prima che mi colpisca in faccia.

«Santo cielo, e hai anche buoni riflessi. Sei un tuttofare».

Sono sicuro che ci sia qualche tipo di risposta a doppio senso, ma non riesco a pensarne una intelligente, quindi rimango in silenzio.

Reacher e Bijou russano nel loro cestino, e alzano lo sguardo solo di tanto in tanto per assicurarsi di non perdersi nulla di divertente. I cani hanno la sindrome da FOMO suprema.

«Ma seriamente», dice Ivy, con un'espressione tutt'altro che seria. «Quell'orgasmo è stato incredibile».

Questo mi soddisfa profondamente, ma fingo che sia la normalità. «Bene. Continuiamo con la nostra lista *Sì No Forse?*»

Scoprire i kink di Ivy è un progetto a cui sono impegnato al cento per cento. Se potessi dedicarvi la mia vita, lo farei. C'è qualcosa di così irresistibile nella sua relativa innocenza combinata con il modo in cui ama il sesso. Non importa quante volte mi lasci entrare, non ne ho mai abbastanza.

«Sì!» esclama, aggiungendo un ceppo al fuoco. «Facciamolo».

Annuisco. «Dammi un secondo e prendo delle provviste».

«Provviste?» Aggrotta la fronte. «Tipo, giocattoli sessuali?»

«Ehm, pensavo a champagne e croissant, ma potrei sicuramente aggiungere alcuni dildo in silicone, se insisti».

Ivy scoppia a ridere, cosa che adoro. Agita le mani. «Non credo sia necessario *aggiungere* nulla. Non ancora, comunque».

«Va bene, allora. Solo i rinfreschi».

«Bevi sempre così tanto champagne?» mi chiede.

«No», rispondo. «Solo con te».

«Dovremmo probabilmente bere di meno», dice. «È un po' eccessivo».

«Pensa a questo come alla nostra luna di miele», dico. Quasi mi pento delle parole una volta pronunciate. Luna di miele, matrimonio, bambini. Non è nel nostro attuale lessico, e non voglio che cambi. Non ancora.

Ivy non sembra dargli troppo peso. Mi sorride semplicemente. «Hai ragione. Questo è un momento importante che non tornerà mai più. Non è tutti i giorni che vai a vivere con qualcuno, tantomeno con uno come te».

«*Uno come te...* cosa significa?»

«Oh, niente», dice, fingendo innocenza, sbattendo i suoi bellissimi occhi verso di me.

Grugnisco e vado a prendere le provviste non-dildo.

Quando torno con le bevande, croissant caldi dalla cucina AGA, burro, formaggio e confetture, Ivy è seduta sul pavimento accanto ai cani, accarezzandoli. Mi fermo a fissarla. Non posso farne a meno. Non so come sia stato così fortunato. Dio sa che non merito qualcuno come Ivy nella mia vita, eppure eccola qui, che ama i miei cani come se fosse nata per questo.

Poco più di una settimana fa ero una persona diversa. Non solo – mai solo – ma così concentrato su un'unica cosa. C'erano gli affari di famiglia da gestire, e poco altro. Stavo vivendo una versione così ristretta della mia vita, e Ivy l'ha completamente stravolta.

«Tutto bene?» chiede, con la preoccupazione che ora offusca la sua espressione precedentemente sognante.

«Più che bene», rispondo. «Stavo solo pensando a quanto sono fortunato ad averti».

«Idem», risponde. «Mi sento come... non so. Come se fossi una persona vera adesso». Scuote la testa, imbarazzata. «Non è uscito bene».

Non voglio che si senta in imbarazzo, perché è esattamente come mi sento io. «So cosa intendi».

«Tipo, vivere in quell'appartamento terribile. Era un Giorno della Marmotta per cui non avevo mai inteso iscrivermi. Stavo solo... esistendo. A volte peggio che esistere. Nessun posto dove andare se non in basso. A spirale».

Poso i dolci e vado da lei, abbassandomi sui talloni.

«Mi sento come se tu mi avessi salvata», dice. «Non ho mai voluto che un uomo mi salvasse, ma eccoti lì con la tua maglietta firmata da duecento sterline che ho macchiato di sangue».

«Quelle sono state le duecento sterline meglio spese della mia vita», dico. Mi sporgo verso di lei e la bacio, e lei mi mette le braccia attorno.

«Sono io quella fortunata», dice.

Dio, spero di non mandare tutto a puttane.

«Bene», dico una volta che ci siamo sistemati di nuovo sul divano, facendoci strada attraverso il cibo. «Torniamo alla nostra pratica lista».

Devo dire a Brumilde che i croissant sono buoni. È sempre alla ricerca di croissant migliori; è una delle sue eccentricità. Un giorno la porterò in un tour di degustazione di croissant in Francia, se esiste una cosa del genere. Se non esiste, dovrebbe.

«Bene», fa eco Ivy, sedendosi dritta, comportandosi come la migliore studentessa della classe. «Sono pronta. Colpiscimi».

Faccio finta di prendere nota. «Sculacciata, fatto».

Lei ridacchia.

Nascondo il mio sorriso. «Dove eravamo rimasti?»

«Avevo accettato i sex party e i terzetti», dice.

«Il che solleva la domanda... cosa stiamo facendo qui?»

«Ti voglio tutto per me prima. Poi condividerò».

«Generoso da parte tua», rispondo. «Ma ti assicuro che il contrario non è il caso, e non lo sarà mai».

Ivy sorride e inclina la testa. «Non vuoi condividermi?»

«Non accadrà mai», rispondo. «Mai e poi mai».

Sorride. «Così egoista».

«Sì», rispondo. «Molto egoista. Andiamo avanti. Abbiamo discusso di voyeurismo, adorazione della vulva e indossare lingerie. Guardare porno. Giochi di temperatura, terzetti e sesso tantrico».

«Ooh», dice Ivy «Tantra. Me n'ero dimenticata. Sarà divertente».

Ancora non convinto, vado avanti. «Scambismo. È un no secco da parte mia, come sai».

«E-goi-sta!» canta.

«Sottomissione», dico.

«Oh, sì», risponde Ivy. «Adoro quando sei tu ad avere il controllo».

Lasciamo che il sentimento aleggi nell'aria per un momento, poi vado avanti. «Spogliarello».

Ci mette un po' a rispondere. «Mi piace l'*idea* dello spogliarello... ma sono troppo timida per farlo».

Ridacchio. «Non sembravi timida alla piscina poco fa».

Arrossisce. «Era diverso».

«Hmm», rispondo. «Bene, e se non fossi tu a spogliarti?»

«Ooh, pagherei bei soldi per vedere *te* spogliarti», ridacchia, felice all'idea.

«Non è quello che intendevo».

È troppo occupata a ridere per ascoltare.

«Intendevo che potremmo andare in uno strip club. Non in uno squallido».

«Non sono tutti squallidi gli strip club?»

«No, signorina Mickelson, non lo sono».

«Okay», dice, scrollando le spalle. «Sì. Proviamo. Ti comprerò un lap dance».

«*Io* comprerò a *te* un lap dance», dico.

«Non è una competizione».

Agito le sopracciglia verso di lei. «Potremmo renderla tale».

Lei ride. «Avanti?»

Mi schiarisco la gola. «Il prossimo è un no secco da parte mia».

Le sue orecchie si drizzano. «Cos'è?»

«Giochi con lo strap-on».

«Oh, andiamo, sarà divertente!» scherza. Almeno, spero stia scherzando.

«Squirting», dico.

«È un superpotere che non possiedo».

«Possiamo lavorarci», dico con attenzione. «Se sei aperta a provare».

Il suo viso si contrae. «È davvero una cosa reale? Cioè, da dove viene tutta quell'acqua?»

«Ti posso assicurare che è una cosa molto reale», rispondo. Le storie che potrei raccontare.

«Ci sto», dice. «Scuse in anticipo per le tue bellissime lenzuola di seta nel dungeon».

«Fortunatamente, ho la biancheria da letto da dungeon appropriata», dico. «Quindi non saranno necessarie scuse, almeno per quanto riguarda i *servitori*».

CAPITOLO 13
Nel panico

IVY

Sono in una specie di paradiso. Seduta davanti al camino, piena d'amore e soddisfatta dopo l'orgasmo. Euforica per lo champagne, il sesso e quello che posso solo descrivere come amore. I miei soliti sensi di colpa per essere una venduta - una prostituta, addirittura - non mi danno più fastidio. Come ha detto Alistair, siamo nella fase della luna di miele, quindi la mia angoscia può aspettare un attimo. Amo vedere Alistair così rilassato, così divertente e flirtuoso. È davvero un posto meraviglioso in cui trovarsi. Mentre parliamo della lista, sento che si aprono nuove possibilità davanti a me, e sembra che mi attenda una vera avventura.

I nostri telefoni vibrano contemporaneamente. È il gruppo WhatsApp della mia famiglia.

Mamma

Tesori. Niente panico, ma Jamie ha avuto un peggioramento.

Il respiro mi si blocca in gola. *No!*

Digito rapidamente una risposta.

Stava andando così bene!

Cosa è successo?

Sto arrivando.

Alistair chiama Macavoy. «Dobbiamo andare in ospedale», lo sento dire.

Sono nel panico. Tutto il mio ottimismo svanisce, e non posso credere che solo pochi istanti fa ero felice.

Sembra che i suoi polmoni siano in difficoltà. L'infiammazione. Ora un'infezione.

Tieni duro. Saremo lì il prima possibile.

Grazie, tesoro. Mi sentirei meglio se tu fossi qui.

Non completa il pensiero che so deve starle passando per la mente. Sarebbe meglio se fossi lì così che potrei dirgli addio se si arrivasse a questo. Le mie emozioni stanno impazzendo. Sono nel panico. Mi sento come una bambina sperduta.

Alistair è tutto concentrato. Prende i nostri cappotti e getta i croissant rimasti in un sacchetto di carta, presumibilmente da dare ai miei genitori. Mi chiedo come possa avere tanta presenza di spirito in una crisi e poi ricordo che non è suo fratello quello che sta lottando per respirare.

«Macavoy porterà qui l'auto», dice. «Avrai abbastanza caldo?»

Annuisco in silenzio, con la bocca secca.

Vede alcuni dei miei libri vicino alla porta d'ingresso e prende anche quelli. Sentiamo la Jaguar fermarsi fuori, quindi ci precipitiamo all'esterno.

Alistair è di nuovo al telefono. «Ehi, Milly. Dobbiamo correre fuori, non sappiamo quando torneremo. Puoi occuparti dei cani? Grazie».

I cani. Non mi erano venuti in mente nemmeno a me. Incrocio le braccia intorno a me stessa e stringo. Alistair mi vede farlo, poi mi attira verso di lui sul sedile posteriore e mi stringe ancora più forte.

«Andrà tutto bene», dice.

Sono troppo sconvolta per piangere. Non credo che andrà tutto bene. Ci sono state così tante volte da bambini in cui Jamie ha quasi non ce l'ha fatta. Ogni volta che tornava dall'ospedale, tutti pensavamo la stessa cosa: stava vivendo con il tempo preso in prestito. E adesso-

«Smettila», dice Alistair, con la mano sulla mia guancia. «Smettila di pensare al peggio. I medici dell'Hillcrest sono i migliori nel loro campo. È in ottime mani».

Ma i medici non sono riusciti a guarire Lorna. Non sono dei maghi. Jamie è nei guai, lo so. Lo sento. E io sono stata qui a divertirmi come se non avessi un pensiero al mondo.

«Guardami, Ivy», esige.

Sono troppo persa nei miei pensieri per obbedire. Mi sento terribile. I miei seni nasali bruciano.

«Ivy», dice con più forza. «Guardami». La sua mano passa dalla mia guancia alla mascella, girando il mio viso verso il suo.

Parla lentamente, con convinzione. «Jamie starà bene».

Riesco a malapena a pronunciare le parole. La paura mi soffoca. «Non puoi saperlo».

«Farò in modo che vada bene», dice. Vedo la promessa nei suoi occhi e nel modo in cui stringe i denti, ma questa non è una cosa che può sistemare. Non conosce la storia di Jamie; non sa quanto sia fragile. Tutti i soldi del mondo non possono riportare in vita qualcuno.

Il telefono di Alistair squilla. Lo ignora.

«Rispondi alla chiamata», dico, spostandomi dal suo abbraccio per dargli spazio per parlare.

Ti prego, non essere l'ospedale.

Ti prego, non essere l'ospedale.

Il nome di Alistair è sul fascicolo ospedaliero di Jamie poiché è lui che paga le bollette.

Non posso fare a meno di mandare un messaggio a mia madre.

Mamma?? Novità?

Ancora niente. Aspettiamo i medici.

Ivy. È attaccato a un ventilatore.

Oh mio dio. Un maledetto ventilatore! So quanto è grave.

La voce di Alistair taglia attraverso il mio panico. È più severo di quanto l'abbia mai sentito, parla sottovoce attraverso i denti stretti. C'è una fredda violenza nel suo tono che mi fa rabbrividire.

«Se osi anche solo toccargli un capello, *ti darò la caccia*».

Sono così confusa. Lo fisso; improvvisamente sembra un estraneo. I suoi occhi scuri evitano i miei.

Sento quella che sembra una voce con accento russo rispondere ad Alistair. Sbalordita per la seconda volta in pochi minuti, la mia mente vacilla. Non so cosa stia succedendo qui. Tutto quello che so è che devo arrivare da Jamie.

«Sarò lì», dice Alistair. «E te ne pentirai».

Termina la chiamata e impreca sottovoce. «Cazzo!» giura. «CAZZO!»

Sembra così arrabbiato che ho paura di parlare. Quando Jeff si arrabbiava così, sapevo di dover stare zitta e tenermi alla larga o rischiare di essere picchiata. Ricordi terrificanti mi inondano. Mi perdo in essi, poi mi riporto al momento presente. Questo non è Jeff. Sono al sicuro. Mi è permesso parlare.

«Che succede?» chiedo tranquillamente. «Cosa sta succedendo?» Non posso fare a meno di prepararmi a un colpo. È memoria muscolare.

Vedo che Alistair sta cercando di essere calmo, ma il suo respiro è superficiale e i suoi occhi sono chiusi. Sta cercando di capire cosa fare. All'improvviso li apre, e si gira verso di me. Sussulto, ma lui sembra non accorgersene.

«Devo andare. Ti raggiungerò in ospedale più tardi».

«Andare?» chiedo. Odio quanto suono bisognosa. «Andare dove?»

Lui sa che quello che sto realmente chiedendo è *cosa potrebbe essere più importante che stare con me quando sono terrorizzata e mi sto a malapena tenendo insieme?*

«Mi dispiace», dice, scuotendo la testa. Non sembra dispiaciuto. Non mi guarda nemmeno.

«Ti *dispiace*? Mio fratello sta lottando per la sua vita!»

«Macavoy si assicurerà che tu arrivi lì sana e salva. Lucky rimarrà con te. Avrai la tua famiglia».

«Alistair!» singhiozzo. «Non voglio Lucky lì. Voglio *te!* Ho bisogno di te!»

«Vi raggiungerò appena possibile», dice. «Macavoy, fermati quando vedi un taxi disponibile».

«Sì, signore», risponde l'autista.

«Almeno dimmi cosa sta succedendo», supplico. «Non ti ho mai visto così prima. Mi stai spaventando».

Si strofina la fronte. «Mi dispiace. Ma sai che non andrei via a meno che non fosse questione di vita o di morte».

«Qualcuno è nei guai?» chiedo.

Macavoy avvista un taxi e accosta.

«Diciamo solo che tuo fratello non è l'unico in pericolo stasera».

CAPITOLO 14
Mano Insanguinata

ALISTAIR

Sono assolutamente furioso con Christopher, ma più di questo, sono spaventato, e detesto avere paura. Ho costruito la mia vita per essere tranquilla, ordinata, metodica. Odio sentirmi fuori controllo. Più di tutto, odio non essere con Ivy in questo momento quando ha bisogno di me. Lo sguardo sul suo viso quando l'ho lasciata—quello sguardo di perdita e abbandono—mi ha colpito dritto al petto. Odio essere stato io la causa. Guardo fuori dal finestrino del taxi, osservando il tramonto, cercando di calmare i miei nervi. Invio un messaggio veloce a Henderson.

Maledetto Christopher. Spericolato. Irresponsabile. Immaturo. Sempre coinvolto in stronzate che non può gestire. Gli avevo detto di lasciare i pirati informatici alla squadra, ma non ascolta mai. Ha solo quattro anni meno di me, ma si comporta come un bambino.

Non ho idea di cosa sto per affrontare. Arrivo alla cieca, disarmato e senza un piano. Tutto ciò che ho è una posizione sulla mappa e l'avvertimento che il russo mi ha dato al telefono.

Abbiamo tuo fratello qui, ha detto. *Per favore, unisciti a noi per una chiacchierata.*

Se il luogo a cui mi invitavano fosse stato un bar o un country club, il messaggio non sembrerebbe così sinistro. Ma il punto che mi hanno inviato era per la zona losca degli archi ferroviari di Hackney Wick. Non il quartiere riqualificato con i suoi bar alla moda e i bistrot eccentrici, ma la parte abbandonata e fatiscente. Buia, isolata, perfetta per un assassinio rapido e facile da nascondere.

Per favore, unisciti a noi per una chiacchierata.

Ci sono alcune parti della gestione dell'azienda Ravenscroft che sono moralmente ambigue, nel migliore dei casi. Quando siamo tutti insieme in occasioni speciali e pranzi domenicali, la mia famiglia è eccellente nel fingere che siamo un impero solido e di successo senza nulla da nascondere. Per promuovere questa idea al pubblico più ampio, commissioniamo e finanziamo istituzioni e progetti benefici. Per il londinese medio, l'Impero Ravenscroft è un'azienda ricca che restituisce alla comunità. Alcuni giornalisti non si lasciano ingannare così facilmente, e ci sono sporadici articoli sulla mancanza di trasparenza nella nostra organizzazione, sulla nostra crescita incontrollata e/o impronta di carbonio, e gli occasionali pezzi al veleno che ci accusano di cose ben peggiori, che il nostro team legale riesce solitamente a eliminare rapidamente e senza problemi. Mia madre lo chiama "PR". C'è la buona PR e la cattiva PR. Donare un milione di sterline all'associazione dei rifugi per animali è "buona PR". Lo scorso agosto, un giornalista ha accusato Christopher di aver fatto sparire qualcuno. Mia madre l'ha chiamata "cattiva PR".

Il tassista si ferma all'estremità nord degli archi. Le strutture iconiche si profilano nel crepuscolo. Scendo e cammino lungo il confine di mattoni logorati, poi mi infilo all'interno nella cavità con le travi a vista. Odora di decomposizione, ruggine e acqua stagnante. Avanzo a grandi passi, evitando le pozzanghere, con il mio lungo cappotto nero che ondeggia nella brezza.

Li sento prima di vederli: un piccolo gruppo di uomini che fumano sigarette. Anche loro indossano grandi mantelli—i loro, immagino, sono per nascondere le armi da fuoco. I miei occhi cercano Chris, ma non riesco a vederlo. Uno dei tizi più robusti mi vede e schiocca le dita per attirare l'attenzione degli altri. Automaticamente alzo le mani e mi preparo a essere perquisito.

«Sei venuto da solo e disarmato», strascica l'uomo che suppongo sia il capo. Ha quello che sembra un tatuaggio fatto in prigione e rielaborato che gli sale lungo tutto il collo. Il suo accento russo suona autentico—non come un cattivo di James Bond. Sembra esserci un qualche umorismo in questa svolta degli eventi, perché gli altri tre sogghignano.

«Ho supposto che fosse quello che volevate», rispondo. «Dov'è Christopher?»

«È al sicuro, per ora».

«Non è questo che ho chiesto».

«È qui», strascica l'uomo, accennando con la testa dietro di lui. «Nelle vicinanze. Nell'auto».

«Cosa volete?» chiedo.

«Niente di che», si stringe nelle spalle. «*Vesti biznes*. Solo un incontro d'affari».

«Non è così che mi piace fare affari», dico.

«È così che facciamo affari noi», risponde. «Inoltre, avevamo bisogno di attirare la tua attenzione».

«Fare nemici non è un buon modo di fare affari», dico. «Avreste dovuto avvicinarmi con rispetto».

«Sei un uomo difficile da raggiungere, Alistair Ravenscroft, e abbiamo poco tempo».

«Per qualcuno che ha fretta, ci stai mettendo molto tempo ad arrivare al punto».

Ridacchia. «Sei divertente con le battute».

Lo fisso, in attesa. Non è quello che mi aspettavo. Questi tizi sembrano dei tipi da gang hardcore, robusti, con la loro pelle tatuata e i denti d'oro. Questi non sono criminali informatici. Questi operano nella vita reale e sul campo. Puoi praticamente sentire l'odore di metallo delle armi su di loro.

«Se puoi arrivare al punto», dico senza inflessioni, «c'è un posto dove dovrei essere».

«Ah, sì», dice, allungando le parole in modo irritante. «Hai una fidanzata con cui vuoi stare. Per fare romance».

Altre risatine dalla galleria tatuata come in prigione. I peli sulla nuca mi si drizzano e faccio un passo avanti. Quello che vorrei fare è prenderlo per il collo e assicurarmi che non menzioni mai più Ivy, ma so che questo la metterebbe solo in maggior pericolo. Se sapessero quanto amo Ivy, conoscerebbero la mia kryptonite. Lo ignoro e sblocco la mascella, sperando di non aver già rivelato troppo.

«Affari», dico.

L'uomo si scrocchia il collo, e suona come una coscia di pollo che si spezza. «Abbiamo bisogno di accedere alla tua rete di distribuzione. Gli uccellini ci dicono che la tua linea ferroviaria segreta è la migliore del paese, e nessuno guarda all'interno».

«Perché avete bisogno di distribuzione? Cosa state movimentando?»

«È meglio se non lo sai».

È il mio turno di schernire. «Pensi che vi lascerò usare i miei canali se non so cosa state trasportando?»

«Credimi, è meglio per te. Meglio per tutti. Trasporto facile per noi, soldi facili per te».

«Non ho bisogno di soldi facili. Ho bisogno di sapere quali sono le merci, o non c'è affare».

Fa un passo avanti così da essere proprio in faccia a me. Odora di sigarette stantie e vino. «Ci sono due modi in cui possiamo fare questo, Ravenscroft». Il modo in cui dice il mio nome suona come un insulto. «Un modo è quello difficile». Mi mostra la sua pistola. Sembra una Makarov, ma nella luce fioca è difficile esserne sicuri. La capacità standard di una Makarov è di otto colpi, e loro sono in cinque.

«Non reagisco bene alle minacce», rispondo. «Questo incontro d'affari è finito».

Faccio un passo indietro, ma gli altri uomini mi bloccano l'uscita.

«Trovate qualcun altro», dico. «Ci sono molte persone disposte ad aiutarvi. Un sacco di gente che vuole i vostri *soldi facili*».

Si strofina la barba. «Abbiamo bisogno che sia tu. Il Barone insiste. E noi non scherziamo con il nostro capo. Spero per te che non lo incontri mai, ma se lo farai, vedrai perché obbediamo alle sue istruzioni».

Aggrotto la fronte. Non capisco. Non ho assolutamente nessun legame con la Bratva, e intendo mantenerlo così. L'ultima cosa che voglio è essere coinvolto con la fottuta mafia russa. Gesù.

«Perché io?»

«Perché tu sei *Krasnaya Ruka*. Tu hai, come dite voi? Una mano insanguinata».

«Portatemi da Christopher», dico.

«Stai scegliendo la via facile o quella difficile?»

«Suppongo che per 'via difficile' intendiate che non rivedrò più mio fratello».

«*Nyet*», dice. «Lo vedrai. Ma... in modo diverso».

Altre risate beffarde dagli uomini, che ora sono pronto a prendere a pugni in gola.

«Lo vedrai pezzo per pezzo. Possiamo spedirtelo per posta, a pezzi».

Le mie dita si stringono in pugni. «Ve ne pentirete».

«Ne dubito. Penso che questo sia l'inizio di una relazione molto redditizia tra le nostre famiglie».

«Non entro in relazioni con *famiglie* come la vostra».

Ridacchia. «Pensi di essere meglio di noi. Nessun problema, non è una questione che mi preoccupa. Hai accettato di farci usare la tua ferrovia, quindi sono felice. Il capo sarà felice. Siamo tutti sorridenti».

«Un buon incontro d'affari», dice uno degli uomini dietro di me. «*Molodets*».

Decido di tenere la mia opinione per me.

Si sente il suono di vetri rotti in lontananza, e ci giriamo tutti a guardare contemporaneamente. Uso la distrazione per dargli un ginocchiata nei testicoli e afferrare la sua pistola semiautomatica mentre si piega in avanti. Non la lascia andare, ma questo non mi impedisce di puntare l'arma verso i suoi scagnozzi, che stanno tutti cercando le loro. Lui si slancia, cercando di strapparmi la pistola, ma riesco a sparare tre volte, colpendo ogni volta il bersaglio. Gli uomini esclamano sorpresi e cadono. Ora è una situazione più gestibile, due contro uno. Makarov ancora nella sua mano ma sotto il mio controllo, gli torco il braccio fino al punto di rottura affinché la lasci, ma lui non emette nemmeno un grido. Cerco di puntarla verso l'ultimo tizio, ma ora ha la sua arma fuori e puntata dritta sulla mia faccia. Lascio andare e alzo le braccia, e vengo ricompensato con un potente calcio allo stomaco. Mi accascio, incapace di respirare o vedere. Cazzo.

«Vedo che vuoi fare le cose nel modo difficile», ringhia. Il suo corpo freme di rabbia. «Va bene così».

Ingoio il vomito e cerco di alzarmi, ma sto barcollando. A malapena vedo il pugno che vola nella mia direzione, schiantandosi contro il mio zigomo e facendomi cadere. L'uomo è costruito come un carro armato.

«Quindi se ti metti sulla nostra strada, dobbiamo rimuoverti. Sono sicuro che capisci. Tuo fratello ci lascerà usare il treno. E se non lo farà, rimuoveremo anche lui. E continueremo finché non potremo usare i canali».

«Ok», balbetto. «Ok. Affare fatto».

«Te l'avevo detto che avrebbe ceduto», dice l'altro uomo. «Non te l'avevo detto, Niki?» Non sembra minimamente turbato dagli uomini morti distesi ai suoi piedi.

«*Zakon podlosti*», risponde, poi traduce a mio beneficio. «È la legge della giungla».

«Mi porterete da mio fratello», dico, con il cranio dolorante. «Ora che siamo giunti a un accordo?»

«*Da*. Sarai felice di sapere che ha ancora la maggior parte delle sue dita».

CAPITOLO 15
Gabbia Dorata

IVY

Sono così preoccupata per Jamie e col cuore spezzato per la partenza di Alistair proprio quando avevo bisogno di lui. L'idea che mi ero fatta di lui semplicemente non corrisponde alle sue azioni. Quante volte ha detto che avrebbe fatto qualsiasi cosa per me? Ma poi, quando ho più bisogno di lui, semplicemente scompare. Non ha nemmeno aspettato che arrivassimo all'ospedale. La mia vita sembrava così perfetta questo pomeriggio, e ora ogni traccia di felicità è svanita. Non posso fare a meno di chiedermi se la mia relazione con Alistair sia un castello di carte.

Non è chi pensi che sia.

Il mio cuore è così dolente, non riesco a sopportarlo. Mando un messaggio a Becks.

IVY MICKELSON
 Oh Becks.

Lei viene online.

REBECCA BRADLEY

Santa Ivy. Che succede?

C'è un modo in cui puoi raggiungermi all'ospedale?

Certo. Sarò lì in 30 minuti. Cosa ti porto?

Niente. Ho solo bisogno di una spalla. La tua spalla.

Becks è davvero l'amica più solida che si possa desiderare. Inizio a piangere.

È Jamie?

Mamma dice che ha avuto una ricaduta. Non riesco a sopportarlo.

Ives. So che fa paura ma Jamie si riprende ogni singola volta.

Sta vivendo di tempo preso in prestito. Ci sono state così tante volte in cui avrebbe dovuto morire quando eravamo piccoli. E se questa fosse la volta buona? Non ce la faccio.

Trovo difficile digitare, difficile vedere lo schermo attraverso le mie lacrime.

Ci spaventa sempre e poi ce la fa sempre. Abbi fede.

Se muore sarà per colpa mia.

Inizio a singhiozzare seriamente. Macavoy mi guarda accigliato dallo specchietto retrovisore.

Sono stronzate assurde e lo sai.

Non lo sono e lo sai.

Da quando hai iniziato a incolpare le vittime?? Perché è quello che stai facendo. SMETTILA.

Ha perso la sua CASA per colpa mia. Una vita d'arte. E adesso?

Sai benissimo come me che Jamie avrà una casa molto migliore dopo questa storia. Il tuo milionario palestrato se ne occuperà.

Non so se funzionerà con il palestrato.

MA CHE?? La settimana scorsa eri disposta a tollerare il fatto che poteva essere o non essere un criminale, ma ora non sei sicura?

Cosa è successo?

Se ti ha fatto del male divento una furia.

Niente del genere.

E allora CHE CAZZO?

Sa che Jamie è davvero malato ma mi ha lasciata in macchina per andare da qualche altra parte.

MA CHE CAZZO??

Qualcuno era in pericolo.

Becks ci mette un po' a rispondere.

Ti darò un po' di duro amore qui.

Faccio un respiro profondo per calmarmi.

Quando mai il tuo amore è gentile?

Dammi pure. Posso sopportarlo.

Questa è la vita per cui ti stai iscrivendo quando scegli un uomo come Ravenscroft.

SÌ è incredibilmente divino ed è un distruttore di tutti i futuri orgasmi con chiunque non sia lui.

SÌ è così fottutamente ricco che se rimani con lui non dovrai più preoccuparti di soldi per il resto della tua vita.

SÌ sembra essere un uomo generoso e gentile - per

quanto mi dispiaccia ammetterlo, quello che ha fatto per la tua famiglia è solido.

MA tutto questo viene con seri e innegabili svantaggi. Orgasmi rovinati. Gabbia dorata.

Non sono in disaccordo.

Vuoi una vita in una gabbia dorata? E poi, da dove vengono i soldi per comprare quell'oro? Da quello che ho capito, sono soldi sporchi. Non tutti, ma il fatto rimane.

Lo conosci da una settimana e sei già intrappolata.

Non sono intrappolata.

Ne sei sicura? Ti ha portata a vivere a casa sua.

Sembra ingiusto nei confronti di Alistair. Volevo andare a vivere con lui. Non è certo una situazione da ostaggio.

Posso andarmene in qualsiasi momento.

Sai che sembri proprio lo zio Rick in questo momento. Lui *può smettere di bere in qualsiasi momento*. Eppure ha perso tutto. Sta vivendo con suo cugino che lo odia, CAZZO.

Se Becks sta dicendo che sono dipendente da Alistair, ha ragione. Non rispondo. Non so cosa dire.

Cazzo, scusa.

Non hai bisogno di questo adesso.

Sono solo estremamente preoccupata per te.

Ma preoccupiamoci di Jamie per ora e affrontiamo il resto dopo.

Riesco a ricompormi abbastanza da smettere di piangere quando arriviamo all'ospedale privato. Macavoy apre la mia portiera e mi offre la sua mano. La prendo con gratitudine. La sua espressione è gentile mentre mi accompagna all'ingresso.

Mamma e papà stanno aspettando nel corridoio della terapia intensiva fuori dalla stanza di Jamie. Vedono i miei occhi gonfi ed entrambi mi tendono le braccia per abbracciarmi nello stesso momento. Finiamo per abbracciarci tutti insieme, e trovo quasi impossibile trattenere le lacrime.

«Novità?» riesco a dire, con il nodo in gola che brucia come un carbone ardente.

Entrambi esitano a rispondere, il che fa sobbalzare il mio cuore.

«Cosa?» insisto. «Ditemelo!»

Papà stringe la mano della mamma come per dire che sarà lui a dirmelo. «Ha reagito male al ventilatore nonostante la sedazione. L'hanno stabilizzato, ma ci hanno avvertito che stanotte sarà... difficile.»

Non riesco più a trattenere le lacrime. Papà mi afferra e mi abbraccia forte mentre singhiozzo sul suo petto. Do la colpa a me stessa per tutto, nonostante la logica, nonostante non farei mai del male a Jamie, nonostante fossi sempre stata la sua più grande sostenitrice, difensore e amica. Voglio scusarmi, ma so che non lo accetterebbero. Papà mi lascia bagnare completamente la parte anteriore del suo maglione mentre la mamma mi passa i fazzoletti. Alla fine il pianto si placa, e mio padre mi accompagna a una sedia in cui mi lascio cadere.

«Non dovresti essere sola,» dice la mamma.

«Non sono sola,» ribatto. «Ho voi.»

Ma so cosa intende. *Dove diavolo è Alistair?*

«Mi ha dato un sacchetto di croissant da darvi,» dico. «L'ho lasciato in macchina.»

«Molto gentile da parte sua,» dice papà, annuendo.

La mamma è d'accordo. «È un uomo molto generoso. Sei stata davvero fortunata, Ivy.»

Lo sono stata? mi chiedo. *O era tutta una facciata?*

Becks arriva e ci abbraccia tutti. Ha portato caffè e cioccolato dalla hall al piano di sotto, e un pacchetto di biscotti allo zenzero per Jamie «per quando si sveglierà.»

«Dio, sembri un relitto,» mi dice.

«Grazie,» mormoro. Onestamente non mi importa di come appaio in questo momento, ma deve essere brutto se Becks reagisce così. Immagino che dovrei fare loro un favore sistemandomi un po'. Mi scuso per andare in bagno.

Non riconosco il mio riflesso. Questa mattina mi sentivo così a mio agio nel mio corpo - è solo uno degli effetti collaterali del sesso con Alistair - e ora sembro una strega sotto metanfetamine. Sembro una di quelle foto prima e dopo di tossicodipendenti che usano per spaventare i ragazzi e tenerli lontani dalla droga. Faccia rossa, occhi gonfi - uno ancora livido - labbra sottili e secche, e capelli grassi e non spazzolati. Non c'è da stupirsi che Becks abbia commentato. Mi lavo la faccia con acqua fredda e cerco di districare i nodi con le dita, poi lego i capelli in una coda con un elastico che tiro fuori dalla tasca della giacca. Trovo un po' di balsamo colorato per le labbra e lo applico, anche se non posso fare a meno di pensare che sia come mettere il rossetto a un maiale. Faccio dei respiri profondi e dico al mio riflesso che andrà tutto bene. Che Jamie ce la farà di nuovo come ha sempre fatto. Che Alistair arriverà e si scuserà e farà sparire la mia angoscia e ansia. Questo supponendo che non mi guardi e si chieda cosa abbia mai visto in me. Le lacrime tornano di nuovo e le ricaccio indietro. Devo mantenere la calma. Quando mio fratello è nei guai, non ho il lusso di crollare.

Becks mi porge il caffè con un sorriso incoraggiante. «È ancora caldo.»

Cerco un giudizio nei suoi occhi ma trovo solo gentilezza. «Grazie, Becks.»

«Mi dispiace essere stata così dura con te prima.»

«Va bene,» rispondo. «Ne ho bisogno. Ho bisogno di onestà. Sarei persa senza.»

La combinazione della sua presenza, delle sue parole e del caffè è così confortante. Sento i miei dolori allontanarsi.

«Ci sei sempre per me,» dico. «Sempre. Non lo do per scontato.»

«Bene!» risponde, poi mi dà un pugno sul braccio.

I miei genitori sorridono, e iniziamo a chiacchierare di come sta la famiglia di Becks e su cosa sta lavorando, evitando accuratamente quello che sembra una bomba a orologeria dall'altra parte della porta.

CAPITOLO 16
Un Proiettile per un Proiettile

ALISTAIR

I due mafiosi russi rimettono le armi nelle fondine, e ci incamminiamo nella direzione da cui abbiamo sentito il vetro infrangersi. Ci avviciniamo a un furgone nero anonimo senza targa, e Niki borbotta quello che presumo siano imprecazioni russe sotto voce. Schegge di vetro luccicano sul terreno. Niki solleva lo sguardo verso di me, con la rabbia che irradia dal suo corpo immenso.

«Lei pensa di potermi prendere in giro?» chiede, alzando lentamente la pistola. «Pensa che stiamo giocando? Questo è *shashki* per Lei?»

«Non ho idea di cosa stia parlando» rispondo.

«Lei ha detto che è venuto da solo, ma scopriamo che qualcuno ha portato via Suo fratello dall'auto.»

La maggior parte del vetro è caduta all'interno dell'auto, quindi non posso sostenere che sia fuggito da solo. Poi vedo il corpo dell'autista reclinato contro un finestrino macchiato di sangue, e capisco che questa situazione non può finire bene.

Niki contrae il viso in un'espressione di frustrazione.

Solleva il calcio della mano che impugna la pistola alla tempia, come se avesse un mal di testa lancinante. «Lei sta rendendo le cose difficili per noi.»

Bisogna proprio amare la logica della fratellanza russa. Rapiscono tuo fratello e minacciano di rispedirtelo a pezzi, ma *io* sono quello che rende la vita difficile.

«Senta» dico. «Abbiamo un accordo. Ha ottenuto ciò per cui è venuto. Dirò al mio team logistico della Granite di attendere le Sue istruzioni.»

«Hm» grugnisce. «Ma cosa faremo riguardo a questo... questo insulto?» Indica il suo autista morto.

Il suo compare interviene. «Non possiamo lasciar correre così.»

Niki annuisce. «Dici la verità.»

«Un proiettile per un proiettile?» suggerisce il suo compagno.

Si fanno indietro, guardandomi, soppesando le loro opzioni.

«Nella gamba?» chiede Niki.

«Forse il piede» dice il teppista, poi mi guarda, forse aspettandosi gratitudine.

Quando mi sono svegliato stamattina, non era così che immaginavo si sarebbe svolto il mio giorno. Niki punta la sua pistola verso i miei piedi, e io automaticamente mi sposto indietro.

«Ha» dice il compare, rinfrancato. «Guarda come balla. È bravo nel *kazachok*.»

La mia pazienza si sta logorando. Dovrei essere con Ivy, non negoziare con questi idioti slavi.

«Me ne vado» dico. «Dirò al mio team di aspettare la Sua chiamata.»

«Lei non se ne va finché non diciamo che può andarsene» scatta Niki, con il dito sul grilletto.

Mi volto per andarmene. Non credo che mi sparerà alla schiena, ma potrei sbagliarmi.

«Sto per premere il grilletto» dice Niki. Sembra che faccia sul serio.

Mi preparo al dolore. C'è uno sparo, ma non è di una Makarov. È il suono attutito di una pistola con il silenziatore. Uno-due, uno-due, e mentre mi giro di scatto per affrontare gli uomini, sono entrambi immobili a terra.

Un uomo magro dai capelli scuri vestito tutto di nero è in piedi dietro di loro. Abbassa la sua arma.

«Ciao, capo» dice.

«Cristo, Henderson. Ci hai messo un po'.»

«Prego.»

«Dov'è Chris?»

«In macchina su Chapman. Ho dovuto allontanarlo dalla... situazione.»

Faccio una pausa prima di fare la domanda successiva, preoccupato per qual sarà la risposta. «Gli hanno fatto del male?»

«No» risponde Henderson rapidamente. «Tutte le membra sono al loro posto. È solo scosso.»

Sollievo. Mi asciugo la bocca, un tic nervoso. Le mie mani tremano per l'adrenalina. «Hai chiamato il pulitore?»

«È in arrivo.»

Sospiro e guardo i corpi a terra. «Questa non è una situazione ideale.»

«Manderanno solo altri uomini» concorda Henderson. «Dovremo stare attenti.»

Mi gratto il cuoio capelluto con le nocche. «Non so se stare sulla difensiva sarà sufficiente.»

Mi fissa. «Cosa stai dicendo?»

«Sto dicendo che non voglio essere un bersaglio facile. Dobbiamo prendere il controllo di questa situazione.»

«Cosa vuoi che faccia?»

«Scopri tutto quello che puoi su di loro. Con quale *bratva* abbiamo a che fare. Poi procederemo da lì.»

«Comincio subito. Facciamo una riunione di famiglia fra un'ora?»

«No» rispondo. «Porta Chris a casa. Ci incontreremo domani.»

Henderson sembra sconcertato. «Domani?»

«Devo andare da Ivy. È a Hillcrest.»

Henderson annuisce: *non serve aggiungere altro.*

«Fammi sapere come sta Chris.»

«Lo farò.»

«E Henderson?»

Lo guardo, sentendo il peso della nostra lunga storia, le nostre esperienze condivise. Tutto ciò che abbiamo fatto l'uno per l'altro. La perdita che abbiamo condiviso. È la mia guardia del corpo, ma sa di essere la cosa più simile a un migliore amico che ho.

«Sì, capo?»

«Grazie.»

CAPITOLO 17

Mago

IVY

Il dottore controlla Jamie ogni mezz'ora e ci aggiorna di conseguenza. «È stabile», ci rassicura. «È stabile». È chiaro dal suo linguaggio del corpo che questa è la cosa più importante. Sembra essere l'unica cosa che possiamo sperare in questo momento. Ci suggerisce di andare a casa e dormire un po', perché ne avremo bisogno per affrontare qualunque cosa ci riservi il domani. Scuoto la testa. Non me ne vado per nessun motivo. E se si svegliasse e avesse bisogno di me?

«Non può svegliarsi», dice il dottore gentilmente. «È fortemente sedato a causa del ventilatore».

«Il dottore ha ragione», insiste Becks. «Dovreste andare tutti a riposare un po'. Rifocillatevi e ricaricate le energie per domani».

So che ha ragione. Qualunque sia l'esito, dovrò essere in grado di mantenere la calma, e senza cibo o sonno sarà più difficile. Solo che... non riesco a decidermi ad andarmene. Sto per dirlo quando una visione appare lungo il corridoio. Avevo pensato a lui come un supereroe prima, e ora lo sembra davvero. Il lungo mantello nero di Alistair ondeggia dietro di lui come quello di un mago di alta moda. Ha la mascella serrata e i suoi occhi si fissano nei miei. Sta tenendo tre bouquet giganteschi. Siamo tutti a fissarlo quando ci raggiunge. Mi chiedo se mi sono addormentata e questo è un sogno.

Nonostante sia arrabbiata con lui, mi alzo e mi lascio sollevare da terra nel suo forte abbraccio.

«Ivy», mi ringhia nell'orecchio. «Perdonami».

Senza pensarci, senza considerare affatto le scuse, annuisco. Mi ha ferita, ma ora è qui. Mi guarda profondamente negli occhi. «Mi dispiace tanto non essere stato al tuo fianco».

Le lacrime mi riempiono di nuovo gli occhi, ma le trattengo. Piangerò dopo, tra le sue braccia.

Mi fa un leggero cenno come per dire che ne parleremo più tardi, e io ricambio. Mi dà uno dei bouquet, e gli altri a mamma e Becks. Papà osserva con approvazione e si scambiano una stretta di mano vigorosa.

«Grazie per essere venuto», dice papà. So che intende *grazie per non aver abbandonato Ivy, perché prima era nel panico totale, e sono felice che tu sia ancora qui.*

«Come sapevi che ero qui?» chiede Becks, che sembra meno colpita dai fiori di quanto lo fosse stata mamma.

«Perché sei un'amica così buona per Ivy», dice lui. «Grazie».

Lei lo fissa severamente, probabilmente pensando che non ha bisogno della sua gratitudine. Lei c'è da sempre e farebbe bene a ricordarselo.

Il medico di Jamie sta parlando con un'infermiera all'inizio del corridoio. Incrocia lo sguardo di Alistair e solleva il mento. Alistair si scusa e si avvicina a lui. Mentre parlano, mamma si volta verso di me. «Non ti ho nemmeno chiesto come va la tua nuova... sistemazione. Tutto bene? Ti stai ambientando?»

Mi chiedo se abbia percepito la distanza tra me e Alistair, anche se l'ho veramente perdonato nel momento in cui l'ho visto avvicinarsi lungo il corridoio.

«Sì, grazie, mamma», rispondo. «È una casa bellissima. Sono molto fortunata. E lui ha dei cani!»

«Cani?» dice papà. «Di che tipo?»

«Un golden retriever e un bulldog francese. Sono animali adorabili».

Ancora una volta, mio padre sembra compiaciuto. Non è mai stato uno di quei padri antagonisti verso i fidanzati delle figlie – sai, quel cliché dei padri che aprono la porta al ragazzo del ballo con un fucile in mano – ma posso dire che approva sinceramente Alistair, ed è confortante. Becks non si lascia conquistare così facilmente.

Alistair finisce con il dottore, fa una rapida telefonata, poi torna e si sfrega le mani come se avesse un piano.

«Bene, gente», dice. «Vi porto fuori a cena».

«Cosa?» sbuffa Becks. «No. È mezzanotte. Non sarà aperto niente a parte i drive-through del McDevil».

«Conosco un posto», ribatte lui.

Mamma sorride debolmente. «Gentile da parte tua, caro, ma non sono sicura di essere in vena di ristoranti».

«Bene», dice Alistair. «Perché non vi porto in un risto-rante. Il dottore dice che dovete uscire di qui fino a domat-tina. 'Meglio per tutti' sono state le sue parole esatte».

«In effetti ho abbastanza fame», dice papà.

«Potrei mangiare qualcosa», dico io.

«D'accordo allora», dice Becks. «Portaci al tuo non-risto-rante. Sono curiosa. E affamata».

Tra la Jaguar e la limousine, ci stiamo tutti, e presto arri-viamo al The Raven.

«Ti ricordi questo posto?» mi chiede Alistair, ammiccando.

Arrossisco, ma non credo che qualcuno se ne accorga. Siamo tutti esausti dalla preoccupazione.

Il manager notturno ci aspetta fuori, e ci conduce attraverso l'ingresso in una sala da pranzo privata. Alistair fa unire a noi Macavoy, Henderson e Lucky.

Non ci sono menu, perché la cucina è chiusa a tutti gli ordini tranne che per il servizio in camera. Invece, ci vengono portati quattro carrelli a cui possiamo servirci come desideriamo. Un carrello contiene alcolici, due carrelli sono cibi salati, e il quarto è carico di dessert e formaggi.

«È come Natale», si entusiasma papà. «Senza le sciocchezze».

Il manager si assicura che tutti abbiano ciò di cui hanno bisogno, e poi se ne va. Alistair trangugia una bottiglia d'acqua, la getta, poi mi prende la mano. «Scusateci un attimo», dice alla mia famiglia. «Ho bisogno di scambiare due parole con Ivy».

Deglutisco con difficoltà. Dobbiamo farlo adesso? Stavo per dedicarmi a un piatto della pasta ai gamberi dall'aspetto più delizioso che abbia mai visto. Inoltre, sono nervosa per la conversazione. Preferirei molto di più sedermi con la mia famiglia e bere un po' di chardonnay piuttosto che avere una conversazione difficile dopo una giornata molto difficile. Becks legge il mio disagio e mi fa un pollice in su per incoraggiarmi.

Mutandoni da donna grande, Ivy, dico a me stessa.

CAPITOLO 18
Camera 8

ALISTAIR

Poggio la mano sulla parte bassa della schiena di Ivy mentre la guido fuori dalla sala da pranzo privata.

«Grazie mille per questo», mi dice.

«È il minimo che possa fare», rispondo. «Dopo averti trattata in quel modo».

Lei scuote la testa. «Ho sbagliato a chiederti di restare. Avevi un'emergenza. Mi sono solo fatta prendere dal panico. Stai bene *tu*?»

Il fatto che possa essere così gentile dopo che l'ho lasciata in quel modo è una testimonianza della sua bontà. Del suo cuore incredibile.

Emetto un lungo sospiro. «È stato... un momento critico. Non qualcosa che voglio ripetere». L'adrenalina è ancora alta, ma almeno ho smesso di tremare.

Lei rallenta il passo per guardarmi. «Vuoi parlarne?»

Stringo la presa su di lei. «Parlarne è l'ultima cosa che voglio».

«Eh», dice lei. Chiaramente pensa che ci siamo allontanati dal banchetto di mezzanotte per portarla da qualche parte a parlare. Quanto può essere innocente a volte.

Uso la mia chiave magnetica master per aprire la porta della Camera 8 e la spingo dentro. «Non è proprio l'attico», dico, chiudendo la porta con un calcio. «Ma non ci fermeremo a lungo».

Ora sta sorridendo, ha capito l'idea. È incoraggiante. «Il viaggio in ascensore sarebbe troppo lungo».

«Esattamente». La spingo contro il muro proprio lì e la bacio profondamente. Sospetto che potrebbe respingermi dopo la nostra discussione, ma fa l'opposto. È tutta calda accoglienza. Miele e spezie.

«Non ti merito», sussurro, e lo penso davvero.

«Sì», risponde lei. «Tu mi meriti».

Non sa chi sono o cosa ho fatto. Non sa che le mani che stanno accarezzando il suo corpo perfetto, solo poche ore prima, avevano impugnato una pistola. Avevano ucciso due persone.

«Concordiamo», dico, sollevandole la maglietta sopra la testa, «di non essere d'accordo».

Ivy annuisce. La bacio più forte, forzando la mia lingua nella sua bocca mentre la premo contro la parete fredda. Lei si sbottona i jeans, e non posso più aspettare. Infilo le dita dentro di lei, anche se non è pronta. Lei grida di sorpresa, ma il suo piacere è evidente. Ho così tanto bisogno di lei che non riesco a controllarmi. Ho bisogno del suo perdono, della sua accettazione, del suo amore. Ma soprattutto, ho bisogno del suo corpo.

Ivy si spinge contro le mie dita, chiedendo di più. «Più forte», rantola. «Per favore».

Posso vedere che ha bisogno di me quanto io ho bisogno di lei. Stanotte abbiamo quasi perso i nostri fratelli; il suo è ancora in pericolo. Siamo scossi, e questo è ciò che ci farà stare bene di nuovo, anche se temporaneamente.

«Più forte», esige. Ora è bagnata.

Ringhio nella sua bocca mentre la scopo con le dita, non permettendole di muoversi da dove l'ho inchiodata al muro. Lei inizia a gemere come fa quando il suo orgasmo inizia la sua ascesa.

«Già?»

«Sì», risponde, senza fiato. «Ti prego, scopami».

La giro e la spingo di nuovo contro il muro. Si alza sulle punte dei piedi e inarca la schiena, offrendomi la parte più intima di sé. È un invito a cui non posso resistere. Libero il mio cazzo dai pantaloni e lo spingo dentro di lei. È così bagnata che entra completamente con la prima spinta e entrambi sobbalziamo. È così stretta che devo fermarmi.

«Porca miseria», geme.

«Questo è ciò di cui ho bisogno», mormoro contro la sua nuca. Ha sempre un profumo così buono. «Questo è ciò di cui ho bisogno». Respiro e lentamente inizio a spingermi dentro di lei. La sua vagina stringe il mio cazzo con tanta forza.

«Ca-a-azzo», geme. Sembra vicina alle lacrime. I suoi muscoli si contraggono intorno a me. Sono dentro di lei da solo un minuto, ma siamo entrambi così vicini a venire. Basterebbero poche spinte delicate per arrivare lì, ma non sono dell'umore per la delicatezza. Il modo in cui si muove mi fa pensare che nemmeno lei sia dell'umore per la delicatezza.

Stringo i denti. «Voglio scoparti forte».

«Sì», geme, annuendo. «Forte. Scopami più forte che puoi».

Entrambi abbiamo bisogno che sia ruvido.

Non posso farlo qui, contro il muro, senza farle male.

Quindi mi sfilo, la sollevo e la getto sul letto. Mi sento come un animale selvaggio. Voglio divorarla. Le mie mascelle sono serrate così strettamente che penso potrebbero fratturarsi. Voglio ruggire e affondarmi in lei come i denti di una tigre nella sua preda.

È sulla schiena, appoggiata sui gomiti, e mi guarda con la stessa ferocia che provo io. Capelli arruffati, labbra gonfie, anche i suoi denti sono serrati. La spingo, la giro e sollevo i suoi fianchi per poterla vedere in tutto il suo splendore. Solo guardare la sua vagina calda e bagnata in quel modo mi fa impazzire. Cazzo!

Tengo un piede sul tappeto, l'altro ginocchio sul letto mentre mi posiziono per la massima profondità. Spingo dentro di lei e lei guaisce per la sorpresa e la forza. I suoi muscoli mi stringono, le sue dita si spostano sul clitoride mentre dice «Sì, sì, sì».

Tutta la rabbia, la paura e l'amore che provo ribollono dentro di me come lava e ho bisogno di lasciarli andare. Tutto il mio corpo urla alla ricerca della liberazione, e Ivy vuole prendere tutto. Gemo mentre inizio a sbattermi contro di lei, spingendo con tutta la mia forza. Spingo più in profondità di quanto abbia mai fatto con chiunque, più in profondità di quanto credessi possibile, e lei mi sta implorando di non fermarmi. Sento tutte le emozioni intensificarsi insieme alle sensazioni, e si accumula fino a un'altezza impossibile.

Sento tutto.

Sto per scoppiare cazzo.

CAPITOLO 19
Aperta, Succosa e Potente

IVY

Alistair è feroce mentre spinge dentro di me. Sono così vicina all'orgasmo che non so cosa fare se non aprirmi a lui. Non mi sono mai sentita così penetrata, come se il suo corpo stesse cercando di irrompere nel mio. Lo voglio tutto. Lo prendo tutto. È come se stesse riversando tutte le sue emozioni dentro di me, e io in lui. La mia disperata paura di perdere Jamie, il senso di colpa per la parte che ho avuto nella sua situazione precaria. La mia ansia di aver commesso un terribile errore innamorandomi di un uomo con così tanti oscuri segreti. Il mio *sentirmi persa*. C'è mai stato un momento in cui non mi sono sentita persa? Sono una bambina sperduta quando non sono con Alistair.

In questo momento, in questa camera d'albergo, sono l'opposto di tutto ciò. Nelle mani di Alistair, sono una dea erotica, aperta, succosa e potente.

Le mie emozioni vorticano ai margini della mia coscienza, troppo astratte per emergere mentre le sensazioni sono così intense. Più forte spinge Alistair, meno importano.

«Più forte», esigo.

Alistair obbedisce. Spinge il suo membro così in profondità che vedo le stelle. Gemiamo insieme per la pura intensità. È trasformativo. Il mio cuore batte nelle orecchie. Sto cambiando mentre mi scopa.

«Non fermarti», mugolo. La sua mano si sposta sul mio collo e mi stringe. Applica pressione senza limitare il mio respiro. La calda marea del mio orgasmo mi lambisce, avvicinandosi sempre di più finché tutto il mio corpo inizia a sfrigolare. I miei muscoli iniziano a contrarsi attorno al suo vigoroso membro.

Oh cazzo. Cazzo!

«Ivy», ringhia. «Cazzo. Ti amo».

Il mio orgasmo mi colpisce così forte che urlo. Non riesco a pensare a niente, c'è solo sensazione. Non m'importa se qualcuno mi sente; non c'è nessuno sul mio radar. Ci siamo solo io e Alistair. Ci sono solo i nostri corpi che si agitano. Sto ancora venendo quando Alistair ruggisce e si spinge dentro di me un'ultima volta.

Le mie urla si trasformano in singhiozzi, e non si fermano. Alistair prende la morbida coperta ai piedi del letto e mi copre, zittendomi e confortandomi. Mi passa un fazzoletto dal comodino.

«Va tutto bene», dice, con tanta tenerezza. Non si direbbe mai che fosse la stessa persona che mi ha appena travolto con tutto quello che aveva. Essere tra le sue forti braccia è immediatamente confortante.

«Scusa», dico, asciugandomi gli occhi. «Non volevo piangere. Mi sento meglio - mi hai fatto sentire meglio. Quindi non so perché sto piagnucolando».

«È il rilascio», dice. «Lo sento anch'io».

Le lacrime si fermano. «Non so perché la gente si

prenda la briga di fare terapia», dico. «Questo è molto meglio».

Ride sommessamente. Mi tiene ancora per un po', poi si alza dal letto e si sistema.

«Torno a controllare gli altri. Prenditi il tuo tempo».

«Grazie», dico. «Arrivo subito».

Faccio velocemente una doccia e sono grata di potermi lavare i capelli e far scorrere l'acqua calda sul mio viso gonfio. Nonostante gli occhi arrossati, mi sento più forte di prima. Più resiliente. Sono cresciuta con valori femministi fondamentali, ma mi sento più forte quando sono con un uomo forte. Stare con Jeff mi faceva sentire debole e vulnerabile, mi faceva sentire spezzata. Ma la sicurezza di Alistair e la sua profonda, calma maturità mi fanno sentire così ancorata. La scienza dice che essere in una relazione stabile è statisticamente positivo per il benessere degli uomini ma negativo per quello delle donne, ma scommetto che stare con un uomo come Alistair deve far bene.

Come può sentirsi ferocemente protetta farti sentire più forte e più resiliente? Non ha senso per me, ma io ne sono la prova vivente.

Uso l'asciugacapelli, ma solo per un minuto. Dubito che qualcuno tranne Becks noterà i miei capelli umidi, e se lo fanno, non m'importa. Torno a grandi passi nella sala da pranzo privata sentendomi una persona diversa da quella che è uscita. Quando apro la porta, vedo Alistair seduto con la mia famiglia, il braccio appoggiato sullo schienale della mia sedia. La mia pasta è stata riscaldata e il mio bicchiere riempito. Mi siedo accanto a lui e lo bacio, e lui mi accarezza la schiena mentre ascolta papà raccontare una storia di quando Jamie e io eravamo bambini. Becks conosce la storia tanto quanto me, ma fa comunque finta di essere interessata e ride nei momenti giusti. Quando incrocio il suo sguardo, mi fa l'occhiolino.

Per un prezioso momento, mi sento completamente amata e amorevole, vedendo quelli che adoro andare d'accordo nonostante l'ansia che tutti proviamo. Prendiamo il dessert - pavlova ai frutti di bosco, cheesecake al forno con una crosta allo zenzero e bonbon al tartufo di cioccolato con caffè. Quando tutto il cibo viene portato via, restiamo per un altro giro di bevande, e poi un altro. Osservo con orgoglio mentre Alistair conquista i miei genitori con i suoi aneddoti interessanti e la sua premura verso di loro e verso di me. Persino Becks sembra un po' incantata alla fine, ma potrebbe essere perché tra noi due, abbiamo bevuto due bottiglie di vino e un single malt.

Sono le due del mattino quando Alistair distribuisce le chiavi delle camere d'albergo.

Ci dirigiamo verso la "nostra" stanza - l'attico - e mi sembra strano ma bello entrare di nuovo nella suite.

«Dove tutto è iniziato», dice con voce drammatica, ma sono troppo stanca per ridere. Gli regalo un sorriso assonnato. Ci laviamo i denti e ci lasciamo cadere nel letto familiare. Alistair mi tira verso di sé e mi tiene stretta. È così caldo e deliziosamente accogliente.

«Grazie per essere stato così buono con la mia famiglia». Non intendo solo la cena, i drink e l'hotel.

«Sei la benvenuta», dice. «Sono felice di poter aiutare».

«Sei così meraviglioso». Le parole escono biascicate per la sonnolenza e l'alcol. Nonostante il mio stato confuso, lo sento irrigidirsi.

«Non sono meraviglioso», dice. «Non mi conosci».

«Niente di quello che mi dirai mi impedirà di amarti», dico, e so che è vero.

CAPITOLO 20

Mirror Bratva

ALISTAIR

Mi trovo nel bel mezzo di un sogno confuso. Christopher è in pericolo. Devo raggiungerlo ma non riesco a trovarlo. È buio e continuo a perdere l'equilibrio. Credo di vedere Ariana, quindi grido e corro verso di lei, ma viene inghiottita dall'oscurità. I rovi mi graffiano, cercando di trattenermi. Pistole, proiettili, una macchia di sangue. Siamo tutti in pericolo. Penso che Chris sia morto. Ivy è scomparsa. La sto chiamando, ma non mi risponde. Un uomo estrae la sua pistola e me la punta contro, poi un'esplosione.

Mi siedo di colpo, il cuore che mi batte all'impazzata nel petto, la pelle madida di sudore. Il mio respiro è affannoso. *Maledizione*, penso. A differenza di un normale incubo, so che questo pericolo è reale.

Sono appena passate le cinque del mattino, il che significa che ho dormito tre ore. Non è l'ideale, ma può bastare. Sollevo qualche peso sotto le delicate luci fluorescenti della palestra dell'hotel e faccio la doccia lì per non svegliare Ivy. Ha bisogno di riposare, ora più che mai.

Torno al attico per cambiarmi, prendere un caffè e lasciare un biglietto. Mi fermo un attimo a guardarla dormire. Così bella e vulnerabile. Non mi piace andarmene quando dorme, ma devo affrontare la situazione.

Quando arrivo in ufficio sono appena passate le sei ed è ancora buio fuori. Henderson mi accoglie all'ingresso invece della mia assistente. Gli faccio un cenno con la testa e ci dirigiamo verso il barista nell'atrio per prendere un caffè.

«Mi dispiace per la sveglia anticipata», gli dico. Non dovrei preoccuparmi, perché Henderson sembra avere questa capacità sovrumana di non aver bisogno di dormire.

«Nessun problema», dice, alzando il caffè verso di me come per fare un brindisi.

L'edificio è praticamente vuoto a parte i mattinieri e il personale delle pulizie, e quando arriviamo al mio piano dobbiamo accendere le luci, cosa che succede raramente, perché Gazinski è sempre qui prima di me.

Henderson ed io ci accomodiamo sui divani con i nostri caffè.

«Aggiornamenti su ieri?» chiedo.

Henderson appoggia la tazza e si sporge in avanti. «Chris è scosso».

«Non lo biasimo». Quei russi erano bastardi. Non credo che ci avrebbero pensato due volte su ciò che avevano minacciato di fare: restituirmi mio fratello via posta. Non ho mai avuto a che fare personalmente con nessuna *bratva*, e vorrei non doverlo fare neanche adesso. «Sono una minaccia legittima».

«D'accordo».

Henderson era quello che aveva ripulito il pasticcio. Non fa la parte cruenta – quella la affidiamo a terzi – ma non può essere facile far sparire corpi ripetutamente.

Congiungo le dita a guglia ed espiro dal naso. «Di solito, il mio metodo sarebbe eliminare la minaccia prima che la mia famiglia venga ferita. Ma la fratellanza russa... cazzo. Non sono sicuro che sia una guerra che possiamo vincere. In effetti, so senza ombra di dubbio che perderemo».

Henderson annuisce e aspetta che io continui.

«Allo stesso tempo, dopo aver avuto a che fare con quei bastardi ieri, saremo presi di mira, quindi non c'è modo di evitare la battaglia».

«Quindi cosa facciamo?»

«Non lo so ancora. Sto navigando alla cieca. Blackwood ha inviato il suo rapporto?»

«Sì», conferma Henderson. «L'ha inviato proprio mentre stavamo finendo all'hotel ieri sera. È completo. E... preoccupante».

Alexander Blackwood è un brillante consulente dell'intelligence, esperto dell'ambiente londinese ma con contatti sostanziali in tutto il mondo. I suoi istinti acuti e la sua determinazione risoluta – e la massima discrezione – gli hanno conferito un nome inattaccabile nel settore. Pochissimi possono permettersi i suoi servizi, il che funziona a mio favore. Metodico e meticoloso, è l'unico agente di intelligence che utilizzo.

Henderson tira fuori il suo tablet. «Inizia dicendo che queste sono solo le informazioni di dominio pubblico su questa particolare fazione. Approfondirà se gli diamo il via libera».

«Fallo», dico.

Henderson annuisce e prende appunti. «Ok. Per iniziare, ti darò le informazioni principali. Poi possiamo approfondire».

Mi agito sulla sedia, inquieto. Ho gli occhi irritati per il poco sonno, ma Henderson sembra come se fosse andato a letto alle dieci. Qualche tipo di vantaggio genetico, immagino.

«Kuznetsov è il nome. Quella è la famiglia. La fratellanza si chiama *Zerkalo Bratva* – la Fratellanza dello Specchio. Il capobanda, il patriarca – Mikhail Kuznetsov – è conosciuto come il Barone di Vetro. *Steklyannyy*. Esercita una vasta influenza sia negli affari criminali che in quelli legittimi. Blackwood lo definisce un impero tentacolare che si estende su più industrie e territori».

«Cristo», dico. «Non è per niente intimidatorio».

Henderson mi rivolge un sorriso comprensivo. «Mikhail è noto per il suo intelletto astuto e la sua ambizione spietata. Donnaiolo seriale. Violento. Incline al gioco d'azzardo ad alta posta. Risiede in una tenuta opulenta nel distretto di Rubkyovka».

«Mosca?»

«Sì. La moglie è Elena. Niente di inaspettato qui: mondana, le piace partecipare a gala, raccolte fondi e al teatro Bolshoi. Nel consiglio di amministrazione del Museo Pushkin di Belle Arti. Era una ballerina di primo livello. Tre figli, Dmitri, Yuri e Anya. Dmitri è un dongiovanni come suo padre. Passa il suo tempo a 'fare networking' nei night club di lusso. Non molto su Yuri. Anya è quella che spicca. Brillante acume negli affari, intelligenza affilata, straordinariamente attraente».

Finisco il mio caffè. «Non sapevo che i tuoi gusti fossero orientati verso viziati marmocchi slavi».

«Non lo sono», mi assicura. «Queste sono le parole di Blackwood, non mie».

Mi ritrovo improvvisamente a chiedermi quali siano i gusti di Henderson in fatto di donne.

«La famiglia possiede case vacanze in più luoghi, ma i loro preferiti sono Dubai, la Costa Azzurra e St. Moritz.

Auto di lusso su misura, un jet con base a Vnukovo e un superyacht di novanta metri ormeggiato a Porto Montenegro. I loro chef preferiti sono Anatoly Komm e Vladimir Mokhin, che assumono per i loro sfarzosi eventi, di cui ce ne sono molti».

Per la miseria, penso tra me e me.

«Impiegano ex operativi delle forze speciali per la protezione personale, attrezzature di prima qualità. La Mirror Bratva è l'aspetto criminale complesso dei suoi affari. Il resto è legittimo. O legittimo quanto può esserlo il grande business in Russia».

«Non sono queste le informazioni che speravo», sospiro.

Henderson si strofina il viso. «Lo so. È molto. Non fraintendermi, la tua famiglia è potente quanto la sua. Ma percepisco che la differenza è che i Kuznetsov sono spietati con quel potere».

Ha ragione. Il modo in cui hanno mandato quei delinquenti a rapire mio fratello per forzarmi la mano. Erano sconsiderati e spietati. Devo liberarmi di loro dalla mia vita, ma non so ancora come fare.

CAPITOLO 21

Terra Verde

ALISTAIR

«Abbiamo bisogno di una riunione di famiglia», dico.

«Buongiorno anche a te», borbotta mia madre.

«È urgente. Puoi venire a pranzo?»

«Per quanto mi piacerebbe vederti, figlio prodigo, ho già un appuntamento per pranzo».

«Annullalo».

«Pensavo di averti educato con le buone maniere».

«Annullalo *per favore*. Vengo io da te».

Rimane in silenzio per un momento. «Tesoro. Annullerò i miei piani, ma non incontriamoci qui. Tuo padre non sta passando una buona giornata. Se si tratta davvero di affari urgenti, preferirei tenerlo fuori».

«Va bene. Sì», cerco rapidamente un luogo. «Puoi arrivare al Sable?»

«Perfetto», dice. «Ci vediamo all'una».

Lucky si assicura che Christopher arrivi in orario, mezz'ora prima di Madre. Il tavolo più privato è prenotato così possiamo sederci lontano dagli altri clienti. Mi alzo per abbracciarlo, cosa che sembra sorprenderlo.

«Che succede?» chiede, ma ricambia l'abbraccio.

«Stai bene?»

«Certo», dice, allontanandosi e scrollando le spalle. «Sono vivo, grazie a Henderson».

«È stato Alistair a disinnescare la situazione», protesta Henderson, leale fino all'osso.

Ci sediamo e ordiniamo un giro di birre. Non avevo intenzione di bere, ma Chris insiste. «Stiamo festeggiando», dice. Quando chiedo maggiori spiegazioni, non me ne dà. Immagino che stiamo festeggiando il fatto di non essere morti sotto i maledetti archi ferroviari di Hackney Wick. Inoltre, ora abbiamo un bersaglio Makarov sulle nostre spalle, quindi questa potrebbe essere l'ultima volta che possiamo rilassarci per un po'.

«Quanto è grave?» chiede Chris. «Immagino che, a giudicare dai loro accenti e dalla scelta delle armi, quei tizi non fossero i pirati delle criptovalute di cui mi preoccupavo».

«Magari», rispondo. Un paio di crypto bros che cercano di rubare i nostri soldi sarebbe un problema molto più facile da risolvere.

«Madre sarà qui all'una», dico.

Chris raddrizza la schiena. «È così grave, eh?»

Nonostante la situazione, Henderson sembra divertito.

«Ha detto che papà non sta bene. Cosa sappiamo?»

Christopher si stringe nelle spalle. «Sembrava a posto a pranzo lo scorso weekend».

«Non mangia molto», dice Henderson. «Continua a suonare lo stesso album più e più volte».

«Quale album?» chiede Chris, come se fosse importante.

«Bach», dice Henderson. «Variazioni Goldberg».

Christopher ride. «Com'è che sai sempre più cose sulla mia famiglia di quante ne sappia io?»

Henderson mantiene un'espressione impassibile. «È il mio lavoro».

«Spero non sia demenza», dice Chris. «La demenza mi terrorizza».

«Non vivrai abbastanza a lungo da sviluppare la demenza», rispondo, poi me ne pento quando vedo la sua espressione.

«Porca miseria, fratello», dice. «È stato freddo. Persino per te».

Ordiniamo gli antipasti e aspettiamo che Madre arrivi, cosa che fa perfettamente in orario, elegante nel suo tailleur di lana dal taglio classico e camicetta Hermès. Sorride con indulgenza quando vede le nostre birre, spinge i suoi occhiali Gucci oversize tra i capelli e dice: «Ciao, ragazzi».

Riunione conclusa, torno di corsa al The Raven per stare con Ivy. I Mickelson sono già andati in ospedale, ma non ci sono novità. Il dottore ha promesso che li avrebbe avvisati quando fosse stato il momento di interrompere la somministrazione del sedativo. Non c'era possibilità che Jamie si svegliasse da solo, quindi non aveva senso accamparsi fuori dalla sua stanza in terapia intensiva intralciando il lavoro del team medico. La famiglia di Ivy aveva lasciato l'ospedale con riluttanza ed era tornata a casa per cambiarsi.

«Come ti senti a riguardo?» chiedo.

«Inutile», risponde. «Vorrei poter fare qualcosa».

«Anch'io», dico, attirandola a me e baciandole la testa.

Anche io mi sento impotente. Con Jamie attaccato a un ventilatore e la mia famiglia nei guai, mi sento fuori controllo e impotente. Non sono sensazioni a cui intendo abituarmi.

«Usciamo», dico.

«È l'ultima cosa che mi va di fare».

«Lo so. Proprio per questo dobbiamo farlo. Ti distrarrai. Non serve a nulla rimuginarci sopra su cose che non puoi controllare».

«Non mi divertirò», insiste.

«Nemmeno io», dico. «Odierò ogni minuto».

«Dove andremo?»

«Prima a cena. Ma sarà terribile. Poi in qualche posto orribile per bere qualcosa».

«Iniquity?» chiede, rianimandosi un po' dal suo stato di bassa energia.

«Se vuoi. Oppure possiamo provare un posto diverso. Decidi tu».

«Non m'importa», risponde, con un accenno di sorriso. «Purché sia abominevole».

La cena è al Terra Verde, un ristorante famoso per essere a zero rifiuti. Tutto, dai cocktail alla biancheria che ricopre le sedie, è impeccabilmente di provenienza controllata, mi dice il sito web. Sono convinto: per Ivy. Io avrei voglia di una bistecca Wagyu perfettamente marmorizzata da Hawksmoor, ma questo dovrà aspettare.

Quando arriviamo al Terra Verde, la sorpresa e la felicità sul volto prima cupo di Ivy vale più di qualsiasi piatto di manzo costoso.

«Ho sentito parlare di questo posto!» esclama. «Volevo venirci da secoli».

«Bene», rispondo. *Moglie felice, vita felice*, penso, poi ritratto immediatamente quel pensiero.

Condividiamo una bottiglia media di vino secco e

scegliamo la torta di funghi di bosco raccolti e un'enorme insalata verde. È più saporita di quanto mi aspettassi.

«È terribile?» chiede Ivy.

All'inizio, dimentico il nostro scherzo precedente, quindi sto quasi per dare una risposta sincera. Mi ricordo giusto in tempo e faccio una faccia disgustata. «È probabilmente la peggiore torta di funghi di bosco raccolti che abbia mai assaggiato in vita mia».

Mi regala un'espressione divertita, quindi continuo.

«È un modello di business geniale, davvero. Servi cibo costoso così cattivo che nessuno lo mangia, poi puoi semplicemente riscaldarlo e servirlo al cliente successivo. Zero rifiuti, profitti extra».

Ivy quasi si strozza dal ridere, poi si unisce allo scherzo. «So perché lo chiamano "raccolto"», dice. «È perché hanno raccolto gli ingredienti dal cassonetto del bistrot accanto».

«E dove hanno preso l'insalata, allora?» chiedo. «È troppo fresca per essere un raccolto da cassonetto».

«Quella la prendono dal parco», dice. «Le potature delle siepi. Non è commestibile *propriamente*, ma almeno non sta uccidendo il pianeta».

Ridacchia alla propria battuta, il che mi fa ridere.

«Sei bellissima», dico. Non posso farne a meno. Vederla rilassata e felice è tutto per me.

Si tocca l'occhio dove sta ancora guarendo. «I lividi sono quasi scomparsi, vero?»

Non intendevo quello, ma era vero. Quasi tutte le tracce di Jeffrey Bates sono scomparse, a parte Jamie in ospedale. Sento la rabbia che inizia a scorrere dentro di me, quindi faccio un respiro e la scaccio dalla mente.

«Grazie ancora per aver permesso ai miei genitori di stare all'hotel questa settimana. È molto più facile per loro andare in ospedale ogni giorno».

«Possono restare quanto vogliono».

«Mamma ha detto che gli hai lasciato dei buoni per la spa. E un cesto di snack fantastico».

«Non ero sicuro che avrebbero gradito i trattamenti della spa, così ho coperto le scommesse con frutta e cioccolato».

«Sei un uomo saggio al di là della tua età», dice. Mi sta prendendo in giro, ma vedo il genuino affetto nei suoi occhi.

«Hanno passato molto. Sono felice di poter aiutare».

Ovviamente, lei non sa che ho motivi egoistici per aiutare la sua famiglia. Conquistarli è importante per me, e aiuta ad alleviare la mia coscienza riguardo alla parte oscura della vita che conduco di cui Ivy sa poco. La nostra famiglia ha sempre contribuito generosamente in beneficenza per questo motivo.

«Mio padre è particolarmente colpito da te», dice Ivy. «Lo vedo dal modo in cui interagisce con te. E mia madre... quando hai dato a Jamie quel giocattolo a forma di scoiattolo, hai davvero chiuso l'accordo».

Si potrebbe pensare che pagare per la terapia intensiva privata chiuderebbe l'accordo piuttosto che un roditore di peluche, ma tant'è. Ognuno ha le sue priorità.

Ivy mi sorride raggiante, facendomi sentire in colpa. Spero non si veda dalla mia faccia. Se suo padre sapesse chi sono veramente, non mi lascerebbe avvicinare a sua figlia. Penso alla frase di Niki: *Krasnaya Ruka*. Una mano insanguinata.

«Hai fratelli o sorelle?» chiede.

«Un fratello», rispondo. «Christopher».

«Com'è?»

«Un disastro», dico. «Irresponsabile. Spericolato.

Tremendamente irritante. Divertente. Presuntuoso. Generoso fino all'eccesso».

Ivy mi tocca la mano. «Sembra che sia una cosa di famiglia».

«È il mio fratellino che non è mai cresciuto».

«Peter Pan?»

«Suppongo di sì. Si caccia sempre nei guai. Mi fa impazzire. Farei qualsiasi cosa per lui».

«Siamo fortunati», risponde. «Ad avere fratelli che amiamo».

«Sì», concordo, e prendo un grande sorso di vino. Voglio cambiare argomento velocemente e in modo discreto, ma Ivy è troppo svelta per me.

«Come sono i tuoi genitori?»

«Mia madre è una specie di... matriarca glamour».

«Oh», dice Ivy. «È come quelle donne più anziane che hanno più stile di chiunque abbia la metà dei loro anni? Quelle che fotografano per strada a New York?»

«Qualcosa del genere».

«Oh mio dio. Mi odierà».

«Ti adorerà, Ivy. Lo fanno tutti».

«Con questi vestiti dell'usato?» chiede, pizzicando il tessuto della sua maglietta di seconda mano. «Mi guarderà dalla testa ai piedi e ti chiederà perché hai portato una senzatetto al pranzo della domenica».

Rido, ma lei sembra davvero preoccupata.

«Solo perché è appassionata di moda non significa che ti guarderà dall'alto in basso. Anzi, ammirerà il fatto che hai dei principi».

«Adesso sono così nervosa».

«Non ce n'è bisogno», dico, prendendole la mano. «Ti ameranno proprio come faccio io».

La parola rimane sospesa nell'aria per un po', ma non distolgo lo sguardo.

CAPITOLO 22
Pacco completo

IVY

«E tuo padre?» chiedo. «So che non sta bene, ma com'è?»

So che lo sto mettendo sotto pressione, so che non gli piace parlare della sua famiglia, ma non posso farne a meno. Se dobbiamo stare insieme, deve accettare che è un pacchetto completo, e io devo sapere in cosa mi sto cacciando.

Alistair sospira rassegnato. Non può sfuggire a questa conversazione e lo sa.

«È sempre stato un buon padre», dice. «Anche se un po' riservato».

«Un inglese che definisce un altro riservato. È proprio il colmo».

Sorride. «Era un po' severo, ma doveva esserlo, considerando Christopher».

«E il matrimonio?» chiedo. «Tua madre e tuo padre. Sono felici?»

«È una relazione solida», risponde. «Alti e bassi, ma non

c'è mai stato un momento in cui pensassi che non sarebbero rimasti insieme».

«Quindi entrambi veniamo da famiglie con matrimoni stabili», dico. «È un buon segno. Statisticamente, almeno. Come sta affrontando tua madre la sua malattia? È Alzheimer?»

«No», dice, scuotendo la testa. «Non c'è demenza, anche se certamente si comporta come se ce l'avesse».

«Cosa fa?»

Alistair sospira di nuovo e si agita sulla sedia. La conversazione è difficile per lui, ma non si sta chiudendo. «Dice cose inappropriate. I suoi outfit diventano più eccentrici giorno dopo giorno, ma quelli sono i giorni buoni, perché altrimenti non si convince a cambiarsi il pigiama. Mette musica classica a tutto volume. Dà istruzioni assurde al personale della casa e ai giardinieri. Ormai hanno imparato a far verificare tutte le sue direttive dalla Madre».

«Forse non c'è nessuna malattia», dico. «Forse ha semplicemente raggiunto l'apice del non fregarsene più di nulla».

Le sue labbra si incurvano verso l'alto. «È del tutto possibile».

«Obiettivi». Sorrido, e lui sorride di nuovo.

«Possiamo smettere di parlare della mia famiglia adesso?» chiede.

«Ma sta andando così bene», mi lamento. «Voglio saperne di più».

«Ci sarà tempo per questo».

«Perché vuoi cambiare argomento?» chiedo.

Si sporge in avanti e parla a bassa voce. «Perché voglio metterti le dita sotto al tavolo, e non posso farlo se stiamo discutendo dei miei anziani genitori».

Goffamente, quasi faccio cadere il mio bicchiere. Le mie guance ardono.

«Non fare la timida adesso», mormora. «So come sei veramente». Le sue dita sfiorano le mie cosce coperte dalle calze.

Sgrano gli occhi verso di lui e mi siedo dritta. «Davvero? Qui?» Una cosa è essere accarezzata sotto il tavolo in un club erotico, ma questo è un ristorante moralmente integerrimo. Ha letteralmente punti karma sul menu di carta riciclata.

«Stavo per ordinare il dessert», dico, il respiro mi si blocca in gola mentre lui strappa un buco nel cavallo delle mie calze. Schiarisco la gola rumorosamente nel caso qualcuno l'abbia sentito. Mi accarezza il clitoride, mandando un'ondata di calore dentro il mio corpo.

«Non consiglierei il dessert qui», dice, facendo una smorfia. «Non è molto buono».

«Ah, davvero?» rispondo, cercando di mantenere la calma nonostante le sue dita abbiano spinto da parte le mie mutandine e mi stiano esplorando.

«Ho in mente un altro posto per il dessert», dice. Mi chiedo se intenda la mia vagina.

«Mi piacerebbe saperne di più».

«Le parole non gli renderebbero giustizia. Dovrò mostrartelo».

L'eccitazione rilassa i miei muscoli. Non mi ero resa conto di quanto fossi tesa. «Non vedo l'ora».

«Devo solo togliermi una cosa di mezzo prima di andare».

Pagare il conto, forse? Lo guardo in attesa di una spiegazione.

Sorride. «Ti farò venire».

«No», dico. «Assolutamente no. Non al tavolo». Certamente non da quando sono diventata una che urla.

«Dovrai stare zitta», mi avverte.

«Alistair», sibilo. «Non ci riuscirò. Non con tutte queste persone intorno».

«Sento che è una sfida alla mia altezza».

Rido. «Non funzionerà».

«Vogliamo renderla interessante?» chiede.

«È già piuttosto fottutamente interessante», rispondo.

Il suo dito spinge dentro di me, e mi mordo le labbra per non ansimare. Lo curva in modo che il polpastrello sia direttamente sul mio punto G. Trattengo un altro ansito. Lo tiene lì per un po', muovendosi appena. Comincia a pulsare di piacere.

«Ah», respiro. «Non vorrei incoraggiarti, ma è così dannatamente bello».

Mantiene un'espressione seria. «Un giorno di questi», risponde, «ti farò schizzare».

Sono contenta di non avere niente in bocca, o ci avrei soffocato. Deglutisco un paio di volte, riprendendomi. «E come pensi di riuscirci?»

«Sono un veterano esperto». Con il dito ancora curvato sul mio punto G, usa il pollice per accarezzarmi il clitoride. Oh dio.

«Non tutte le ragazze hanno quel particolare talento», dico. Non posso credere che stiamo avendo una conversazione completa con la punta del suo dito sul mio punto G.

«Non credo sia vero», replica. «Statisticamente parlando».

«Da dove prendi queste statistiche dubbie?»

«Esperienza personale».

Il mio respiro è superficiale. «L'esperienza aneddotica non è valida».

«Lo vedremo».

Sto cercando di controllare il mio corpo, il mio respiro, ma diventa sempre più difficile.

«Accetterò la tua scommessa a una condizione», dico.

«Quale?»

«Che non mi farai schizzare proprio qui. Sarebbe difficile da spiegare».

«Affare fatto», risponde. «Probabilmente è meglio così. Non sono molto generosi con i tovaglioli di carta riciclata».

Non riesco più a tenere le labbra serrate. Nonostante le mie riserve, l'orgasmo sta bussando alla porta.

«Allora, qual è la scommessa?» chiedo. «Cosa vinco quando il veterano esperto dell'eiaculazione femminile non riuscirà a farmi schizzare?»

Aumenta il ritmo dello sfregamento, quasi mandandomi fuori di testa. «Cosa vuoi?»

Riesco a malapena a parlare adesso. «Questo è il problema», mi sforzo. «Ho già tutto quello che voglio».

«Meriti di più», dice.

Oh cazzo. Cazzo! Mi piego in avanti. «Sto per venire».

«Meriti tutto», sussurra nel mio orecchio.

I miei occhi sono saldati. Ogni muscolo si irrigidisce. Non posso crederci.

Non urlare, mi avverto. *Qualunque cosa succeda, non urlare*.

Non riesco a respirare, ma Alistair non si trattiene. Muove la mano più velocemente, così veloce che sembra vibrare. Denti stretti, pugno sul tavolo, l'orgasmo mi attraversa come un torrente di elettricità.

C-a-a-zzo, sussurro senza emettere suono. La mia bocca è aperta. Non mi importa. Questo è il mio apice del non fregarmene più di nulla. Voglio sbattere il pugno sul tavolo ma resisto all'impulso. Socchiudo gli occhi per guardare

Alistair, aspettandomi di vederlo trionfante. Invece, tutto ciò che vedo è il suo splendido viso, ammorbidito dal desiderio.

«Cazzo», mormoro verso di lui. «Non posso credere che tu l'abbia fatto».

I suoi occhi brillano di malizia. «Pronta per il dessert?»

CAPITOLO 23
Rifiuti Zero

ALISTAIR

Pago il conto mentre Ivy si riprende. Beve un bicchiere d'acqua tutto d'un fiato e guarda furtivamente intorno al ristorante, sperando che nessuno abbia notato il suo orgasmo. Arrossata ma sollevata, riporta lo sguardo su di me e mi regala un sorriso complice. «Sei terribile».

«Oh, lo so», concordo.

«Il cameriere sembra contento», dice. «Immagino che gli hai lasciato la mancia nel tuo stile inconfondibile».

«Una bustarella per aver chiuso un occhio», rispondo. «E poi, mi dispiace per lui. Dover riscaldare tutti quegli avanzi per tutta la sera».

Sorride maliziosa. «Dovremmo diffondere una voce».

Inclino la testa verso di lei, non sicuro di dove voglia andare a parare. «Una voce?»

«Che gli uomini lasciano mance in proporzione diretta alle dimensioni del loro pene».

Scoppio a ridere. «È geniale».

«I camerieri guadagnerebbero immediatamente il doppio. Niente bisogno di comprare auto costose. Niente energia tossica da complesso di inferiorità. Un vantaggio per tutti».

«Un vantaggio per tutti», concordo. «Ci sto».

«Potremmo fare una campagna pubblicitaria con cartelloni», dice. «Le dimensioni del cartellone potrebbero giocare a nostro favore».

Ridiamo come ragazzini.

Mi viene un pensiero. «Ivy, so che è un argomento delicato, quindi dimmi se vuoi che mi faccia gli affari miei».

Spalanca gli occhi. «Di cosa si tratta?»

«Sei così... sei brillante. Sei divertente. Creativa. Amorevole».

«*Continua* pure», dice, sbattendo le ciglia. «E non dimenticare le mie eccezionali doti di ballerina».

Sorrido. «E... ora mi stai prendendo in giro. Comunque. Il punto è che sei estremamente... qualificata? Dovresti guadagnare un ottimo stipendio. O ancora meglio, gestire una tua attività».

«Uffa», dice. Posso sentire che si sta chiudendo.

«So che questo argomento ti innervosisce. Ma credo che sia fonte di infelicità solo perché non hai trovato una vocazione che ti renda felice. Per quanto tu non voglia sentirti dire questo, so che fare soldi ti farà bene».

«Non ho più bisogno di un lavoro», dice con tono altezzoso. «Non hai sentito? Sono la protetta di un miliardario».

«Per quanto mi piacerebbe che fossi felice con questo status, so che non lo sarai. Non desidererei altro che tenerti con me. Mi fa sentire come se stessi facendo un buon lavoro nel proteggerti. Ma alla fine, sei troppo indipendente per questo. Ti sentirai soffocare sotto la mia ala».

Lei sbuffa con un sospiro. «Possiamo tornare a quando mi stavi accarezzando sotto il tavolo?»

Le lancio uno sguardo di rimprovero. «Comunque. Non

insisterò. Voglio solo che tu sappia che ti sosterrò in qualsiasi modo se deciderai di fare qualcosa. Invece di nascondere la tua luce. Capisci».

«Grazie», dice, e lasciamo perdere l'argomento.

Credo che sappia che ho ragione, ma avrà bisogno di tempo per elaborarlo. Per quanto mi riguarda, qualsiasi azienda sarebbe fortunata ad averla, anche se preferirei tenerla tutta per me. Per quanto pensi che un lavoro gratificante sarebbe fantastico per Ivy, non mi piace l'idea che venga guardata con desiderio dai colleghi.

Ci alziamo. Il cameriere ci ringrazia di nuovo. Ivy inizia a camminare verso la porta, ma le afferro rapidamente la vita e la indirizzo altrove.

«Che-?» chiede, con la fronte corrugata. Quando vede l'insegna sulla porta verso cui la sto spingendo, capisce e mi lancia uno sguardo complice. Entriamo con disinvoltura nel bagno unisex alla moda senza attirare l'attenzione. Una donna sta controllando il trucco allo specchio, quindi ci laviamo le mani mentre aspettiamo che se ne vada. Appena esce, afferro Ivy e la spingo in un box. L'arredamento è di buon gusto, l'illuminazione calda. È uno dei bagni migliori per questo genere di cose.

Chiudo la porta del box a chiave e slaccio la cintura. Mi aspetto che Ivy protesti, anche solo un po', come ha fatto al tavolo, ma nel suo linguaggio del corpo c'è solo desiderio. Le abbasso le calze smagliate e le mutandine, godendomi il fatto che indossi i tacchi.

La bacio con forza, poi le sussurro all'orecchio: «Volevo farlo da tutta la sera».

Non risponde, si limita ad annuire. Affondo di nuovo il dito dentro di lei, ma è così bagnata e gonfia da prima che è più che pronta per me.

«Non riesco a saziarmi di te», mormoro.

Si gira di spalle e appoggia il tacco destro sul coperchio del water. Allarga le mani sulle pareti ai lati per mantenersi in equilibrio. Le percorro le braccia con le mani, poi passo ai suoi seni. Ivy inarca la schiena come fa sempre, invitandomi dentro. Mi abbasso sulle ginocchia, incurante di indossare Balenciaga - o meglio, godendomi l'idea di star rovinando le mie Balenciaga mentre le do piacere con la bocca.

Non si aspetta la mia bocca su di lei, quindi trasalisce, ma le afferro i fianchi con entrambe le mani e lecco la sua intimità gonfia con tutta la forza che posso. Dopo l'orgasmo al tavolo, ha superato la fase dei tocchi delicati; vorrà pressione e calore. Lecco, giro la lingua e succhio finché il suo corpo non si tende di nuovo. Di solito, posso capire dai suoi gemiti quando sta per venire, ma sta cercando di rimanere più silenziosa possibile. Ora misuro la sua eccitazione dalla rigidità del suo corpo.

Quando iniziamo, i suoi muscoli sono sempre tesi. Lentamente, gradualmente, mentre mi prendo cura di lei, diventa più morbida. Si apre come un fiore. Poi, poco prima di venire, il suo corpo diventa rigido come una tavola, e so che siamo al punto di non ritorno. Ci siamo, ora, e questa volta non voglio che venga sulla mia lingua. Mi piace, ma il mio cazzo è così maledettamente duro ed esigente che non posso ignorarlo. Ho bisogno che Ivy venga mentre sono dentro di lei, mentre la penetro, per darle un orgasmo che coinvolga tutto il corpo, e per regalarmi quella sensazione che non posso provare da nessun'altra parte. Mi fa volare sempre più in alto.

Mi alzo, asciugandomi le labbra con il dorso della mano. Do a Ivy qualche secondo per non farla venire immediatamente quando entro in lei. Mi premo contro la sua schiena, bacio il suo elegante collo, accarezzo i suoi seni perfetti con le mani. I miei denti digrignano. È così pronta, così calda e docile. Quando finalmente entro in lei, la sensazione è squisita. Ho intenzione di scivolare dolcemente nella sua intimità calda e bagnata, ma il mio cazzo turgido prende vita propria. Vuole essere completamente dentro Ivy, allargandola, cercando la sua profondità. Non mi trattengo. Lascio che i miei istinti primordiali prendano il sopravvento. Lei si sta sostenendo mentre affondo il più profondamente possibile. Trattiene il respiro bruscamente. Stiamo entrambi trattenendo i nostri gemiti, ansimando invece.

«Scopami», sussurra. La sua voce è quasi impercettibile. «Alistair. Scopami».

Inizio a muovermi dentro e fuori la sua intimità, le labbra gonfie, il suo passaggio così scivoloso e stretto. Trovo estremamente difficile mantenere il silenzio ora. Mi fermo per ricompormi, ma Ivy non ne vuole sapere. Inarca ancora di più la schiena, ristabilisce la presa e inizia lentamente a cavalcarmi. Mi trattengo dal gemere appena in tempo.

Ivy non vuole aspettare, così seguo il suo ritmo. Mantengo il suo passo, lento e delizioso, fino a quando nessuno di noi riesce più a sopportarlo. Prendo il controllo e inizio a spingere il mio membro duro come la roccia dentro di lei. Le accarezzo il clitoride, il movimento dei miei fianchi muove le mie dita su di esso mentre spingo. In pochi secondi è al limite. Ivy è silenziosa mentre trattiene il respiro, la sua intimità stringe il mio cazzo mentre affondo ancora un paio di volte, assaporando la stretta incredibilmente serrata. Cazzo. È una sensazione fantastica. Vorrei poter continuare, ma non sento più il mio corpo. L'unica sensazione è la magica intimità di Ivy che stringe il mio cazzo che sobbalza selvaggiamente e poi fuochi d'artificio dorati e caldi mentre riverso tutto quello che ho dentro di lei.

CAPITOLO 24
Dessert

IVY

«Il cibo faceva schifo», dico ad Alistair sul sedile posteriore della Jaguar. «Ma darò a quel ristorante una recensione a cinque stelle.»

Alistair ride. «Cibo raccolto da un cassonetto; tuttavia, i bagni hanno lasciato il segno.»

Ridacchio. «Di certo ho ottenuto più di quanto mi aspettassi.»

Si allontana da me e prende i miei piedi in grembo. «Vuoi ancora uscire? O preferisci concludere la serata?»

«Stai scherzando?» rispondo. «Mi devi un dessert. Se mi porti direttamente a casa, è meglio che tu abbia qualcosa lì ad aspettarmi.»

«Brumilde con un crumble di mele», scherza.

«Non sarei sorpresa se Brumilde facesse il miglior crumble di mele del mondo.»

«Non hai torto.»

«Mi piace davvero», dico. «Non è la severa istitutrice che mi aspettavo.»

Alistair sbuffa. «Severa istitutrice? È l'opposto. Era lei che ci dava dolcetti di nascosto da mia madre.»

L'atmosfera è leggera, ma non posso fare a meno di sentire una fitta d'ansia all'idea di incontrare i genitori di Alistair. Nonostante le sue rassicurazioni, sono abbastanza sicura che mi guarderanno dall'alto in basso. Accidenti, se fossi la madre di Alistair, guarderei dall'alto in basso me stessa. Lui potrebbe avere una donna d'affari super di successo educata a Cambridge o una ricca aristocratica con un fondo fiduciario, o una supermodella tradizionalista, ma ha scelto me.

«Milly è meravigliosa», continua, massaggiandomi i piedi, ignaro della mia preoccupazione.

Allontano la preoccupazione e torno all'argomento del dessert. «Qualche indizio? Su dove stiamo andando?» Penso alla fontana di cioccolato umana all'Iniquity.

«Cosa vuoi sapere?»

«Uhm», penso. «Ha qualcosa a che fare con la lista Sì-No-Forse?»

Ci riflette. «Sì.»

Un brivido mi attraversa e l'energia erotica si irradia dal mio bacino. «C'è qualcosa che devo sapere?»

«Beh, la cosa più importante è che abbiamo lasciato spazio per il dessert. La seconda cosa più importante è che tu – ovviamente – non farai nulla che non voglia fare.»

«Sì.»

«Inoltre, non devi toccare altri uomini. Anche se lo volessi.»

«Non ho problemi con questo.»

«E non mi allontanerò dal tuo fianco», dice. «Quindi non preoccuparti di approcci indesiderati. Il consenso entusiasta è la regola del gioco. E anche se ci fosse un'eccezione, nessuno riuscirebbe a passare oltre me.»

Non ne dubito nemmeno per un secondo. Faccio un profondo respiro yoga e lo espello.

«Nervosa?» chiede.

«Un po'.»

«Non c'è motivo. Andremo via immediatamente se ti senti a disagio.»

«Non mi dispiace spingermi oltre la mia zona di comfort», rispondo. «Finché sei con me.»

Mi stringe i piedi coperti dalle calze e sorride. «Considerami la tua patella personale.»

Arriviamo a quella che posso descrivere solo come una villa. È un edificio contemporaneo elegante fatto di acciaio, ampio vetro e cemento. Linee pulite e illuminazione strategicamente posizionata conferiscono una facciata super elegante. Il buttafuori all'ingresso scansiona il codice QR sul telefono di Alistair e ci permette di entrare dopo aver confiscato detto telefono. Devo consegnare anche il mio. Una donna vestita con una tutina in latex nera ci dà il benvenuto all'interno. Si muove in modo sinuoso, felino, e fa le fusa quando vede Alistair, e sono immediatamente gelosa. La conosce? Ci ha dormito insieme? Di certo si comporta come se fosse così. Il suo eyeliner ad ali è disegnato con maestria, sexy da morire, e i suoi contatti verdi a occhio di gatto le danno un aspetto esotico. Non nasconde il suo dispiacere nel vedermi al braccio di lui. Mi mostra i denti, i suoi baffi finti tremano mentre mi ringhia contro. Se avesse gli artigli, sono sicura che li tirerebbe fuori.

Non appena rivolge nuovamente la sua attenzione ad Alistair, tutta l'ostilità svanisce, e torna a muoversi sinuosamente e a fare le fusa, spingendo il petto in fuori per offrirgli una fantastica vista della sua scollatura rivestita in latex.

«Ciao, Kitten», dice lui, e la accarezza sotto il mento. «Stai benissimo». Lei fa le fusa più forte.

Alistair mi sorride e fa cenno di continuare il nostro cammino all'interno, lasciando la gatta ad accogliere gli ospiti successivi.

«È come una festa in costume?» chiedo.

«No», risponde. «Solo una festa a tema. Ma ad alcuni piace travestirsi.»

Sono affascinata. «Tu ti travesti *mai*?»

Lui ridacchia. «No.»

«Non pensi che *dovresti*? Voglio dire, per preservare il tuo anonimato. Non sei preoccupato per il buon nome della tua famiglia? Per i titoli scandalistici?»

«No.»

«Davvero?»

«Queste feste sono discrete. Nel peggiore dei casi, un titolo scandalistico sul buon nome della mia famiglia può essere risolto dal nostro eccellente team legale. Inoltre, non stiamo facendo nulla di apertamente depravato. È solo una festa del sesso.»

Un uomo stupendo in smoking ci passa accanto. Mi fa l'occhiolino.

«Solo una festa del sesso», lo prendo in giro. «Come se fosse la cosa più comune del mondo.»

«Più comune di quanto potresti pensare», risponde. «La maggior parte delle persone non è naturalmente monogama, quindi questo è un luogo sicuro per esplorare.»

«Tu cosa ne pensi? Della monogamia?»

«Non ci ho mai pensato molto fino a quando non ho incontrato te», risponde. «Ora ne sono un fan.»

«Non credo di essere pronta per questo.»

«Sciocchezze», replica. «Ti piacerà. E se così non fosse, torneremo subito in macchina.»

Mi chiedo cosa pensi Macavoy di noi che andiamo a queste feste. Poi mi rendo conto che probabilmente Alistair lo paga abbastanza per non pensare nulla.

CAPITOLO 25
Frutta Esotica

ALISTAIR

Il locale è eccellente come sempre. Il club a sola invito di cui faccio parte e che organizza questi eventi non ha mai deluso. Ivy mi sta vicino mentre passiamo accanto a ogni genere di ospiti che indossano outfit creativi. Sono diversi, ma hanno tutti in comune il bell'aspetto. Un enorme lampadario che brilla di luce dorata pende all'ingresso. Una donna che indossa solo una collana di perle ci offre un calice di champagne dal suo vassoio. La ringrazio, prendo due flûte e ne passo uno a Ivy.

Accompagno Ivy nell'area principale. Ci sarà tempo dopo per visitare le sale più piccole, se le interessa. Quando vede il tavolo e le persone che vi si aggirano intorno, ridendo e chiacchierando, mi stringe la mano. La guardo per assicurarmi che stia bene, e i suoi occhi sono spalancati, la sua espressione eccitata.

Lo spazio interno è generoso, con soffitti alti e molti dettagli moderni e lineari. Le piastrelle in finta pietra del pavimento sono opache e texturizzate, di quelle che è piacevole calpestare a piedi nudi. Un enorme caminetto sulla sinistra sprigiona calore. Gli ospiti orbitano attorno al tavolo, che è un capolavoro di presentazione gastronomica. Vassoi d'argento a più livelli di macaron, petit four, cupcake, come quelli che si troverebbero a un tè pomeridiano al Ritz. Taglieri di formaggi di ogni tipo, uva, fichi arrosto con timo e miele. Un assortimento di pane artigianale. Pavlove ricolme di frutta esotica. Un intero angolo dedicato al cioccolato di ogni tipo.

«Wow», sussurra Ivy. «È un male se sono più eccitata per il cibo che per gli sconosciuti?»

Sogghigno e mi verso in bocca il resto del mio drink. Una cameriera appare immediatamente. Come quella precedente, è completamente nuda a parte un gioiello: una delicata catena d'oro a tre fili intorno al collo. Prende il mio bicchiere e attende il mio ordine.

«Vino rosso?» suggerisco a Ivy.

«Sì, grazie», risponde lei.

«Un Rothschild», dico alla cameriera. «Se ne avete. Grazie».

Gli occhi di Ivy brillano. «Saresti deluso se tutto quello che facessi qui fosse abbuffarmi di cibo e vino rosso?»

Ridacchio. «Assolutamente no. Sarebbe un buon modo per debuttare».

«Voglio dire, hai speso molti soldi per i biglietti, giusto? Quindi avrebbe senso ottenere il massimo per i tuoi soldi».

Sorrido. «Non l'ho mai vista in questo modo», dico. «Meglio che tu provi tutto ciò che c'è sul tavolo».

«E l'artista che l'ha preparato», continua lei. «Sarebbe devastata se nessuno mangiasse il suo meraviglioso cibo».

«Sono sicuro che hai ragione». Lascio andare la sua mano.

La cameriera è tornata con una bottiglia di Château Lafite Rothschild, annata 2010. Mi mostra l'etichetta.

«Andrà bene, grazie. Puoi lasciare la bottiglia a me».

Portiamo il vino al divano davanti al caminetto. Mi siedo mentre Ivy si dirige verso il tavolo stracolmo e prepara un piatto da condividere. La osservo mentre fa la sua selezione, e osservo gli altri che la osservano. Lei evita il contatto visivo con loro. Una giovane donna con una maschera da lupo in pelle color rame e bikini dorato guarda Ivy bramosamente.

«Com'è stato?» le chiedo al suo ritorno. «Essere là fuori allo stato brado?»

Ivy ridacchia nervosamente. «Mi sono solo concentrata sul formaggio e sono stata bene».

«Ecco un ottimo consiglio di vita», dico.

Guardo Ivy mangiare e godersi il vino. Il fuoco arde vivace. Se fossimo soli, le toglierei i vestiti e la farei sdraiare davanti ad esso. È ancora troppo timida per questo, ma è qualcosa verso cui possiamo lavorare.

Le massaggio la schiena. «Dimmi cosa vedi».

Lei conosce questo gioco - è lo stesso che abbiamo fatto a Iniquity. Deglutisce il boccone e sorseggia il vino mentre i suoi occhi esaminano gli altri ospiti.

«Beh», inizia. «Devo dire che sono sollevata nel vedere la maggior parte degli uomini vestiti splendidamente e non con tute da slave».

Rido. «Hai davvero una forte avversione per le tute da slave».

«E le donne sono per lo più nude, il che non mi sembra molto equo, ad essere onesta».

«Alcune di loro sono professioniste», dico. «Gli organizzatori si assicurano che il rapporto di genere sia equilibrato assumendo ragazze che amano questo tipo di feste. Come la gattina che hai incontrato prima».

«Quindi fondamentalmente gli uomini pagano per partecipare, ma le donne sono pagate per essere qui».

«Non tutte, ma tende a funzionare così».

Ivy annuisce. «Sembra legittimo».

«Posso dirti chi non è un'ospite pagata», offro. «La donna che parla con il tipo alto vicino alla ciotola della frutta? La lupa in bikini dorato a fili? Non riusciva a toglierti gli occhi di dosso mentre stavi prendendo il camembert».

Ivy la guarda di sfuggita e distoglie rapidamente lo sguardo. «Questo mi mette in ansia».

«Non c'è bisogno di essere nervosa». Ripeto le mie precedenti rassicurazioni. «Non c'è bisogno di fare nulla che non vuoi fare, e possiamo andarcene quando sei pronta».

Lei fa un altro respiro profondo e annuisce. «Sì. Va bene. Ora cercherò di rilassarmi».

«Pensa solo a come si sente il tuo corpo», dico. «Senti il calore del fuoco sulla tua pelle. La cremosità del formaggio in bocca. Il vino - corposo e vellutato».

Posso dire che sta facendo come le ho detto, perché il suo corpo si ammorbidisce un po', e i suoi occhi diventano meno vigili e più sognanti.

«Cos'altro vedi?»

«C'è una coppia nell'angolo», dice pensierosa. «Due donne in smoking. Si stanno baciando».

«Ti piacerebbe baciarne una?»

«Non ne sono sicura», risponde. «Sembra che abbiano occhi solo l'una per l'altra. Poi, c'è una cameriera che gira con un vassoio di sex toy».

Guardo nella stessa direzione e vedo la cameriera. Alzo la mano per chiamarla.

Lei ondeggia verso di noi, nuda tranne che per degli orecchini vistosi d'oro. «Buonasera», fa le fusa. «Posso interessarvi a un piccolo giocattolo?»

«Cosa hai?» chiedo.

Lei fa un broncio drammatico, un lento sorriso appare, e alza le sopracciglia. «Sono così felice che tu l'abbia chiesto».

Ci sono una dozzina di giocattoli sul lucente vassoio d'argento, in vari colori e texture. Alistair esamina l'assortimento, e poi sceglie un dildo rosa scintillante.

La donna sembra approvare, e ci regala un extra ondeggiamento dei fianchi mentre si allontana.

«Avresti dovuto avvertirmi che venivamo qui. Avrei potuto pianificare un outfit. Dio sa quanta roba per travestirsi hai nella tua segreta».

«Non hai bisogno di un outfit», rispondo. «La tua sensualità è completamente innata».

«Cosa?» mi stuzzica. «Non ti piacerebbe vedermi in un minuscolo bikini d'oro?»

«Oh, sì», mormoro, con il mio membro che pulsa nei pantaloni. «Sarei decisamente su di giri per quello».

Entrambi ignoriamo il doppio senso.

«In quali altri outfit ti piacerebbe vedermi?» chiede.

Mi siedo e penso. «Hmm. Mi piacerebbe vederti in latex».

«Come la gatta?»

«Non necessariamente, ma sì. Qualcosa del genere».

«Mi piacevano i suoi baffi», dice Ivy. «Molto realistici».

«Mi piacerebbe vederti in... abiti da balletto».

Ivy aggrotta la fronte sorpresa. «Balletto? Sul serio?»

«Specialmente le scarpette. E il tutù».

«Da dove viene questa cosa?»

«Mia madre ci portava alla Royal Opera House. Adoravo guardare le ballerine. Era un periodo formativo della mia pubertà, immagino. Sognavo quelle ragazze».

Ivy muove le sopracciglia verso di me. «Ti farò uno spettacolo», dice.

Questo mi sorprende. «Hai qualche formazione?» chiedo.

«No», risponde con leggerezza. «Cosa potrebbe andare storto?»

Ridacchio.

«Qualcos'altro?»

«Parecchio», rispondo. «Quanto tempo hai?»

La sua bocca si spalanca. «Alistair Gregory Ravenscroft. Non sapevo che amassi i travestimenti! Si sta rivelando una serata molto informativa. Dimmi di più».

«Vediamo», dico. «Abbiamo detto latex e ballerina. Mi piace anche l'idea di... Khaleesi».

«Oh, questa è ottima!»

«Qualsiasi outfit con un corsetto. Non si sbaglia mai con un corsetto».

«Adoro i corsetti. Sento che dovrei prendere nota».

«Non preoccuparti», dico. «Ho una lista dei desideri nel mio negozio preferito».

«Che efficienza. Altro?»

«Hmmm. Quei body neri con tutte quelle cinghie - non sono sicuro di come si chiamino. Sono troppo intricati per chiamarli lingerie. E già che parliamo di cinghie - amo anche un po' di bondage con le corde».

«Ah, come lo stile giapponese. Subaru? No, aspetta, quella è un'auto».

Rido. «Shibari», dico. «Anche, kinbaku».

«Qual è la differenza?»

«Il kinbaku si concentra più sulla costrizione, mentre lo shibari è più sull'estetica erotica».

Ivy si agita sulla sedia. Posso vedere che è eccitata. Si sporge in avanti e sussurra. «Forse dovremmo andare direttamente alla segreta».

«Niente da fare», dico, guardando una donna che si avvicina a noi. «Bikini d'oro non ce lo perdonerebbe».

CAPITOLO 26

Lupo Fortunato

IVY

Porca miseria, sembra irreale. Mi sento completamente fuori dalla mia zona di comfort, ma ovviamente Alistair è così a suo agio che potremmo anche essere davanti al suo caminetto. Pensavo stesse scherzando sul fatto che il lupo con il bikini dorato non ci avrebbe perdonato, ma quando alzo lo sguardo dal mio piatto di dessert quasi vuoto, la vedo avanzare ancheggiando verso di noi.

Oh mio dio.

Deglutisco e cerco di sembrare disinvolta. Faccio del mio meglio per non sembrare come un cervo abbagliato dai fari. Bevo un sorso di vino.

«Buonasera», dice, ignorando Alistair e guardandomi come se fossi nel menu.

«Ciao», rispondo. «Stai passando una bella serata?»

Oh mio dio, l'ho detto davvero? Ma che cavolo? D'altra parte, cosa si dovrebbe dire in queste situazioni?

«Molto meglio ora che ti vedo», risponde, ricordandomi il lupo di Cappuccetto Rosso. La sua evidente fame mi eccita e mi innervosisce allo stesso tempo, come se fosse pronta a divorarmi.

Alistair, sempre il gentiluomo, le offre un posto. «Le piacerebbe unirsi a noi?»

Mi viene voglia di prenderlo a calci sotto il tavolo, ma non c'è nessun tavolo. Invece, socchiudo gli occhi verso di lui, ma non sembra turbato. Sa che voglio provare a fare sesso con una donna, ma questo sembra troppo, troppo presto.

«Solo per un minuto», sorride. «Grazie.»

Mi sorprende sedendosi accanto ad Alistair, così lui si trova in mezzo a noi. Forse riesce a percepire quanto sono terrorizzata. Eppure, non smette di guardarmi. «Non ho mai visto *te* in giro prima», dice, a bassa voce.

«È la mia prima volta», rispondo, consapevole di sembrare una vergine e sperando che mi tratti di conseguenza.

«Oh, quanto è *speciale*», dice, tenendo il suo bicchiere di martini sollevato e osservandomi. C'è qualcosa di regale in lei, nonostante il bikini metallico luccicante. Ha un addome scolpito e i suoi seni sono bellissimi. Non c'è da meravigliarsi che abbia scelto quel costume. «Bene, piacere di conoscerti. Sarò nella stanza delle sensazioni se ti va di incontrarci più tardi». Fa un cenno verso Alistair. «Con o senza il tuo uomo.»

«Stai bene?» chiede Alistair una volta che se n'è andata ancheggiando. È decisamente divertito.

«Sì», rispondo. «Credo di aver trattenuto il respiro per tutto il tempo.»

Lui ridacchia. «Cosa ne pensi?»

«Di incontrarla più tardi? Assolutamente no. Non avrei idea di cosa fare.»

«Ivy, non credo che tu debba fare nulla. Non è una sottomessa.»

Il mio stomaco si contrae. «*Tu* vorresti?»

«Mi piacerebbe guardare», dice, poi si sistema i pantaloni.

«Ma ti uniresti a noi?»

«Forse. Dipenderà da voi due.»

Sento quel familiare calore tra le gambe. «Beviamo un altro bicchiere di vino.»

Alistair riempie i nostri bicchieri.

«Cosa c'è nella stanza delle sensazioni?» chiedo.

«Ah, alcuni giocattoli e accessori. Catene, piume, pelliccia.»

«Non pelliccia vera», controllo.

«Non pelliccia vera. Inoltre, fragranze, oli, ghiaccio. Candele per il gioco con la cera.»

«Ahi», dico.

«Non se lo fai nel modo giusto», risponde Alistair.

«E se il bikini dorato non sa come farlo nel modo giusto?»

«È una preoccupazione legittima», dice. «Non rischierei.»

«Bene», dico, sollevata. «Allora è deciso.»

«Sì», concorda. «Sarò io a occuparmi della cera.»

Ci prendiamo il nostro tempo per finire il vino. Il coraggio olandese in soccorso, ancora una volta. Alistair non mi spinge affatto. Aspetta pazientemente che io decida di essere pronta.

«Pensi che sarà ancora lì?» chiedo.

«Credo di sì. Non penso che lascerebbe il posto finché tu sei ancora qui.»

«Accidenti.»

«Accidenti davvero», concorda. «Se usciamo dalla porta sul retro, non ci vedrà andare via.»

«Oh sì, invece. Probabilmente ha occhi ovunque. Saremo accerchiati prima di raggiungere la nostra auto di fuga.»

«Dirò a Macavoy di tenere il motore acceso.»

Rido. Povero Macavoy.

«Forse dovremmo fare sesso con Catwoman. Sembra un'opzione più sicura.»

«Ti graffierà gli occhi», dice Alistair.

«Comunque un'opzione più sicura. Il lupo in bikini vuole mangiarmi tutta intera.»

«Lupo fortunato», dice, poi si china per baciarmi il collo.

«Lo faremo davvero?» chiedo. Il mio desiderio è una fiamma.

«Dipende interamente da te.»

D'accordo, Ivy, mi dico. *Tira fuori le mutandine da donna grande. O, data la situazione, niente mutandine affatto.*

Ci alziamo e Alistair mi prende la mano. Sembra sapere dove sta andando, nonostante non sia mai stato qui prima. Cambiano la location ogni volta per mantenere la novità, mi spiega. Ovunque guardi c'è qualcosa o qualcuno di interessante. Una donna è dipinta artisticamente dalla testa ai piedi per sembrare un pavone. Indossa un incredibile copricapo di piume, che sospetto faccia da doppio uso come giocattolo sensuale. Sorride mentre passiamo, scrutando Alistair con i suoi occhi color gioiello. Una coppia nuda accanto a lei sta scattando foto con una Polaroid in varie pose e le sta distribuendo. Un'altra donna, tutta costole e ossa del bacino sotto la sua pelle color neve, non indossa nient'altro che tacchi a spillo argentati e un enorme paio di ali bianche da angelo. Posso immaginare di sentirmi sovrastimolata e sopraffatta se non fosse per il calore che mi spinge avanti.

Passiamo davanti a diverse stanze. Non so cosa stiamo cercando, ma Alistair mi guida con sicurezza. Passiamo davanti a quella che sembra una sala acrobatica - una versione sexy del Cirque - e una galleria d'arte di stampe erotiche. Poi una piccola sala cinematografica che proietta porno di orge.

«Così tante stanze», dico ad Alistair.

«Stasera visiteremo solo la stanza delle sensazioni», dice. «Lasciamo il resto per la prossima volta.»

«Pensi che mi spaventerò?»

«*So* che ti spaventerai.»

«Ma sono così curiosa.»

«Manteniamola così, per ora. Voglio che tu attenda con ansia la prossima visita.»

Quando vedo luci rosse, candele e l'esposizione di giocattoli sensuali, so che siamo nel posto giusto. Deglutisco. Alistair mi guarda con una domanda negli occhi: *Sei sicura?*

Annuisco. Sono nervosa ma pronta.

Di tutti i corpi che si contorcono nella stanza, è quello di Alistair che desidero di più, ma dovrà aspettare. Non ho mai avuto l'opportunità di fare sesso senza impegno con una donna prima, e non so se ce l'avrò mai più.

Il lupo ci vede e sorride. Mantiene un atteggiamento distaccato, rimanendo con il suo piccolo gruppo mentre Alistair e io facciamo il giro della stanza, guardando cosa è disponibile per giocare. I giocattoli vanno dai più morbidi e meno minacciosi, come coperte di pelliccia, piume e massaggiatori, a paddle borchiati e strumenti spaventosi con punte.

Alistair si china per baciarmi il collo. «Vedi qualcosa con cui vuoi giocare?»

Abbiamo già il dildo rosa. «Non sono sicura», dico. «Forse puoi guidarmi tu?»

«Con piacere», risponde, e rivolge il suo sguardo attento al tavolo. Una volta fatta la sua selezione, ci dirigiamo verso un letto libero con lenzuola di raso nero. Inizia a baciarmi, lentamente, languidamente. Entrambi sappiamo di vino rosso e cioccolato. Mi abbandono alla sensazione di baciare quest'uomo incredibile. La sensazione è amplificata dall'ambiente che ci circonda e dal ricordo fisico di lui che mi scopa al ristorante poco prima. Inizia a togliermi i vestiti. Lo fa lentamente, sentendo il tessuto della mia camicetta, inspirando il mio profumo, con le dita che accarezzano la mia pelle sensibile. Mi tratta con riverenza, come se fossi un premio inestimabile che può scartare. Come se fossi l'unica alla festa.

CAPITOLO 27
Freya

ALISTAIR

Oh dio, Ivy è così incredibilmente bella. Com'è possibile che io sia così fortunato? Il suo viso, il suo corpo, il suo cuore. La sua sincerità. Sono completamente innamorato di lei. Sarei uno sciocco a pensare diversamente. La spoglio lentamente, metodicamente, come se stessi svelando un'opera d'arte. Posso sentire che la donna vorace sta guardando - percepisco i suoi occhi sulla mia schiena.

Una volta tolta la camicetta, mi prendo il mio tempo per sbottonare la gonna. La stessa gonna sotto cui avevo la mano al ristorante. I collant sono strappati da prima, cosa che mi eccita. La spingo indietro sul letto, rivolta verso di me, e glieli sfilo. Di solito, la sua espressione diventa sognante quando è eccitata, ma in questo momento sembra vigile - probabilmente a causa del nervosismo per la possibilità di essere divorata da una lupa.

Ora nuda, ammiro il suo meraviglioso corpo disteso sul raso nero, la sua pelle chiara in contrasto con le lenzuola scure. Sembra uscita da un film d'arte. Sento un insistente ringhio in fondo alla gola. Sono pronto a condividerla? Sono sorpreso di scoprire che la risposta è sì. Con una donna che probabilmente non rivedremo mai più. Mai con un uomo.

Sto per prendere uno degli strumenti che ho trovato sul tavolo, ma vedo con la coda dell'occhio che la lupa sta arrivando. Sento una fitta di eccitazione e avvicino una sedia. Ivy aggrotta la fronte, poi capisce perché ora è il momento per me di sedermi e guardare. Il suo petto si alza e si abbassa mentre cerca di respirare per controllare l'ansia.

La donna arriva al bordo del letto, con ammirazione negli occhi quando guarda il corpo nudo e disteso di Ivy.

«Ciao», fa le fusa, fissando Ivy negli occhi. «Ti va di giocare?»

Ivy mi guarda. Alzo le sopracciglia. *Vuole* giocare?

Guarda di nuovo la donna e annuisce.

«Ho bisogno di sentirlo», dice la donna. «Dimmi che vuoi giocare con me».

Questo club in particolare si vanta di essere un ambiente sicuro. Solo un consenso entusiasta è accettabile. Altri club valorizzano principi diversi. Un paio d'anni fa ho partecipato a un evento organizzato da un club più piccolo che era famoso per i dubcon party - consenso dubbio - dove tutti i membri sono tenuti a firmare un contratto che dà il consenso preventivo a tutto ciò che sarebbe successo durante l'evento. Di solito, questo tipo di feste non avvengono molto spesso nella comunità etero, ma ho incontrato un buon numero di membri etero-ish che apprezzano il concetto. Quella notte le cose si sono fatte piuttosto selvagge. Capisco il brivido che deriva dal dubcon, perché l'idea che possa accadere di tutto è eccitante, ma alla fine non faceva per me, e non ci sono mai tornato.

Questo club, con la sua enfasi sul consenso continuo ed entusiasta, è uno spazio molto più sicuro per Ivy per imparare a giocare. Ho tentennato quando è arrivato l'invito, non ero sicuro se fosse pronta, ma guardandola ora penso di aver preso la decisione giusta.

«Sì», dice Ivy dolcemente. «Voglio giocare con te».

«Mi chiamo Freya», dice la donna. «Quando pronunci il mio nome, significa che sei felice. Che ti sto facendo sentire bene. Andrò molto lentamente, ma se hai bisogno che rallenti, dimmelo. Se dici 'no' o 'fermati', mi fermerò. Non c'è bisogno di una parola di sicurezza».

Ivy annuisce.

«Usa le parole, bellezza».

«Sì, Freya», dice Ivy. «Capisco. 'Freya' significa vai, 'fermati' significa fermati».

«Molto bene», dice Freya. «C'è qualcosa che non ti piace?»

Ivy esita. «No. Non credo».

«Qualcosa che *vuoi* che ti faccia?»

«Non credo», dice nervosamente. «Non lo so».

«Va bene», dice Freya, inginocchiandosi sul letto. «Sembra che scopriremo strada facendo».

Ivy sembra sollevata. Non è ancora sicura delle sue fantasie, nonostante il nostro accordo e il conseguente inizio della lista. La vita si è messa in mezzo.

Mi dice che *io* sono la sua fantasia. Che qualunque cosa io le faccia è ciò che desidera. So che le piace quando sono io ad avere il controllo, e Freya sembra avere la stessa energia.

«Vieni a inginocchiarti per me», dice Freya, dando dei colpetti sullo spazio davanti a lei. Ivy si morde il labbro inferiore e fa come le è stato detto.

«Sei così carina», sussurra, accarezzando la guancia di Ivy. «Guardati».

«Anche tu sei carina», dice Ivy. «Sei bellissima».

Freya prende una lunga collana di perle dalla pila di giochi assortiti. La fa scorrere lungo le spalle di Ivy, le sue cosce, poi la mette dietro il suo collo, tenendo le estremità, e la tira in un bacio lento e delicato. Il mio membro si contrae, e devo cambiare posizione per sentirmi a mio agio. Si baciano per un po', Freya usando la collana con un tocco leggero su tutta la pelle di Ivy. È chiaro che Ivy lo sta apprezzando - il modo in cui si muove; l'espressione sul suo viso. È più rilassata ora, più presente nel suo corpo. Posso vederlo - quasi sentirlo.

Poi, Freya prende un grande nastro nero. Penso che lo legherà intorno agli occhi di Ivy, ma invece lo allaccia intorno al suo collo e fa un grande fiocco, come se Ivy fosse un regalo. Si baciano di nuovo, e mentre sono occupate, Freya spinge Ivy indietro sul letto.

Ivy mi guarda, e io sorrido. Vorrei essere io quello sopra di lei, ma allo stesso tempo, sono così eccitato nel guardarle. Faccio un lungo respiro profondo e lo espiro. Freya riconquista la sua attenzione scendendo lungo il suo corpo, con una forcina a forma di piuma in mano che fa scorrere lungo le costole mentre le lecca il ventre. Sta mantenendo la promessa di andare lentamente.

Ivy ridacchia. «Fa il solletico», dice.

Lei gira la forcina e graffia con la plastica dura invece che con le piume, ma sempre con un tocco delicato. Ivy geme, il che fa scurire gli occhi di Freya di desiderio. Le pinze per i capezzoli sono le prossime - due pinze dorate con nappine, unite da una catena dorata. Massaggia i seni di Ivy, poi attacca le pinze. Ivy geme di nuovo.

«Ti piace, bellezza?»

«Sì», ansima Ivy.

Freya si sposta verso la vagina di Ivy mentre tiene ancora la catena delle pinze. Di tanto in tanto dà un piccolo strattone, e Ivy inarca la schiena. Ivy è pronta per altro, e non sono l'unico ad averlo notato.

CAPITOLO 28

Piccola Delizia

IVY

Sono così eccitata che non so cosa fare. Per fortuna, non devo saperlo, perché Freya ha completamente il controllo, e so di essere al sicuro con Alistair che ci sorveglia. Ho adorato il gioco di sensazioni così eccitante, ma ora ho bisogno di più. Meno solletico, più contatto. Inarcando la schiena, guardo Freya, sperando che il linguaggio del mio corpo comunichi il mio bisogno. Lei tira le mie pinzette per i capezzoli e inizia a divorarmi la vagina.

«Sì», gemo. «Sì, Freya». Sollevo la testa per guardarla.

Lei ridacchia contro di me e mi fa l'occhiolino, poi inizia a muovere la testa su e giù mantenendo le sue labbra umide sul mio clitoride. Ogni movimento aumenta il mio piacere.

Cazzo! Non posso credere che stia succedendo. È così bello. Lei è così calda e setosa. Sento la sua lingua farsi strada verso la mia apertura e la desidero così tanto dentro di me. Mi stuzzica per un secondo e poi la spinge dentro. Gemo e butto indietro la testa. È così femminile, così morbida e liscia - tutto di lei lo è - ma le sue labbra e la sua lingua sono come raso. La sua lingua alterna lambite e affondi, lambite e affondi finché non sento l'orgasmo avvicinarsi. Tira di nuovo la catenella d'oro, e i miei capezzoli si accendono con sensazioni più intense di prima. È quasi doloroso, ma non del tutto. Il mio corpo inizia a muoversi sotto di lei, desiderando di più. Desiderando qualcosa dentro di me. Freya si prende una pausa dal mangiarmi e prende una piccola caraffa dal tavolino. La versa tutta su di me. È olio profumato e caldo. Lo strofina sul mio collo, seno, braccia, stomaco. È meraviglioso al tatto e all'olfatto. Respiro profondamente e lei mi sorride.

«Pronta per altro?» mi chiede.

«Sì, Freya». Sì *per favore.*

Freya è contenta. Strofina l'olio sulla mia pelle ancora per un po', poi versa altro olio direttamente sul mio clitoride. È caldo. Sussulto. Lo segue con le dita – prima facendole roteare attorno al mio clitoride, le mie labbra così lubrificate e lisce, e poi inserisce timidamente un dito, così femminile e delicato che desidero di più, ma è così bello che non voglio affrettarla.

«Ti piace, piccola delizia?»

Annuisco. «È fantastico».

Questo è tutto il permesso di cui ha bisogno per usare due, e poi tre dita. C'è così tanto olio che scivolano dentro senza sforzo. Osserva il mio viso mentre inizia a scoparmi. È fantastico quando le sue nocche sfiorano il mio punto G ad ogni spinta.

«Cazzo», gemo. «Cazzo, è così bello».

Continuando a guardarmi in faccia, sorride. «Davvero?»

Annuisco. *Sì, sì, sì.*

Freya accelera, inviando onde di piacere lungo tutto il mio corpo e fino alle gambe.

«Ci sono quasi», dico.

Abbassa lo sguardo sulla mia vagina, e poi le sue labbra. Prende il mio clitoride nella sua bella bocca calda mentre pompa le dita dentro e fuori. Credo che ci siano più dita ora. Non saprei dire. So solo che c'è un'ondata di beatitudine che mi aspetta dietro l'angolo mentre lei lecca, succhia e mi impasta. È una costruzione lenta e deliziosa.

Riapro gli occhi, sorpresa di rendermi conto che li avevo chiusi. Lei non distoglie lo sguardo da me mentre mantiene la magica combinazione di mani e bocca, spingendomi verso il mio climax con ogni movimento.

«Ahhhh», gemo, con la voce che si alza alla fine, come fa quando sto per venire.

Così bello.

Così vicino.

Non voglio che cambi nulla, ma si siede e prende il dildo. Lo scalda nella sua bocca, poi lo cosparge di lubrificante e lo spinge dentro di me. Sussulto. È così grosso. Il cambiamento di ritmo ritarda il mio orgasmo, ma non mi lamento. La dimensione e il peso del dildo sono così soddisfacenti. È esattamente ciò di cui ho bisogno per sentirmi piena. Gemo e inizio a dondolarmi su di esso, controllando la profondità e il ritmo. Freya lo tiene fermo, con la mano sul mio sedere, mentre lo cavalco.

«Freya», ansimo. «È così fottutamente bello».

Lei decide di prendere il controllo. «Sei pronta a venire?» mi chiede.

Annuisco con fervore.

Con mani esperte, Freya mi gira sulla pancia e si siede sulla mia schiena, rivolta verso le mie gambe. Mi piace la sensazione del suo bikini dorato sulla mia pelle mentre strofina la sua vagina contro di me – e anche l'attrito delle pinzette per i capezzoli sul letto mentre si muove sopra di me. Spinge il dildo dentro, e questa angolazione è una sensazione completamente nuova. Esclamo, e lei mi premia con uno schiaffo esattamente dove mi piace. Inizia a scoparmi sul serio, muovendosi veloce e forte, fermandosi solo per darmi uno schiaffo e chinarsi per mordere e succhiare la mia natica. Le spinte frenetiche mi riportano proprio sul limite dell'orgasmo, e tutto il mio corpo inizia a fremere. Vorrei che il succhiare e la penetrazione continuassero più a lungo, ma il mio climax si precipita verso di me.

«Cazzo!» esclamo. «Cazzo, cazzo, cazzo, sto venendo!»

Urlo mentre la mia vagina esplode di piacere. Il mio corpo è pieno di scintille dorate e luce. Freya rallenta il movimento del dildo mentre i miei muscoli si contraggono intorno ad esso, rimuovendolo solo quando ho finito.

Resto immobile mentre mi riprendo. Freya accarezza la mia pelle con ampie carezze, niente di troppo leggero o solleticante. Il suo tocco deciso mi riporta sulla terra, mi ricorda che ho un corpo; che non sono intrappolata nello spazio. Sospiro a lungo e profondamente, poi mi tiro su per guardarla, attirando il suo viso verso di me per baciarla profondamente. Lei geme piano mentre faccio scivolare la mia mano nei suoi slip del bikini. È bagnata tanto quanto me.

«Cazzo». Canalizzo l'energia erotica di Alistair, ripetendo quello che mi dice a letto. «Sei così bagnata. Così bagnata e deliziosa. Non vedo l'ora di scoparti».

All'inizio non sono sicura se è ciò che vuole, ma la sua reazione lo rende chiaro. Non so se ho quello che serve per essere la dominante qui, ma farò del mio meglio, anche se sono ancora stordita dall'intensità del mio orgasmo.

Bacio Freya per un po', godendomi ancora una volta la sua morbidezza, mentre le mie dita lavorano sul suo clitoride. Sorride mentre tira il cordoncino sul retro del suo top del bikini, liberando i suoi seni. È così dannatamente sexy. Sempre sorridendo, Freya si toglie il top. Seguendo il suo esempio, tiro il cordoncino che libera la parte inferiore; prima da un lato, poi dall'altro. Vedere la vagina di un'altra donna in questo ambiente sensuale mi fa fremere di emozione. Non posso credere che posso toccarla.

«Il tuo corpo», dico. «Sei così fottutamente sexy». Allungo la mano, e lei geme al ritorno del mio tocco. Quando la bacio, lei apre la bocca ampiamente. Mi sposto verso il basso, le mie labbra sul suo collo, poi sulla linea della sua clavicola. Faccio scorrere la lingua lungo l'osso, godendomi la sensazione del corpo di un'altra donna. Più in basso, afferro il suo capezzolo con la bocca, e lei geme e ridacchia. Premo più forte con le labbra, succhio di più, affondo il viso nella sua pelle morbida come cashmere. La sua risata viene sostituita da un profondo sospiro di piacere. Passo un'eternità a massaggiare e succhiare i suoi seni. È così lussuoso. Rimuovo una delle mie pinzette e la aggancio al suo capezzolo in modo che siamo collegate dalla catena dorata tra noi. Ci baciamo ancora un po', e poi le do anche l'altra pinzetta, tirando la catena come lei aveva fatto con me.

«Voglio assaggiarti», dico.

Freya annuisce. Ha un'espressione innocente ora, si morde il labbro e annuisce. Indossa ancora la maschera di pelle, ma il lupo è scomparso. Adagia il corpo sul letto, rimanendo sui gomiti per potermi guardare. Do un'occhiata ad Alistair. Il suo viso è così pieno di desiderio che la mia vagina si contrae. Gli sorrido, e lui ricambia, ma è uno sguardo teso, pieno di brama.

Freya nota il nostro scambio. «Vorresti che il tuo uomo si unisse?»

«Sì», dico. «Ma non ancora».

CAPITOLO 29

Non Mandare Tutto a Puttane

ALISTAIR

Quando mi sveglio la mattina dopo, ci metto un po' a capire dove sono, perché ho la bocca secca e il cazzo mi fa male. Realizzo rapidamente che sono tornato a casa nella tenuta quando sento Reacher abbaiare fuori. Sì, ora ricordo Macavoy che ci ha riportato a casa dall'evento. Ho portato Ivy addormentata dentro e l'ho adagiata nel mio letto, dove giace ancora. I ricordi iniziano a fluire e frammenti della notte mi ritornano in mente: Il Nocturne Club, Rothschild, la sontuosa tavola dei dessert, la lupa in bikini dorato. Porca miseria. Ivy che le dava piacere. Come si chiamava? Era il nome di una dea. Sephora? No, quella non è una dea. I miei pensieri e ricordi confusi dal sonno si mescolano, offuscando la mia mente.

Mentre emergo dal torpore, inizio a ricostruire la storia. Avevo portato Ivy a cena e l'avevo preparata, poi l'avevo portata all'evento Nocturne. Non sarebbe potuta andare meglio se l'avessi sceneggiata io stesso. Ivy era così nervosa, ma il suo coraggio e il suo desiderio hanno avuto la meglio, culminando in una delle esperienze più erotiche della mia vita – e spero anche della sua. Ho avuto la mia buona dose di threesome, ma questa è stata completamente diversa. Vedere la donna che amo – e che amo scopare – ricevere piacere da una sconosciuta incredibilmente sexy. Cristo Santo. Il mio cazzo dolorante si sta gonfiando, e fa male. Per un attimo penso di svegliare Ivy con questo, ma immagino che anche lei abbia dolori simili. Meglio fare una doccia e occuparmene da solo.

Mi alzo dal letto senza svegliare Ivy. La debole luce del sole che filtra dalla fessura delle tende è argentea. Spero che dormirà quanto più a lungo possibile. Ha bisogno di riposare dopo la scorsa notte, e io ho bisogno di tempo per me per seguire il casino che la Mirror Bratva ha portato nella mia famiglia. Accendo la doccia. Di solito evito gli antidolorifici per i postumi, ma oggi scuoto un paio di para-cetamolo nella mia mano e li inghiotto perché ho bisogno di una mente lucida. Mi fisso nello specchio del mobile del bagno. Sembro stanco, ma niente che qualche caffè non possa sistemare. Negli ultimi anni, i miei capelli hanno iniziato a cambiare dal castano scuro al sale e pepe. Non sono ancora proprio un silver fox, ma ci arriverò presto. Soprattutto se la fottuta mafia russa continua a mandare i suoi scagnozzi a minacciare la mia famiglia.

Il vapore sale, annebbiando il soffitto del bagno. Lo inspiro. È bello essere a casa. È ancora meglio ora che Ivy è qui. Adoro che stia conoscendo il vero me – o, almeno, una versione ripulita del vero me. Certo, so che non posso tenerla all'oscuro per sempre. Entro sotto la cascata di acqua calda. Mi fa davvero bene sul viso e sulle spalle, ma punge sul cazzo. Porca puttana. Mi allontano dal getto e mi insapono. Tutto quello che chiedo è di avere abbastanza tempo con lei per introdurla nella famiglia lentamente.

Ivy mi fa voler essere un uomo migliore. L'ho già detto –

lei mi fa voler lavorare sodo per essere abbastanza buono da meritarla – ma queste cose richiedono tempo. Se dovessi immediatamente abbandonare gli elementi meno... *gustosi* degli affari Ravenscroft, scoppierebbe l'inferno. Avrei più dei russi alle calcagna, e la mia famiglia sarebbe in ancora più pericolo.

Devo essere paziente e districare gli affari di famiglia lentamente. Avrò bisogno dell'approvazione di mia madre, ovviamente. Padre e Christopher sono una sfida minore. Sono sicuro di poterli persuadere senza troppi sforzi. Disimpegnarsi dalle attività illegali sarà come una boccata d'aria fresca per l'azienda. Non saremo più afflitti dall'ansia delle possibili conseguenze legali. Sarà un bene per me. Un bene per tutti.

Mentre mi lavo i capelli, mi concedo una fantasia su come potrebbe essere la vita se riuscissi a realizzare tutto questo. Niente più sensi di colpa quando Ivy mi sorride in quel modo che mi uccide – quel modo che dice *ti amerò per sempre se non mandi tutto a puttane. Quindi non mandare tutto a puttane.* Niente più notti insonni quando un socio in affari decide di avere un rancore contro la mia famiglia e ci minaccia. Dio sa che abbiamo avuto abbastanza perdite, abbastanza dolore. Avremmo dovuto ripulire l'azienda ventisei anni fa. Lo sapevamo tutti allora e lo sappiamo tutti ora. Forse avrebbe salvato la sanità mentale di mio padre.

Se l'azienda fosse completamente lecita, avrei la possibilità di un futuro reale con Ivy. Una vita sana con lei, quella che merita. Non sto dicendo che non ci sarà un lato erotico – spero che non saremo mai in grado di tenerci le mani lontane l'uno dall'altra – ma so anche che entrambi apprezzeremmo la parte complementare dell'amore: le serate seduti davanti al fuoco a dibattere su qualche questione, i lunghi viaggi in auto, nuotare nel mare. Fare cose come comprare ai mercati contadini. E poi, se davvero metto a posto le cose e sono fortunato, i figli. Immagino Ivy in un lungo abito estivo fluente, con una silhouette gravida. Provo un desiderio che non ho mai provato prima, un profondo dolore per la vita che sarà possibile solo se faccio la cosa giusta.

Mai ho sognato una moglie. Bambini ancora meno. Ma Ivy ha cambiato tutto. E continua a cambiare tutto.

Penso al momento in cui l'ho vista per la prima volta mentre mi insapono il cazzo. La pelle sensibile lì brucia, ma ho bisogno di liberarmi, quindi stringo i denti e vado avanti.

All'inizio, ho visto solo che una donna era caduta. Mi sono diretto verso di lei, preoccupato che potesse essere schiacciata dalla folla in preda al panico. La mia irritazione verso i manifestanti che avevano vandalizzato il mio edificio è svanita. Potevo concentrarmi solo sull'arrivare in tempo dalla donna.

Ero lì solo per tenere d'occhio le cose. Il mio travestimento: una semplice camicia bianca e occhiali da sole, e una giacca di pelle color cuoio invece del mio solito cappotto. Henderson mi aveva chiamato fuori da una riunione per informarmi dei disturbatori. Onestamente, ero felice di andarmene, ma vedere la folla agitata con la loro vernice verde neon mi ha fatto odiare la mia vita. Avevo già abbastanza problemi senza un gruppo di fottuti hippie con troppo tempo libero e cartelli mal progettati.

Ma poi dal nulla sono arrivate le esplosioni, e la mia agitazione è scomparsa. All'improvviso mi sentivo completamente responsabile per la folla. Mentre Henderson avvisava le autorità, ho esaminato la folla in cerca di pericoli. È allora che l'ho vista cadere. E quando l'ho sollevata dal cemento e l'ho guardata, è allora che *io* sono caduto.

Penso a quel momento, a quel fulmine a ciel sereno. La mia incredibile fortuna che Ivy fosse lì quel giorno e che io fossi lì per prenderla. Penso ai suoi occhi maliziosi e intelligenti, al modo in cui getta la testa all'indietro quando ride. Penso alle sue incredibili tette da calendario. Pompo la mia mano insaponata, stringendo la presa mentre il mio cazzo si gonfia ancora di più nel mio palmo. Penso a una vita con Ivy mentre gemo, eiaculando veloce e forte.

CAPITOLO 30
Bellissima Squaldrina

IVY

La prima emozione che provo quando mi sveglio è vergogna.

Non è una sensazione nuova.

Vergogna per aver bevuto troppo la scorsa notte. Vergogna perché i miei ricordi sono confusi. Vergogna per essere andata a quella festa. Vergogna perché Alistair mi ha portata a letto.

Cosa penserà Macavoy di me? Oh dio, mi sento male al pensiero. La peggiore di tutte è la vergogna bruciante che provo per aver fatto festa in quel modo mentre il caro Jamie è in cazzo di terapia intensiva. Che tipo di persona fa una cosa simile?

Una persona spregevole, ecco cosa. Deludente. Disgustosa.

Ugh. Se i miei genitori lo sapessero.

Anche se sono sola nella camera da letto, le guance mi si infiammano. Lo stomaco mi si contorce.

Nient'altro che una fottuta puttana, sento dire a Jeff.

Stringo gli occhi, cercando di tenere la sua voce fuori

dalla mia testa. Ma non c'è nulla che possa dire per farmi sentire peggio di quanto già mi senta.

Dicono che le donne abbiano i postumi più pesanti perché subiscono una dose molto più grande di hangxiety. È così ingiusto, ma anche vero al cento per cento. La scorsa notte mi sentivo così libera e leggera, come se tutto sarebbe andato bene, come se avessi davanti a me una vita promettente, appagante ed erotica. Ora mi sento una vera merda e, peggio ancora, so di meritare di sentirmi così.

Faccio un respiro profondo e cerco di riprendermi. Sentirmi così male non aiuterà nessuno. Allontano i ricordi della scorsa notte. L'eccitazione, il desiderio, la meraviglia e la beatitudine. Potrò concedermi di pensarci in un altro momento, quando il ricordo non sarà macchiato dal senso di colpa. Per ora, devo alzarmi, lavare via la vergogna e andare da Jamie. Prendo il telefono per mandare un messaggio a mia madre, ma lei è arrivata prima. Le guance mi si infiammano, pensando che il suo messaggio sarà un rimprovero, chiedendomi dove fossi la scorsa notte. Invece, è l'opposto.

MAMMA

Tesoro mio. Spero che tu stia reggendo bene.

Alistair ci ha scritto ieri per dirci che ti portava a cena per distrarti un po'. Gli siamo così grati.

Jamie è ancora sedato e stabile, quindi il suo medico ha consigliato di non andare oggi se possibile. Non sono molto favorevoli a visitatori che si accampano nell'ala di terapia intensiva per ovvie ragioni. Possibili infezioni, ecc. Ci chiameranno immediatamente se ci saranno novità.

Ci sentiamo un po' persi, ma passeremo la giornata in albergo per essere più vicini all'ospedale nel caso ci chiamino. E Alistair ci ha gentilmente regalato dei buoni per cibo e spa che non vogliamo sprecare!! Non giudicarmi tesoro, ma un pranzo domenicale con alcolici e un massaggio con pietre calde sono esattamente ciò di cui ho bisogno per affrontare il mio dolore.

Un grande abbraccio a te, e a presto.

Il messaggio mi fa sentire un po' meglio. La mia intensa sensazione di vergogna si dissolve ad ogni frase. Mamma ha scelto agnello arrosto e un massaggio, io ho scelto vino rosso e un triangolo amoroso. Simili ma diversi. So che sentirò ancora il disagio residuo dovuto al senso di colpa per il resto della giornata – forse più a lungo – ma mi dà abbastanza energia per alzarmi dal letto e fare una doccia. La scorsa notte è stata una fantasia pazzesca e surreale – un po' come un film – ma le sensazioni sono state indimenticabili. Ancora non posso credere che sia realmente accaduto. Accidenti.

Sono così felice che siamo a casa nella tenuta invece che in hotel. È molto più rassicurante essere qui. Ho voglia di qualcosa di sano, quindi decido di prepararmi un caffè da asporto e portare a spasso i cani. Questo mi farà sentire molto meglio, ne sono sicura. Indosso i miei vecchi jeans consumati e una canottiera termica nera che uso come maglia sotto la giacca softshell che Alistair mi ha comprato quella prima mattina che abbiamo passato insieme. Farò anche un po' di yoga più tardi. Ho solo bisogno di passare del tempo a elaborare le mie emozioni.

Se Becks fosse qui, sarebbe gentile. Non mi direbbe che sono una puttana egocentrica per essere andata a una festa a sfondo sessuale mentre la mia famiglia è nel caos. Direbbe *brava, bellissima sgualdrina. Non sono affatto invidiosa.*

Becks non conosce vergogna. È uno dei suoi superpoteri.

La porta dell'ufficio di Alistair è chiusa, quindi non lo disturberò. Scendo piano, trovo una tazza da viaggio e scelgo un cappuccino con doppio espresso. Reacher e Bijou sono chiaramente dei lettori del pensiero perché prima che io arrivi da loro, stanno già guaendo eccitati, con le unghie che graffiano le piastrelle. Una delle cose meravigliose della tenuta è che i terreni sono abbastanza grandi da fare una lunga passeggiata senza dover mettere i cani al guinzaglio. Possono correre liberi. Prendo una manciata di biscottini e usciamo nella fresca metà mattina. È nuvoloso e umido, il tempo ideale per il mio stato post-sbornia. I cani corrono davanti a me, annusando ed esplorando come se tutto ciò che incontrano fosse nuovo. Di tanto in tanto, uno avvisa l'altro di qualcosa di interessante con un amichevole abbaiare.

Faccio respiri profondi dell'aria fresca e cammino attraverso le pozzanghere con gli stivali di gomma che ho trovato alla porta. Mi sento già molto meglio e i miei pensieri sono meno intrecciati con il senso di colpa. La scorsa notte è stata incredibile. *Potrei mai essere come Becks, mi chiedo, e non sentire la vergogna inevitabile che mi segue dopo aver provato cose nuove mentre esploro la mia sessualità?*

Dovresti! Posso immaginare lei che dice. *Come riusciremo mai ad abbattere il patriarcato se noi proviamo vergogna e gli uomini no?*

Adoro esplorare i terreni con i cani. Ogni passo mi aiuta a scrollarmi di dosso l'ansia di prima, ogni respiro chiarisce i miei pensieri. Ritorno alla porta sul retro della casa quasi un'ora dopo sentendomi come una persona diversa.

«Bravi cagnolini,» li elogio. «Bravi cagnolini!» e li accarezzo entrambi per bene dando loro un biscottino. Apro la porta sul retro per farli entrare e, mentre mi tolgo gli stivali presi in prestito, Alistair appare sulla soglia, sembrando il dio che è. Gli sorrido e lui ricambia il sorriso.

«Che ne dici di conoscere la mia famiglia?»

«Eh,» rispondo. *Terrorizzata? Intimidita? Quanta onestà si aspetta qui?* Il mio viso deve aver tradito i miei pensieri perché lui ridacchia.

«So che te lo sto dicendo all'improvviso, ma che ne dici di oggi?»

Quasi mi strozzo con la risposta. *«Oggi?»*

Un triangolo super-kinky la scorsa notte e oggi vuoi che mi sieda di fronte ai tuoi genitori – con faccia seria – mangiando Yorkshire pudding?

«È domenica,» dice. «Mia madre fa sempre un pranzo domenicale a invito aperto per la famiglia. Ci sarà Christopher. Volevo aspettare, ma si dà il caso che abbia delle cose di cui devo discutere con loro. E mi piacerebbe che ti conoscessero.»

«Eh,» ripeto, come se fossi stata recentemente lobotomizzata.

«Nessuna pressione,» aggiunge, guardandomi con curiosità. «Possiamo andarci la prossima settimana, o quando ti sentirai pronta.»

«No,» decido. Non permetterò all'ansia di comandare. «Facciamolo oggi.»

CAPITOLO 31
Qualche Cadavere

ALISTAIR

«Quanto sei nervosa», chiedo a Ivy nella limousine, «su una scala da uno a dieci?»

«Vorrei vomitare», risponde. «Quindi... nove e mezzo?»

«Non dobbiamo andarci per forza». Non voglio che si senta a disagio. «Ci sarà un sacco di tempo per conoscerli».

La osservo mentre deglutisce. È così bella che quasi dimentico di cosa stiamo parlando. Ho un piacevole flash-back della notte precedente, e sento il mio cazzo pulsare.

«Dobbiamo ancora parlare di ieri notte», dico.

I suoi occhi lampeggiano verso di me, e il colore le sale alle guance.

Le stringo la coscia. «Non durante il pranzo, ovviamente».

Si copre la bocca e ride. «Probabilmente non è il tema migliore se voglio fare una buona prima impressione».

«Stai scherzando?», scherzo. «Sarebbe la migliore presentazione in famiglia di sempre».

«Sai cosa sarebbe ancora meglio?», dice. «Invitare Freya a unirsi a noi».

Questa volta tocca a me quasi soffocare.

«Immagina lei che si sporge per prendere il sale nel suo piccolo bikini dorato», continua. «E il suo...»

«Ok, ok, ho capito», rido. «Ma vedrai che la mia famiglia è già abbastanza disfunzionale senza aggiungere ulteriori agenti del caos».

«Cosa devo sapere?», chiede Ivy. «Non voglio fare passi falsi il primo giorno».

«Ti ameranno anche se *dovessi* fare passi falsi», dico.

«Ne dubito», risponde.

Finora abbiamo mantenuto la conversazione leggera, ma il torbido sottotesto è inevitabile. Sospiro, sapendo che devo affrontare il piuttosto grande elefante nella stanza. «Immagino sia il momento di parlarti dell'attività».

«Parliamo di lasciare le cose all'ultimo minuto».

Sorrido e mi gratto la fronte. «Come ti ho già detto, ci sono alcune cose che non potrò mai raccontarti».

«Continuo a pensare che tu ti sbagli, ma vai avanti».

«E altre cose di cui preferirei non parlare».

«Quindi... fammi capire. Vuoi parlarmi dell'attività, ma in realtà non mi dirai nulla sull'attività».

«Beh...» Sto cercando di capire cosa dovrei dire.

«Ma vuoi avere una conversazione inesistente solo per poter dire che abbiamo parlato dell'attività».

«Non è giusto», protesto. «Sto *cercando* di dirtelo».

«Ma è davvero così?», mi stuzzica. «Sono tutta orecchi». Poi resta in silenzio e mi guarda con aspettativa.

Rido. «Sei esasperante».

«Tu lo sei di più», ribatte, poi si sistema nel sedile e mi osserva.

Basta cazzeggiare, penso. *È ora di dirglielo.*

«Mio padre ha fondato l'azienda quando aveva vent'anni. Il suo migliore amico era il suo socio in affari.

Antonio De Luca. L'attività è cresciuta rapidamente e hanno usato la maggior parte del capitale per reinvestire. Era una base davvero solida, e da lì si sono espansi in ogni tipo di cosa».

«Cose meno... *legali*», dice Ivy.

Esito. «Sì».

«Non devi fare giri di parole», dice. «Cosa è successo al migliore amico?»

«Hanno litigato», rispondo. «Con conseguenze piuttosto disastrose».

«Disastrose nel senso che non si sono più parlati, o disastrose nel senso che qualcuno è morto?»

«La seconda», ammetto.

Gli occhi di Ivy si spalancano. «Porca miseria. E se *noi* dovessimo litigare?»

«Dipende. Mi ruberai tutti i soldi e i contatti d'affari, e ucciderai alcune delle mie persone migliori?»

«No?»

«Allora probabilmente sopravviverai a un litigio».

«Il migliore amico è sopravvissuto?»

«Contro ogni pronostico», sospiro. «Sì. La separazione è stata difficile per mio padre, ma non c'è modo che avrebbe potuto dare quell'ordine. Non fraintendermi, sono ancora nemici giurati, ma non poteva farlo. Se l'avesse fatto, ci avrebbe risparmiato un sacco di problemi».

«Come quali?»

«Avremmo potuto recuperare il nostro capitale e la nostra attività che è stata praticamente rubata. Siamo riusciti a mantenere la parte logistica, perché gli operatori si fidavano più di mio padre che di Angelo. Quindi quando oggi a pranzo parleremo della linea ferroviaria Granite, questa è la storia che c'è dietro. È ciò che ha tenuto a galla la mia famiglia. Ma Angelo odiava che la controllassimo, quindi da allora abbiamo dovuto fare i conti con una fazione rivale».

«Una linea ferroviaria?»

«È più di una semplice linea ferroviaria. È il modo in cui spostiamo le nostre forniture in tutto il Regno Unito senza che le autorità lo sappiano. È la base di quasi tutte le nostre operazioni. Inoltre altre aziende verificate ci pagano per usarla. Garantisce un flusso di reddito solido».

Ivy annuisce. «Quindi tuo padre ha dovuto ricominciare da capo, questa volta con una fazione rivale di mezzo a complicare le cose».

Posso dire dall'espressione di Ivy che capisce il pericolo coinvolto. È questo che fa notizia, giusto? Gang che uccidono altre gang. Entrambi abbiamo perso molte persone nel corso degli anni.

«Siamo stati in guerra per molto tempo dopo il furto», continuo. «Molte persone sono morte. Poi le cose sono arrivate al culmine, e hanno avuto un incontro – mio padre e De Luca – e hanno raggiunto un accordo».

«Un cessate il fuoco?», chiede Ivy.

«Sì. È tenue, ma tiene da ventisei anni».

«Cristo», dice Ivy. «Quando Becks mi ha detto che la tua famiglia ha legami con la mafia, non avevo capito quanto fosse estesa la cosa. Ora sto scoprendo che tuo padre è praticamente Il Padrino».

Rido e mi passo una mano tra i capelli. «Non proprio», dico. «Mio padre ha perso la sua... *ambizione* lungo il percorso. È l'esatto opposto di un boss criminale. Lo vedrai oggi quando lo incontrerai».

«Quindi tu e tuo fratello avete preso il suo posto?», chiede.

«Non avevamo scelta se volevamo che l'attività sopravvivesse».

«Non ve la siete cavata male da quel punto di vista», dice.

«Mia madre ha preso il timone; io e Christopher abbiamo fatto il lavoro».

«Dev'essere stato difficile per tutti voi».

«Sì e no. È stata la cosa migliore per mia madre. Lei ha... trovato il suo potere. È un leader migliore di quanto mio padre sia mai stato».

«Per niente intimidatoria, insomma», dice Ivy.

Rido. «Andrà tutto bene. Non volevo solo che fossi colta alla sprovvista durante la conversazione di oggi».

«Non lo sarei stata. Tu hai la tua squadra di intelligence; io ho Becks».

Avverto quel familiare senso di presagio quando menziona la sua migliore amica giornalista. È solo un'altra ragione per ripulire l'attività. Non ci sono molte persone che potrebbero mettersi tra me e Ivy, ma Rebecca Bradley è la prima nella fila. L'attività è una nave ben governata, ma non si può mai essere compiacenti quando i giornalisti investigativi fiutano qualcosa.

«Il mio piano – da quando ti ho incontrata – è di sistemare le cose, legalmente parlando».

«È la cosa più romantica che tu abbia mai detto».

«Sono serio, Ivy. È ora. Ho visto in prima persona cosa fa a una persona avere le mani sporche di sangue». Le stringo di nuovo la coscia. «Non fraintendermi. Se qualcuno dovesse mai toccarti, se ne occuperanno rapidamente. Non sto promettendo di essere qualcuno che non sono. Sto solo dicendo che portare l'attività su basi legali sarà un bene per tutti. Meno stress, meno pericolo. Lo accennerò oggi a pranzo».

«Oh Dio», geme. «Daranno la colpa a me».

«Una volta che saremo liberi da certi aspetti della

nostra attività, ti ameranno per questo. Diranno "grazie a Dio che Ivy Mickelson è entrata nelle nostre vite. Guarda quanto siamo ora rispettosi della legge e accettabili"».

Ivy sbuffa. «Certo, come no».

«Diranno "guarda che cittadino onesto e rispettato è diventato Alistair"».

«E "guarda quanti pannelli solari ha installato al manor, coprendo tutte le belle tegole originali in ardesia del tetto"».

«Oh merda», dico. «Non dirlo a mia madre. Perdonerà qualche cadavere, ma non questo».

CAPITOLO 32
Madre dei Corvi

IVY

Quando arriviamo all'enorme cancello nero all'ingresso, rimango senza parole per la vastità della proprietà. Due guardie in uniforme elegante salutano Macavoy, e lui sblocca il bagagliaio per permettere loro di ispezionarlo.

«Non si fidano di Macavoy?» sussurro ad Alistair.

«Non è una questione di fiducia», risponde Alistair. «C'è un protocollo di sicurezza da seguire. Hai mai sentito parlare del cavallo di Troia?»

«Perché qualcuno potrebbe essere salito nel bagagliaio quando non stavamo guardando?»

«È già successo», scrolla le spalle. «Ma non a noi. Perché seguiamo il protocollo.»

«Va bene», dico. «Chi sono io per discutere degli standard di sicurezza con il figlio della Madrina?»

«Faresti meglio a lasciar perdere», dice, ma sta sorridendo.

Le guardie terminano i vari controlli di sicurezza e ci fanno cenno di procedere. Macavoy accelera dolcemente lungo il vialetto perfettamente pavimentato che taglia attraverso un vero e proprio bosco di alberi maestosi.

«Santo cielo», esclamo quando la grandiosa residenza appare alla vista. «Sembra qualcosa uscito da *Orgoglio e Pregiudizio*. O da *Downton Abbey*!»

«Non corriamo troppo», tentenna Alistair, ma posso vedere che è compiaciuto del mio entusiasmo. «Pensavo che odiassi l'opulenza.»

«Oh, è vero», dico, assumendo un'espressione seria per un momento. «Ma questa non conta.»

«Che conveniente», risponde. «Non vedo l'ora di sentire il tuo ragionamento.»

«Mi servirà prima un gin», dico. Doppio, come minimo, per attenuare il tintinnio della mia dissonanza cognitiva. «Non abbiamo portato niente da bere. Pensi che tua madre avrà del gin?»

Alistair scoppia a ridere sonoramente.

L'auto si ferma delicatamente, e il cuore mi sale in gola. E un regalo per la padrona di casa? vado in panico. Ci hanno insegnato a non presentarsi mai a mani vuote. E proprio la prima volta! Ma poi Macavoy mi apre la portiera e vedo che tiene in mano una bottiglia di champagne e un enorme bouquet di rose bianche. Lo ringrazio più effusivamente del solito.

Mi aspetto quasi di vedere membri del personale in fila fuori dalla residenza, perché le uniche volte che ho visto un posto del genere è stato nei drammi in costume della BBC. E dove sono i labirinti complicati e gli uomini a caccia di volpi con i loro fucili e quegli occhi cattivi e piccoli?

«Perché sorridi?» chiede Alistair.

«Mi stavo solo chiedendo dove fossero i Pimms e i pointer». Tutto quello che riesco a vedere sono i giardini più belli. «Mi sembra di essere in un romanzo di Jilly Cooper.»

Lui sogghigna. «Che fine ha fatto *Orgoglio e Pregiudizio*?»

«Non abbastanza sexy», rispondo.

Inclina la testa mentre ci riflette. «Dipende da chi interpreta Darcy.»

«Tesoro», dice la signora Ravenscroft, uscendo dalla notevole porta d'ingresso. Suona esattamente come mi aspettavo: un accento chiaro e netto che trasmette immediatamente il suo status. Ma non è solo dizione senza sostanza - posso sentire il suo calore immediatamente in quella sola parola. In quel momento, vedo quanto ama suo figlio, e questo mi fa sentire meno nervosa.

«Madre», risponde lui, eguagliando il suo calore nonostante il saluto formale che usa. «Sei splendida come sempre». Si abbracciano. Lei appare rilassata ma impeccabile in un elegante abito midi bordeaux a portafoglio con maniche lunghe. È lusinghiero ed elegante senza apparire forzato. Mi liscio la camicetta vintage color crema con fiocco a pussycat nero. L'avevo abbinata con una vecchia gonna a tubino nera. Se alla signora Ravenscroft non piace il mio outfit, non lo dimostra.

«Questa è Ivy. Ivy, Isobel.»

«Ivy! Finalmente!»

Apre le braccia e mi avvolge in un abbraccio. È totalmente inaspettato. Mi ricompongo rapidamente e ricambio l'abbraccio. Naturalmente mi aspettavo il cliché dell'aristocratica snob che crede che nessuna sia abbastanza buona per suo figlio - e non avrei potuto essere più in errore. La signora Ravenscroft mi tiene per le spalle e fa un passo indietro per guardarmi.

Le rivolgo il mio sorriso più accattivante e spero di non arrossire troppo. «Buongiorno, signora Ravenscroft.»

«Sei *proprio* bella come aveva detto Alistair.»

Addio alla speranza di non arrossire troppo. «È un piacere conoscerla.»

«Ti prego, chiamami Isobel.»

«Vedo che Christopher non è ancora arrivato», interviene Alistair, probabilmente per permettermi di sfuggire allo sguardo laser di Isobel. Funziona. Lei lascia le mie spalle e indica con un gesto del braccio verso la porta. «Sappiamo bene di non dover aspettare tuo fratello. Entriamo.»

Lancio ad Alistair un rapido sorriso di sollievo e lui, piuttosto fuori dal suo carattere, mi fa un pollice in su.

«Christopher ha molte qualità ammirevoli», sta dicendo Isobel. «Ma la puntualità non è una di queste.»

Rido. «Ho sentito dire che sono molto diversi, Alistair e suo fratello.»

«Come il giorno e la notte. Diciamo sempre che Christopher dev'essere il figlio del lattaio. Ma non abbiamo mai avuto un lattaio», dice con un sorriso. «Quindi questa teoria va a farsi benedire. Anche se a un certo punto avevamo un manutentore della piscina piuttosto attraente.»

Alistair ridacchia. «Mamma, per favore. Ivy ha l'impressione che io provenga da una famiglia rispettabile. Vorrei mantenere questa finzione il più a lungo possibile.»

«Avresti dovuto avvertirmi, tesoro». Mi rivolge un sorriso malizioso. «Avrei tolto i nudi.»

Nonostante le dimensioni dell'edificio, è perfettamente pulito, ordinato e riscaldato. Una cosa che non sono mai riuscita a fare bene nel mio appartamento a Campden, nonostante fosse grande quanto un francobollo. Ho un flashback delle riprese della telecamera di Jeff che fruga tra le mie cose, fa la mia valigia, e un brivido mi corre lungo la spina dorsale. Alistair mi guarda preoccupato. Gli rivolgo un sorriso tirato e ricordo ciò che ha detto la Dott.ssa Sandringham sul radicarmi nel presente quando ho ricordi intrusivi e inquietanti. *Controlla il respiro, poi cerca i cinque sensi.* Cosa vedo, sento, tocco, odoro, gusto? Vedo una cucina incredibile che si presenta alla vista, degna di una rivista. Sento musica classica. Odoro un limone appena tagliato, così fresco che posso quasi assaporarlo.

Funziona. Il terrore assoluto che accompagna il flash-back evapora, e mi sforzo di essere presente nel momento, ma non senza confusione. Isobel e la tenuta sembrano troppo meravigliosi per essere... ciò che sono. Trovo quasi impossibile immaginare questa donna elegante, raffinata e affettuosa come la figura di spicco di un'organizzazione criminale. Ma d'altra parte, cosa mi aspettavo?

«Che buon profumo», dico, e Alistair scoppia a ridere. Aggrotto la fronte verso di lui. *Cosa c'è?*

«Questa cucina è solo per mostra. A mia madre piacciono le belle cucine, ma non le piace cucinare.»

Isobel solleva il mento come per dire che è al di sopra dei commenti di Alistair. «Suzie ha preparato un meraviglioso arrosto con tutti i contorni.»

«Gli arrosti di Suzie sono leggendari», mi dice Alistair. «Peccato che tu non mangi carne.»

Gli faccio segno di smetterla, fermandomi appena quando Isobel si gira verso di me. Mi aspetto un commento tagliente, ma lei dice: «Brava.»

«Non morirai di fame», mi assicura lui. «C'è sempre una montagna di cibo e un sacco di contorni. E il dolce». Dice l'ultima parte lentamente e mi sorride in modo allusivo. Arrossisco di nuovo. Dio, questo pranzo sarà una tortura se continua così.

Penso a quando i miei genitori preparano un pranzo domenicale. A come mia madre raccoglie qualsiasi ortaggio a radice e zucche che ha a disposizione, e qualunque foglia e fiore che possa passare per un'insalata verde. Poi c'è papà, che suda in cucina piena di vapore, con gli occhiali appannati come le finestre. Sarà lucido di sudore; il suo grembiule vagamente femminile sarà un disastro di varie macchie mentre impiatta orgogliosamente il pasto. Isobel Ravenscroft ha un modo diverso di fare queste cose. Non c'è da stupirsi che il suo abito e le unghie perfettamente curate sembrino non aver mai visto l'interno di una cucina.

«Qualcuno ha detto *dolce?*» tuona una voce alle nostre spalle.

Mi giro per vedere un bellissimo uomo biondo che attraversa a grandi passi l'atrio d'ingresso. Jeans attillati, camicia bianca col colletto, giacca elegante, sciarpa di seta. Si toglie gli occhiali da sole e li infila nel taschino.

«Matriarca! Madre dei Corvi!» urla. «È arrivato il tuo figlio preferito!»

«Pssh», dice Alistair, mentre Isobel alza gli occhi al cielo e ride. «Ivy, questo è mio fratello, Christopher.»

«Il fratello più bello, ovviamente», dice Christopher, prendendomi la mano.

«Soggettivo», rispondo.

Sono così sollevata quando ride. Poi si concentra su di me, facendomi contorcere. La miscela di bell'aspetto e voce alta è sconcertante. «Allora dimmi, cosa c'è di diverso in te, Ivy?»

«Oh, smettila», lo rimprovera Isobel. «Devi comportarti bene. Le prime impressioni, e tutto il resto. Non vogliamo spaventare Ivy.»

Abbocco all'esca. «Cosa intendi con 'cosa c'è di diverso in me'?»

«Ci deve essere qualcosa, altrimenti mio fratello secchione non ti avrebbe portato a conoscere la famiglia.»

«Mentre Christopher porta una nuova fidanzata ad ogni

pranzo», dice Isobel, con gli occhi che brillano di quella malizia che adoro.

«Mi piace mantenere le cose interessanti», dice Christopher. «Le nuove esperienze fanno bene alla salute mentale. Dovreste ringraziarmi.»

«La mia vita è già abbastanza interessante anche senza le tue buffonate», risponde Alistair.

Christopher mi squadra di nuovo con lo sguardo. «Certamente lo è adesso.»

Alistair si mette tra suo fratello e me. «Champagne?»

«Pensavo non l'avresti mai offerto», dice sua madre. «Ci sono bottiglie fredde nel frigorifero per il vino.»

Fare qualcosa con le mani mi farebbe sentire meno sotto i riflettori, ma non c'è cibo da preparare e la cucina è immacolata. «Posso mettere le rose in un vaso per te?» chiedo.

«È molto gentile, Ivy, grazie.»

Alistair mi passa un vaso di cristallo con un occhiolino mentre prende le flûte per lo champagne.

«Abbiamo persone che lo fanno», mi dice Christopher.

«Lasciala stare», dice Isobel. «Apprezzo l'aiuto di Ivy. *Tu* potresti offrirlo ogni tanto.»

«E lasciare che il personale diventi pigro?» Christopher ride. «No, grazie. Sono già pagati troppo. Non viziamoli completamente.»

«Guarda chi parla», dice sarcasticamente Alistair.

«Dov'è papà?» chiede Christopher, fingendo indifferenza.

Isobel esita per un secondo, poi sorride. «Si unirà a noi quando sarà pronto.»

C'è un allegro suono di un campanello all'antica da qualche parte all'interno dell'edificio.

«Ah», sospira Isobel con un sorriso. «Il pranzo è servito.»

CAPITOLO 33
Uovo Fabergé

ALISTAIR

Finora tutto bene. Mia madre non ha detto nulla di controverso, Christopher non si sta comportando da idiota, e mio padre è disperso. Cosa più importante, Ivy non è scappata via. Ancora.

Di solito, prendiamo lo champagne sul patio per ammirare la vista del giardino, ma il tempo è pessimo, quindi andiamo direttamente nella sala da pranzo con il suo fuoco scoppiettante. Sento il mormorio di apprezzamento di Ivy quando lo vede. Come me, è un'amante del fuoco. Ha sicuramente a che fare con gli istinti primordiali. Se fossimo soli, la spingerei davanti al caminetto.

Prendiamo posto a tavola. Ivy mi rivolge un sorriso bizzarro quando vede la quantità apparentemente inutile di posate. Quello che non sa è che Suzie sta sempre provando cose nuove, quindi potrebbero esserci delle portate a sorpresa in arrivo.

«Preferirei di gran lunga mangiare *al fresco*», si lamenta mia madre.

«Dovresti trasferirti in Spagna», suggerisce Christopher.

Lei inarca un sopracciglio magnifico verso di lui. «Stai cercando di liberarti di me?»

«Mai!» risponde lui, fingendo shock. «Dove prenderei i miei pasti fatti in casa?»

«Esattamente», concorda mia madre. «Perché porterei Suzie con me».

Dispieghiamo i tovaglioli. «Un brindisi», dico, alzando il calice. «Grazie, cara madre, per averci invitati. E grazie a te Ivy, per sopportare la mia famiglia».

«Non ha ancora visto niente», mormora Christopher nel suo bicchiere prima di vuotarlo.

«Benvenuta, cara», dice mia madre a Ivy, che la ringrazia.

Sta andando piuttosto bene, penso. Il che di solito è il segnale che sta per succedere qualcosa di disastroso. Metto la mano sul ginocchio di Ivy e lei mi sorride. C'è un educato bussare alla porta, e un cameriere entra con la nostra prima portata.

«Ah!» esclama Christopher. «Il nostro amuse-bouche! Dì a Crêpe Suzette che siamo già impressionati».

«Perché stai urlando?» chiedo. Mi giro verso Ivy. «Christopher non ha mai imparato a usare il tono di voce da interni».

Isobel rivolge lo sguardo al suo rumoroso figlio. «Nessuno lo chiama amuse-bouche, tesoro».

«Evidentemente io e te non frequentiamo gli stessi posti, madre. Gli amuse-bouche sono ovunque nei menu stellati Michelin oggigiorno».

«E le tapas», dico. «Tutti fanno le tapas».

«Ho sempre amato le tapas», dice mia madre.

«Un'altra ragione per trasferirsi in Spagna», dice Christopher, agitando le sopracciglia.

L'antipasto è buono: canapé di tonno scottato con chips

al wasabi e zenzero sottaceto. Si abbina bene con lo champagne secco, che sembra stia bevendo più velocemente del solito. A seguire c'è una zuppa di zucca arrosto guarnita con semi di zucca tostati e un olio alle erbe.

«Questo è assolutamente delizioso», dice Ivy.

«Non farlo sentire a Suzie», dice Chris. «Ha già un ego grande come il grattacielo Shard».

Mio padre non è ancora arrivato, il che mi preoccupa, ma forse l'assenza del suo caos è meglio per il primo pranzo di Ivy. Ci sarà tutto il tempo per mostrarle il circo.

Il branzino è la portata successiva, con limone e capperi, spinaci appassiti e pomodorini ciliegino arrostiti al balsamico.

«È eccellente», commento, e mia madre è d'accordo.

Lei sistema le posate insieme sul piatto e unisce le dita a punta mentre il cameriere le riempie il bicchiere.

«Ora, come sapete, di solito non mi piace parlare di affari a tavola, ma siccome non posso importunarvi in giardino con questo tempo, dovrò farlo qui».

Inoltre, è meglio farlo senza mio padre nella stanza.

«Ehm», gracchia Christopher, facendo gesti decisamente poco sottili nella mia direzione, seguiti da un finto colpo di tosse.

Mia madre mi guarda, e io annuisco perché continui.

«Come da conversazione con Alistair questa mattina, Ivy non deve essere esclusa dalle conversazioni d'affari», dice mia madre a Christopher.

Chris lascia cadere la forchetta con un clangore mentre la sua mascella cade nella mia direzione. Perché fa tutto a volume massimo? È come una nuvola di rumore.

«Sei impazzito?» chiede, poi lancia uno sguardo sospettoso a Ivy. «La conosci da una *settimana*. Abbastanza spericolato, davvero».

Mia madre ridacchia, e noi la fissiamo.

«Scusate», dice, scacciando il suo divertimento con un gesto. «È solo che non avrei mai pensato di vedere questo giorno».

Mi rivolgo a mio fratello. «Tu stai dando a *me* dello spericolato?»

Lui mima enfaticamente verso di me, poi Ivy. «Tu no?»

«No», dico con fermezza. «Perché conosco Ivy. Le affiderei la mia vita».

«Santo cielo», dice, gettando il tovagliolo sul tavolo come se il pranzo fosse finito. Scuote la testa. Posso immaginarlo pensare: *deve fare dei pompini pazzeschi.* «Va bene, allora. Se proprio dobbiamo».

Vedo il petto di Ivy sollevarsi mentre fa un respiro profondo. Adoro il suo petto.

Mia madre si schiarisce la gola. «Come stavo dicendo. Penso che la missione sia stata un successo».

«Davvero?» Sono per metà sollevato, ma solo per metà convinto. Secondo la mia - ammettamente poca - esperienza, non ci si libera dei problemi russi così facilmente.

«Ho trascorso ventitrè minuti meravigliosi a chiacchierare con Elena Kuznetsova».

Santo cielo.

«Non ci *credo*», dice Christopher, con la mascella che cade di nuovo. Un tale regina del dramma.

«Ben *fatto*, madre», dico. Non è una piccola impresa chiamare la matriarca russa della Bratva Mirror, specialmente quando volevano vedermi morto. «Non chiederò come diavolo ci sei riuscita».

«Ho i miei metodi astuti», dice, sorridendo come un gatto con un canarino.

«Ha accettato la nostra proposta?» chiedo. Deve averlo fatto. Di cos'altro avrebbero parlato per ventitrè minuti?

«È stata la genialità di Blackwood», continua.

«È il nostro consulente d'intelligence», dico a Ivy. «È brillante. Il migliore nel settore».

«Quindi, ovviamente, la *Gospozha* Kuznetsova non era interessata a nessuna comunicazione da parte mia. Ma poi Blackwood ha scoperto che colleziona miniature».

«Che cosa?» chiede Chris.

«È il suo hobby».

Lui contorce il viso. «Chi ha tempo per un *hobby*?»

«Possiamo concentrarci, per favore?» gli chiedo. «È importante». Christopher dovrebbe sapere quanto è importante, perché è stato lui a incontrare per primo i tirapiedi della bratva con i loro tatuaggi sul collo, le Marakovs e le dita fin troppo pronte a premere il grilletto.

«Quindi, Elena colleziona miniature», dico a mia madre.

«Non miniature qualsiasi. Miniature culturali russe ricche come piccoli attrezzi funzionanti e piccole bambole. A quanto pare, ha un'intera stanza piena».

«Non è per niente inquietante», dice Ivy con voce monotona, guadagnandosi una risata da Christopher.

«Quindi Blackwood ha rintracciato una miniatura russofila per corteggiare la signora?» chiedo.

«Ancora meglio», dice, con gli occhi scintillanti. «Ha trovato un uovo Fabergé in miniatura! Ha anche la sua piccola scatola di lacca in miniatura e tutto il resto. A quanto pare le scatole di lacca sono tesori culturali a pieno titolo. Riuscite a immaginarlo?»

Rivolge l'ultima frase a Ivy, che finge di essere impressionata, ma posso solo immaginare cosa pensi delle uova Fabergé tempestate di gioielli, mini o di dimensioni normali, e dove le piacerebbe infilarle. Nascondo il mio sogghigno con la mano.

«Blackwood è davvero brillante», dice Chris, che era stato tirato fuori dai guai in più occasioni dall'investigatore.

Il vino rosso viene portato à tavola, annunciando l'imminente arrivo della portata principale di carne.

«Aspettate», dice mia madre, chiaramente godendosi immensamente la situazione. «Non avete ancora sentito la parte migliore! Non solo questa piccola creazione è una delle uniche miniature del genere al mondo, era l'unica mancante dalla collezione Sokolova di Elena. Aveva sei delle sette uova!»

«Il dark web è una cosa meravigliosa», dice Christopher, strofinandosi le mani. «Quanto ti è costato?»

Mia madre fa un tsk-tsk. «Non parliamo di denaro a tavola».

«Oh, ma parlare di corrompere la mafia russa è perfettamente accettabile», ribatte.

Mia madre lo ignora. «Blackwood l'ha fatto consegnare con un biglietto all'interno. Un invito anonimo a un incontro online, che lei ha accettato».

«Quindi... praticamente l'hai ingannata», dice Christopher. «Sono sicuro che non l'ha presa bene».

«Era l'unico modo per stabilire le comunicazioni. Mi ha lasciato poche scelte. Inoltre, era così entusiasta della Sokolova che ha rapidamente superato la sua irritazione. Abbiamo persino chiacchierato di balletto!»

«Hmm», mormora Christopher. Essendosi trovato dalla parte sbagliata delle pistole dei teppisti, ha una visione più pratica.

«Le ho detto che mi servivano solo cinque minuti, e me li ha concessi. Poi le ho detto quello che avevamo concordato venerdì».

«Che sarebbe?» chiese Ivy. È completamente coinvolta nella storia, come se stesse leggendo uno dei suoi libri.

«Che non ci sono vincitori in guerra, specialmente tra due famiglie forti. Che lo sappiamo per dolorosa esperienza». Si schiarisce di nuovo la gola. «E che come madri, potevamo raggiungere un accordo pacifico per risparmiare vite e fermare lo spargimento di sangue».

Incrocio le braccia. «E ha accettato, così semplicemente?»

Mia madre mi lancia uno sguardo eloquente. «Lo fai sembrare facile. Non lo è stato».

Christopher tracanna il suo terzo bicchiere di Dom del 1982 come se fosse una cola da 49 centesimi. «Puoi essere piuttosto convincente quando vuoi».

«Quali erano i termini?» chiedo.

«Conosci i termini», risponde. «Quelli che abbiamo concordato alla riunione».

«Permettiamo loro accesso illimitato a Granite. Loro tolgono i nostri nomi dalla loro lista di obiettivi».

«Esatto».

«Continuo a non essere d'accordo», brontolo. «Fare concessioni ai criminali è una china scivolosa. Qualunque cosa offriamo loro non sarà abbastanza. Vorranno sempre di più».

«Concordo che non sia ideale», dice mia madre. «È un cerotto temporaneo».

Le mie braccia sono ancora incrociate. «Più che altro è come un bastoncino che tappa un buco in una diga».

Con un ciclone in arrivo.

CAPITOLO 34
Camicetta con Fiocco

IVY

Il vino rosso viene versato e tutti sembrano rilassarsi un po'. La conversazione d'affari è finita? Il corpo di Alistair si ammorbidisce e lui riporta la mano sul mio ginocchio, spingendola leggermente più in alto di prima. Per quanto mi piaccia essere toccata sotto i tavoli, spero che tenga le sue magiche mani a posto durante questo particolare pasto. Anche Christopher si è calmato. Ha smesso di guardarmi con sospetto. Non fraintendetemi, mi guarda ancora, ma ora sembra più per apprezzamento che per paranoia. Immagino che aver praticamente tracannato una bottiglia di champagne da mille sterline abbia questo effetto.

«Tutto bene?» mormora Alistair, e io annuisco.

«Dev'essere molto da assimilare» dice Isobel, con un'espressione impassibile.

«Ti stai commuovendo al ricordo di quando hai scoperto che papà non era altro che un criminale incorreggibile?» prende in giro Christopher.

«Lo sapevo già prima di innamorarmi di lui» ribatte lei. «La reputazione di tuo padre lo precedeva. Sapevo in cosa mi stavo cacciando. A giudicare dall'intelligenza di Ivy, presumo che nemmeno lei stia entrando in questa famiglia alla cieca». I suoi occhi sono come zaffiri mentre mi guarda. Trovando il suo sguardo troppo intenso, distolgo il mio e bevo un sorso di vino, chiedendomi quando arriverà l'arrosto.

«A proposito» dice Alistair. «Stavo pensando».

«Oh-oh» risponde Chris, poi ride fragorosamente alla sua stessa battuta.

«Mi piacerebbe esplorare la possibilità di ripulire un po' gli affari».

A giudicare dalla reazione di suo fratello, giureresti che Alistair ha appena sganciato una bomba. «Che cazzo significa?»

«Il linguaggio» lo rimprovera Isobel.

«Basta con il dramma» dice Alistair. «Per favore. Ascoltami e basta».

«Ci abbiamo già provato, tesoro» dice Isobel. «Sai com'è andata a finire».

«Abbiamo imparato lezioni duramente conquistate» insiste lui, «che ci aiuteranno questa volta».

«Oh mio Dio» si lamenta Christopher, con il palmo sulla fronte. «Ti rendi conto di quello che stai dicendo? Abbiamo lavorato per anni, decenni, per portare la nostra rete dov'è oggi».

«Me ne rendo conto».

«Onestamente, è come se stessi dicendo che dovremmo bruciare tutti i ponti che abbiamo costruito con tanta fatica. Bombardarli a tappeto solo perché ti è cresciuta una coscienza dall'oggi al domani». Christopher torna a lanciarmi occhiate fulminanti con i suoi iridi fiammeggianti.

«Stai esagerando» lo rimprovera Isobel. «Lascia parlare Alistair».

Christopher incrocia le braccia come un bambino capriccioso a cui viene servito un pasto che non gli piace. *Va bene.*

«Non sto dicendo che dobbiamo essere al cento per cento nella legalità entro domattina. Molti dei nostri accordi e delle nostre associazioni richiederanno mesi per essere conclusi. Ma voglio iniziare. I legislatori stanno diventando più sofisticati, così come le autorità. Le maglie si stanno stringendo intorno a noi, che ci piaccia o no». Guarda direttamente Christopher. «Non voglio perdere la fortuna di famiglia a causa del fottuto sistema legale. Tu sì?»

«Ti prenderanno la Lambo» avverte Isobel.

«E anche l'altra Lambo» dice Alistair.

Fanno una buona squadra, cercando di convincere il bambino a fare la cosa giusta o a rinunciare ai suoi giocattoli.

«Ma stiamo facendo così tanti soldi!» si lamenta.

«Come ben sai, ci sono molti soldi da guadagnare attraverso canali legali. Non rinunceremo a molto per lungo tempo. Dolore a breve termine per un guadagno a lungo termine, e tutto il resto».

«E potremo dormire meglio la notte» aggiunge Isobel. Non è molto convincente, perché è così impeccabile che sembra dormire nove ore di sonno di bellezza ogni notte. Comunque, apprezzo che sia nella nostra squadra.

«È tutto a causa *sua*, vero?»

Ecco qua. Sapevo che sarebbe arrivato. Ma Alistair mi difenderà.

«Sì, è così» dice Alistair.

Faccio finta di essere ferita e gli do un pugno sulla spalla. «Ehi!»

«Se dobbiamo essere onesti» si stringe nelle spalle.

«Ma ci avevi già provato» dico. «Prima che io arrivassi».

«Esatto» dice Christopher. «Ed è stato un disastro totale. Quante volte devi scottarti prima di capirlo?»

Alistair è calmo e composto, il perfetto contraltare del suo tempestoso fratello. «Essere in regola è molto meno rischioso nel lungo periodo».

Christopher sbuffa in risposta, e finalmente arriva l'arrosto d'agnello. Sono sollevata. Non è che abbia fame dopo tutte le altre portate, è più che vorrei scappare da questa stanza. È stato interessante, ma avrei bisogno di un po' d'aria fresca. Spero che Christopher non noti la mancanza di carne nel mio piatto. Gli darebbe solo un altro motivo per guardarmi con disprezzo.

«Scusate» dico, alzandomi. «Torno subito. Continuate pure».

Anche Alistair si alza. «Ti mostro dov'è la toilette».

«Qualcuno ha detto codipendenza?» si prende gioco Christopher.

«Comportati bene» lo rimprovera Isobel, «o non avrai il dessert».

Alistair mi conduce fuori dalla sala da pranzo, ma prima di mostrarmi qualsiasi cosa mi spinge contro il muro e mi bacia appassionatamente, con il ginocchio tra le mie gambe.

«Non tentarmi» sussurro.

«Non sono io la tentatrice in questa relazione» sussurra di rimando, infilando la mano nella mia camicetta.

«Non iniziare qualcosa che non puoi finire» sibilo.

«Oh, non ho intenzione di non finire». La sua mano calda mi stringe il seno.

Alistair mi bacia di nuovo, e sentiamo la voce di Christopher risuonare dal tavolo. «Da quando Alistair esce con supermodelle vegane?»

«Non essere ridicolo» ribatte Isobel. «Non è vegana».

«Mi avreste ingannato» dice lui.

«Non è la cosa più difficile del mondo» risponde lei.

«Cosa c'è con tutto questo veleno? Le madri non dovrebbero amare i propri figli?»

«Ivy è molto attraente» risponde Isobel composta. «Sembra anche gentile e intelligente. Cerca di non essere troppo sgradevole con lei, per favore? Potrebbe essere la mia unica possibilità di avere dei nipoti».

Alistair e io ci soffochiamo contemporaneamente, interrompendo il bacio. Ridiamo silenziosamente, come scolaretti monelli, prima che lui mi prenda per mano e mi conduca lungo un corridoio fino a una stanza. Mentre chiude a chiave dietro di noi, noto il letto.

«Non puoi essere serio!»

Mi bacia di nuovo, ardente ed esigente.

«Alistair» ansimo. «Non possiamo! Non nel bel mezzo del pranzo. L'agnello si raffredderà».

«Perché no?» chiede. «Solo una sveltina».

«Tu non fai sveltine» gli ricordo. Il sesso con Alistair è una deliziosa maratona, mai uno sprint.

«Ma ho bisogno di te» mi respira sul collo. «Sembravi così dannatamente sexy seduta lì con la tua camicetta *con fiocco*, e tutto quello a cui riesco a pensare è il tuo corpo. Dovrebbero essere illegali».

Rido. «Le camicette dovrebbero essere illegali?»

«Su di te ai pranzi di famiglia, sì».

«Guardati» ansimo mentre la sua mano risale lungo la mia gonna. «Tutto ossessionato dalla legge».

Mi accarezza attraverso le mutandine. So che dovrei allontanarlo, ma è così bello.

«Tu mi fai voler essere una persona migliore» dice.

Rido, ma la sua faccia è seria. Mi bacia profondamente, come se mi stesse chiedendo qualcosa. L'unica risposta che ho per lui è sì.

Alistair mi accarezza più forte, e io gemo nella sua bocca. Sto per cedere quando la musica classica viene alzata a tutto volume, facendoci sobbalzare entrambi.

«Ah» dice, mordendosi il labbro inferiore mentre guarda con desiderio il mio. «Sembra che papà abbia fatto la sua comparsa. Dovremo aspettare».

CAPITOLO 35
Yorkshire Pudding

ALISTAIR

Torniamo in sala da pranzo. L'assordante Vivaldi è stato abbassato. Padre, come previsto, è lì in tutta la sua eccentrica magnificenza. Pigiama di raso viola con finiture argentate e una sciarpa tartan grande come una coperta. È in piedi accanto a Madre, che sta cercando di farlo sedere.

«È agnello delizioso, tesoro» dice lei. «Cucinato proprio come piace a te».

«Agnello?» ripete lui, apparentemente divertito dall'idea.

«Padre» dico. Madre alza lo sguardo, sollevata nel vedere che sono tornato. Vado per stringergli la mano, ma lui mi tira in un abbraccio.

«Star! Che meraviglia vederti».

«Questa è Ivy» dico. «Ivy, mio padre, Gregory».

«*Che* piacere» le dice. «Che piacere conoscerti, Ivy».

«Non ricorderà il tuo nome» sussurra Christopher. «Non offenderti».

«Perché non ci sediamo?» suggerisco. «Come ha detto Madre, l'agnello è delizioso».

«Va bene allora» dice Padre. «Penso che lo farò».

Tutti sono sollevati quando si siede e inizia a mangiare. Madre beve un sorso riconoscente del suo vino. Ivy mi stringe la coscia e mi fa l'occhiolino. Sto cercando di rilassarmi, ma la questione russa mi rode. Per quanto sia impressionato dalla soluzione apparentemente elegante di Blackwood e Madre, non posso fare a meno di sospettare che sia stata un po' troppo facile. Il loro accesso a Granite mi disturba, soprattutto perché non so cosa trasporteranno.

«Qualche questione di affari da discutere?» chiede Padre.

Madre allunga la mano e stringe la sua. «Niente affari a tavola, per favore, tesoro».

Lui alza le spalle. «Giusto. Non vorremmo distrarci da questi Yorkshire pudding. Sono davvero un'impresa».

«Sì, lo sono» concorda Madre.

«Pepe bianco» mormora Ivy.

«Cos'hai detto, cara?» chiede Padre, scrutando Ivy attraverso la parte superiore dei suoi occhiali bifocali.

«Ehm» dice lei. «Sento il pepe bianco nello Yorkshire pudding. Penso che elevi il piatto».

«Ha ragione» dice Chris, prendendo un altro boccone del suo. «È pepe bianco».

«Ah!» esclama Padre. «Che intelligente». Non è chiaro se intenda Suzie o Ivy, ma non importa.

«Sei nel settore alimentare?» chiede Madre.

«No» ride Ivy. «Sono solo un'appassionata di cibo in generale».

«Bene, allora dobbiamo organizzare qualche pranzo insieme. Ho dei posti meravigliosi da mostrarti».

Ivy sorride, i nervi le stirano le labbra. «Sarebbe adorabile» mente.

«Non porti mai nessuna delle mie ragazze a pranzo» si lamenta Christopher.

«Lo farei» mente Madre, «se rimanessero abbastanza a lungo».

Lui borbotta e si infila in bocca il resto del suo Yorkshire.

I nostri piatti vengono portati via e viene servito un tagliere di formaggi, accompagnato da un rosso più robusto. I formaggi sono tutti europei, da quello che posso vedere. Stilton, camembert, gorgonzola, brie e un cheddar così stagionato che si sbriciola appena vede un coltello. Ci sono anche pane di fichi e noci, croccante di pecan, fichi freschi e uva, e la chutney piccante fatta in casa da Suzie.

«Porterai Ivy a fare un giro della tenuta?» chiede Padre, servendosi una fetta di gorgonzola.

Prima che abbia il tempo di rispondere, si volta verso di lei. «In inverno ha sempre un aspetto un po' triste, ma aspetta di vedere i bulbi in primavera. È davvero qualcosa di speciale».

«La primavera è tra tre mesi» cinguetta Chris. «Pensi che sarai ancora qui allora?»

Ivy gli fa il dito medio senza farsi vedere dai miei genitori, e lui ride.

«Ti piacerebbe vedere la tenuta?» le chiedo. Lei sa cosa sto realmente chiedendo. Vedere la vasta, e vastamente inutile, tenuta la farà allontanare dai Ravenscroft per sempre? Non voglio una ripetizione della discussione al ristorante di sushi. Se potessi evitarlo, Ivy e io non litigheremmo mai più. Quando è arrabbiata con me, mi sento completamente fuori equilibrio.

«Certo che mi piacerebbe!» esclama Ivy, e mi rivolge un sorrisetto malizioso. Spero che significhi quello che penso.

Ci sono solo un numero limitato di stanze da inaugurare nel mio maniero, ma la tenuta offre più... opportunità.

Christopher percepisce l'energia sessuale tra Ivy e me. «Ricordati solo che ci sono telecamere di sorveglianza 24 ore su 24 in tutte le aree comuni. E nella panic room».

«Grazie per avermelo ricordato» dico senza sarcasmo. Non vorrei che le guardie di sicurezza vedessero ciò che avevo intenzione di fare a Ivy.

«Avete una panic room?» chiede Ivy, sedendosi dritta come fa sempre quando qualcosa stuzzica il suo interesse.

«Certo» risponde Chris. «Ti è sfuggito che questo posto è come Fort Knox?»

«Ho notato che hanno controllato l'auto all'ingresso».

«Cavalli di Troia!» esclama Padre.

«Quello è il minimo» dice Chris, eccitandosi. «Questo posto sembra uscito da un film di Jason Bourne. Una rete di telecamere di sicurezza, 4K, visione notturna a infrarossi e un campo visivo più ampio della Manica. I rilevatori di movimento sono così sensibili che captano ogni toporagno nel giardino. E senti questa: nessuno può entrare nella panic room senza DNA Ravenscroft. Il sistema di sicurezza è così avanzato che è praticamente senziente».

«Immagino che tu supervisioni la sicurezza per l'azienda» dice Ivy.

«No, sono solo un secchione» risponde lui, sgranocchiando un cracker carico di brie e chutney.

«Non capisco una parola di tutto ciò» dice Padre allegramente.

È un peccato che la panic room sia sorvegliata. Sarebbe un ottimo posto da mostrare a Ivy durante il "tour". Invece, dopo pranzo, le mostro le cose che potrebbe apprezzare - arte e libri - ed evito qualsiasi cosa che potrebbe infastidirla: vasi inestimabili, gioielli, cristalli, pellicce. Evito soprattutto i ritratti di famiglia.

«Così tante stanze però» dice lei. «Per due persone».

«Più che altro per trentadue persone» dico. «Questo è il numero del personale».

Con gli occhi spalancati, mormora «Pazzesco», ma non vedo alcun giudizio nella sua espressione.

«Discutiamo sempre del fatto che dovrebbero ridimensionarsi» dico. «Ma sono testardi quanto sembrano. E, come hai visto, Padre sta diventando meno lucido».

«Dev'essere così difficile lasciare una casa di famiglia» dice Ivy, passando la mano su un'intaglio di legno. «Così tanti ricordi».

C'era questo, sì. Ma tutti loro conoscevano il motivo più importante per cui Madre e Padre non avrebbero venduto la casa. Sarebbero morti tra queste mura, aspettando un giorno che non sarebbe mai arrivato.

CAPITOLO 36
Pelle Elettrica

IVY

«Mi fai vedere la tua camera?»

Lui ridacchia. «Come fai ad apparire così innocente quando lo chiedi?»

«Cosa?» chiedo, fingendomi scioccata. «Ho solo intenzioni innocenti.»

«Mmhmm,» mormora, stringendo la presa.

Il resto della famiglia si è ritirato nel salotto bordeaux, dove un altro fuoco arde nel camino. Sono immersi nei divani di pelle, bevendo brandy e discutendo degli ultimi risultati di rugby, quindi io e Alistair abbiamo un po' di tempo.

Passiamo davanti a diverse stanze, incluso uno splendido studio che osservo con invidia. Quando finalmente raggiungiamo la sua camera, entriamo e lui chiude la porta dietro di noi. Invece di saltarci addosso immediatamente, mi prendo un momento per apprezzare la camera. Un'enorme postazione da gaming personalizzata. Poster di *Star Wars* e *Fight Club* attaccati alla carta da parati damascata dall'aspetto costoso, un letto enorme con un copripiumino a tema *Matrix*, un proiettore di galassie sul soffitto e una ordinata scrivania per i compiti nell'angolo.

«Così... umano,» dico.

Alistair ridacchia. «Rispetto al cyborg con cui pensavi di andare a letto?»

«Be', spiegherebbe la tua... bravura.»

Sbuffa. «Bravura?»

«Sì,» rispondo, senza tirarmi indietro. Mi metto di fronte a lui, fisso i suoi occhi e inizio a sbottonargli i jeans. «Niente telecamere qui dentro, vero?»

«Esatto,» dice, accarezzandomi le costole attraverso la camicetta. «Per favore non indossarla più durante i raduni familiari.»

«Perché?» chiedo. «Non è abbastanza elegante per gli standard della tua famiglia?»

«È troppo sexy,» mormora. «Voglio dire, guardala.»

Rido. Ha le maniche lunghe e un collo alto. Non mostra nemmeno un centimetro di pelle. «Non è sexy,» obietto. «È modesta. E classica. Ecco perché l'ho scelta.»

Fa scorrere le dita attraverso il fiocco nero a bavaglio. «Non riesco a sopportarlo.»

«Bene,» dico. «Mi piace che mi desideri, anche davanti alla tua famiglia.»

«Ti desidererei anche davanti a un branco di iene.»

«Che è un po' la stessa cosa,» scherzo.

«Ugh,» dice, ma non si allontana. «Sapevo che non li avresti approvati.»

«Non è così. Stavo solo scherzando. Me l'hai servita su un piatto d'argento con il commento sugli animali selvaggi.» Gli sbottono i pantaloni e prendo il suo membro che si indurisce nella mia mano. «Mi piace la tua famiglia. Ma non voglio parlare di loro in questo momento.»

«D'accordo,» dice, continuando a passare le dita su tutta

la mia schiena, facendomi venire la pelle d'oca. «Ora ti darò un orgasmo così fantastico che ti dimenticherai completamente di loro.»

«No,» rispondo. Mi piace quando Alistair prende il comando, ma ogni tanto voglio guidare io l'azione.

«Rifiuti un orgasmo incredibile? *Adesso* chi è il cyborg?»

«Non lo sto rifiutando,» dico. «Sto reindirizzandolo.» Gli abbasso i jeans e lo spingo indietro sul letto. «Quante volte sei stato disteso su questo letto pensando di ricevere il miglior pompino della tua vita?»

Mi guarda sbattendo le palpebre. Potrebbe essere la prima volta che vedo Alistair senza parole. Mi inginocchio, muovo un po' il petto per mettere in mostra la mia camicetta, poi prendo il suo membro in bocca.

Cazzo, adoro la sensazione di averlo sulla lingua. Lascio che il fiocco della mia camicetta accarezzi le sue cosce nude mentre mi muovo, e lui geme di piacere.

«Adoro il sapore del tuo cazzo,» gli dico, usando le mani per avvolgerlo completamente. «Amo tutto di lui. Lo voglio sempre dentro di me.»

Geme di nuovo. Gli lecco i testicoli, poi li massaggio mentre riporto le labbra sul suo asta. È sempre una combinazione inebriante: la pelle così morbida, il membro così duro. Non ne ho mai abbastanza. Prendo quanto più posso, riempiendo la bocca, solleticando la gola, poi lascio che le mani prendano il sopravvento mentre riprendo fiato. Osservo il suo viso, gli occhi offuscati dall'estasi.

«Cazzo, Ivy,» ansima. «È così fottutamente bello. Voglio scoparti ma non voglio che ti fermi.»

«Non mi fermo,» rispondo. «Ti succhierò questo bellissimo cazzo finché non verrai nella mia bocca.»

Lui geme. Lo riprendo in bocca, le mani che lavorano sui suoi testicoli e perineo, massaggiando, accarezzando, leccando, succhiando. Cerco di prendere tutta la sua lunghezza in bocca ma è troppo grande. Ci riprovo. Troppo grande.

«Alistair,» dico, asciugandomi le labbra. «Voglio che mi scopi la gola.»

Non devo chiederglielo due volte. Si alza e mi sistema rapidamente sul letto in modo che solo la mia testa sia fuori dal materasso, il collo leggermente piegato mentre lui sta in piedi sopra di me. Anche a testa in giù, quell'uomo è un dio.

«Tutto bene?» chiede.

Annuisco e apro le labbra.

Con fermezza, dirige il suo cazzo nella mia bocca aperta.

Cazzo. È così delizioso. Ci avvolgo la lingua intorno. Tenendolo fermo, respira e ringhia finché non riprende il controllo, poi lentamente, dolorosamente lentamente, inizia a muovere i fianchi. È così bello, ma si sta trattenendo. È titubante, troppo lento e attento, così allungo le braccia all'indietro e gli afferro le natiche per mostrargli che sono a mio agio e che ne voglio di più. Capisco che non vuole soffocarmi, ma posso sempre fermarlo se è troppo. Inizia a spingere più in profondità, e il mio corpo è improvvisamente e completamente acceso dal desiderio. Respiro, rilassando la mascella, facendo in modo che la mia gola si apra per lui.

Alistair diventa più audace ad ogni spinta, e posso sentire che è quasi completamente dentro. Apro di più, mi rilasso maggiormente, spingendo fuori la lingua per contrastare il riflesso faringeo. Deve sentire che mi sto aprendo perché ora spinge più forte, più a fondo, finché il suo cazzo non è nella mia gola.

Cazzo!

È così strano e così fottutamente bello. Tutto il mio corpo formicolata come se stessi per venire. Bocca più aperta, non posso prendere altro di lui, finché non mi scopa la gola più a fondo e vengo smentita.

Il mio orgasmo è così vicino che non posso fare a meno di sollevare la gonna e iniziare a strofinare il clitoride attraverso le mutandine. I rumori di Alistair diventano più urgenti mentre mi tocco. I miei muscoli iniziano a tremare, accelerando verso l'inevitabile climax che mi sta travolgendo. Non posso credere che sto per venire con il cazzo di Alistair conficcato in fondo alla gola. Sono così eccitata che mi sento come se potessi prendere fuoco. Alistair è vicino. Devo solo resistere qualche secondo in più perché lui venga prima che io ceda al mio piacere. Ma quando spinge oltre un confine invisibile, non posso trattenermi e vengo così forte che il letto vibra. Tutto scintilla, la mia pelle è elettrica, le mie viscere fioriscono di calore.

Alistair mi sente venire, spingendolo oltre il suo stesso limite. Lo sento precipitare nel suo climax mentre sto ancora sentendo la stretta del mio.

«Cazzo,» mormora. «Cazzo, cazzo, cazzo.»

Si ritrae quanto basta per non soffocarmi, il suo carico che fluisce nella mia bocca proprio come volevo. Inghiotto tutto ciò che ha da darmi.

CAPITOLO 37

Ariana

ALISTAIR

Santo cielo.

Guardo Ivy, seduta dritta sulla sedia più vicina al fuoco. Whisky in mano, bellissima oltre ogni misura, senza il minimo accenno al fatto che appena cinque minuti prima mi abbia fatto un pompino tanto profondo da portarmi sull'orlo della follia. Pensavo di saper mantenere la calma, ma Ivy mi mette in ombra. Sta ascoltando, o fingendo di ascoltare, con attenzione mentre Christopher elenca tutte le ragioni per cui i nostri genitori dovrebbero passare dalla valuta fiat alle criptovalute per "preservare il nostro patrimonio generazionale".

«Come possiamo prenderlo sul serio», chiede mia madre, «quando tu stesso lo chiami denaro magico di internet?»

«Non investirò mai in qualcosa che non posso vedere», dice mio padre. «Datemi l'oro qualsiasi giorno della settimana».

Mia madre si rivolge a me. «Tu cosa ne pensi, tesoro?»

Allontano l'immagine della mano di Ivy che scivola

sotto la sua gonna a tubino sollevata e mi schiarisco la gola. Forse è la mia immaginazione, ma credo di vedere un sottile sorrisetto sul suo viso mentre raccolgo i miei pensieri.

«Le criptovalute sono in gran parte non regolamentate, rischiose e gestite da avventurieri», dico. Prima che Chris, a bocca aperta, possa interrompermi, concludo il mio pensiero. «Tuttavia, ci sono enormi guadagni da fare grazie alla loro incredibile volatilità».

Christopher si sposta il ciuffo dalla fronte. «È quello che ho detto io».

«La risposta non è certamente 'abbandonare la valuta fiat'», continuo. «Il nostro patrimonio rimarrà in obbligazioni».

Christopher posa il bicchiere e agita le mani con frustrazione. «Ma potremmo fare un sacco di soldi nelle criptovalute con il capitale che abbiamo».

«Probabilmente sei già abbastanza esposto per tutti noi», dico.

Scuote la testa. «Stiamo lasciando troppi soldi sul tavolo».

«Denaro magico di internet», dice mia madre. «Che non è propriamente la stessa cosa del denaro reale».

«Il mining di Bitcoin è terribile per il pianeta», dice Ivy.

«Davvero?», chiede mio padre. «Non lo sapevo».

«Anche l'estrazione dell'oro lo è», dice Chris, «ma nessuno demonizza *quella*».

«Il drenaggio acido delle miniere inquina l'acqua e uccide il suolo», dice Ivy.

«Ok, a parte te», dice Christopher. Ha deciso di dare del filo da torcere a Ivy oggi, ma posso vedere un barlume di rispetto riluttante. Si gira di nuovo verso di me. «Sei tu quello che vuole fare soldi che non abbiamo bisogno di riciclare».

«Quindi cosa facciamo con i *bit* coins?», chiede mio padre.

«Lasciatelo a me», dico. «Abbiamo già abbastanza esposizione alle criptovalute e abbiamo un team di esperti che osserva, acquista e prende profitti. Non c'è nulla di cui preoccuparsi».

«Eccellente». Guarda il fuoco, soddisfatto.

Chiacchieriamo di alcune altre cose: politica, le varie guerre, intelligenza artificiale. Vorrei andarmene prima che Ivy abbia abbastanza della mia famiglia, quindi mando un messaggio a Macavoy e annuncio la nostra partenza.

«*Già*, tesoro? Ho l'impressione che siate appena arrivati».

Non importa che abbiamo sopportato un pranzo di sette portate, più un giro dopo pasto.

Ci alziamo. «Vi vedrò presto».

«Qual è la fretta?», schernisce Christopher, servendosi un altro brandy. «L'auto di Ivy si trasformerà in una zucca se restate troppo a lungo?»

«Troppo povera per possedere un'auto», risponde lei. «Lo scherzo è su di te».

Mia madre ridacchia. Dà a Ivy un abbraccio piuttosto sognante, probabilmente perché ha bevuto parecchio e sta già immaginando come saranno i suoi nipoti. Mio padre è troppo perso nei suoi pensieri per aver sentito una parola. «Ciao, papà». Do una stretta alla sua spalla.

Dà un colpetto alla mia mano in quel suo modo distratto, e sento un'ondata di affetto per il vecchio. Era stato così forte, per così tanto tempo.

Una donna in un'uniforme grigio tortora arriva per farci sapere che Macavoy ha l'auto pronta. Non mentirò, sarò sollevato quando ce ne andremo, e sono sicuro che Ivy provi lo stesso. Siamo quasi fuori dalla porta quando lei si ferma. Le sorrido, chiedendomi cosa l'abbia fermata, ma non sta guardando me. Sta guardando il caminetto.

Oh, merda.

Lascia andare la mia mano. Il mio istinto è di riprendergliela, ma mi controllo appena in tempo. Stringo i denti e attendo la domanda. Tutto il mio corpo è teso, ma la mia famiglia è ignara del mio disagio. Non sanno che ho tenuto questo segreto nascosto a Ivy. Perché dovrebbero?

Ivy sta ammirando le foto di famiglia incorniciate. Matrimoni, battesimi, bambini sorridenti con torte di compleanno e candeline. E poi si blocca quando la vede: la foto di quasi trent'anni fa di Chris, Ariana e me dopo un bagno estivo. Sta aggrottando la fronte quando si gira verso di me. Perplessa, non arrabbiata. Non ancora.

«Chi è questa?» La sua voce è calma, ma quasi brusca.

Non ho bisogno di guardare per vedere chi sta indicando. Deglutisco a fatica. «Quella è Ariana».

«Chi è Ariana?»

La voce di Chris tuona nel silenzio. *«Chi è Ariana? Alistair, amico. Ma che cazzo?»*

Mia madre suona insolitamente mite. «Non le hai... raccontato?»

«Cristo santo», mormora Christopher.

Mi pizzico il ponte del naso. Un mal di testa da tensione si sta addensando; l'inizio di una tempesta.

«Non avevo intenzione di tenerlo segreto, se è questo che intendi. Stavo solo aspettando il momento giusto». Guardo Ivy. «Ariana era mia sorella».

«Penso che andrò a riposarmi un po'», dice mio padre, evitando ogni contatto visivo e scivolando via. Sono sorpreso che le foto di Ariana siano ancora qui, ad essere onesti. Non riesce nemmeno a stare nella stanza quando viene menzionato il suo nome.

Ivy sembra essere ammutolita. Mia madre divaga, cercando di coprire le crepe. «Certo. Bisogna aspettare il momento giusto per queste cose. Sono sicura che hai fatto la cosa giusta. Tu sai sempre qual è la cosa giusta da fare. Contegno e tutto il resto. Siamo inglesi. Non abbiamo l'abitudine di ostentare le nostre tragedie».

CAPITOLO 38

Campanelli d'allarme

IVY

«Lascia che ti spieghi», dice Alistair.

Mi sento come se avessi ricevuto un pugno a tradimento. Quando sono di nuovo in grado di parlare, ringrazio i Ravenscroft per il delizioso pranzo, poi esco furiosa dalla porta. Il tempo, già miserabile, ha preso una piega ancora peggiore, con la pioggia che scende a dirotto come se avesse un rancore personale.

«Sta piovendo», lo sento dire, il che mi irrita ancora di più. Peccato che la sua capacità di evidenziare l'ovvio non si estenda alla sua vita personale.

Marciò sulla ghiaia, passando dritto davanti alla limousine, desiderando mettere distanza tra noi.

«Ivy, per favore».

C'è un'ombra, e non sento più l'attacco delle gocce di pioggia. È un ombrello, tenuto sopra di me da Alistair. Mi fermo. Lui mi viene di fronte.

È quasi impossibile parlare con questo enorme nodo in gola.

«Su cos'altro hai mentito?» riesco a dire con voce strozzata.

«Ivy», mormora, tendendo la mano per toccarmi la spalla.

La scuoto via.

«Non ti fidi di me», dico.

«Certo che mi fido di te».

«No. Altrimenti me l'avresti detto. E ora sono io che non mi fido di *te*».

Finisce in un singhiozzo. Non posso evitare di piangere. Il mio cuore fa male. Non sarò mai una di loro. Non farò mai parte della cerchia della verità. E non posso stare in una relazione con qualcuno che pensa sia accettabile non dirmi le cose più importanti.

«Ti prego, non piangere», dice. Ha un'espressione addolorata sul viso. «Dio, non sopporto quando piangi. Mi uccide».

«Bene!» urlo. Dovrebbe sentire un po' della mia angoscia. Un istinto infantile mi fa venir voglia di calciare un sasso.

«Ivy, stavo aspettando il momento giusto».

«Lo so! Pensi che questo renda le cose migliori? *Aspettare il momento giusto*. Scommetto che in futuro quando mi tradirai, *aspetterai anche il momento giusto* per dirmelo».

«Non ti tradirei mai», ribatte. Il suo viso è così bello, i suoi occhi scuri di rimpianto.

«Lo hai appena fatto», rispondo.

Alistair trasalisce. Fa male anche a me.

«Sai quando sarebbe stato il momento giusto?» domando. «Quando ti ho fatto la *domanda diretta*. Hai fratelli o sorelle? È *esattamente* quello che ti ho chiesto».

Abbassa lo sguardo e si strofina i capelli con le nocche. «Lo so. So che avrei dovuto dirtelo. È solo che-»

Singhiozzo di nuovo. Vorrei poter colpire il suo petto con i pugni. «Abbiamo qualcosa di così bello, Alistair».

«Lo so», dice. «Sei la cosa migliore che mi sia mai capitata».

Le lacrime mi rigano il viso. «Allora perché lo stai sabotando?»

«Non ero pronto a dirtelo», sussurra.

«Cosa?» urlo, anche se l'ho sentito.

«Non ero pronto a dirtelo», ripete.

«Non eri pronto a fidarti di me», dico. «E questo non funzionerà se non ti fidi di me».

Rimane in silenzio per un momento, forse cercando le parole. Mi volto e mi allontano da lui. Lasciare il riparo del suo ombrello ed entrare nel diluvio sembra un terribile presagio che si avvera. Una parte di me ha sempre saputo che questa relazione era troppo bella per essere vera; che un giorno sarei rimasta chiusa fuori al freddo, senza il calore e la protezione del corpo di Alistair. Solo non pensavo che sarebbe successo così presto.

La parte di me che vuole compiacere tutti mi dice che sto esagerando; che sto ferendo inutilmente l'uomo che amo. Ma senza fiducia e senza confini, so che la nostra relazione è destinata a fallire.

Ci sono stati troppi campanelli d'allarme nelle mie relazioni precedenti che ho ignorato. Non ho mai voluto essere difficile. Non ho mai voluto litigare o reagire in modo esagerato. Ho camminato sulle uova attorno a uomini irascibili per evitare di farli arrabbiare. Mi sono fatta piccola perché loro si sentissero più grandi. Ma stare con Alistair, anche per un tempo così breve, mi ha dato un tipo di potere che non ho mai avuto prima. Mi ha liberata. Mi ha dato una nuova, forte fiducia che mi fa sentire come se non dovessi mai più sopportare comportamenti negativi.

Posso essere la versione migliore e più grande di me stessa. Non trovo alcun piacere nell'ironia che sia grazie all'incrollabile apprezzamento di Alistair nei miei confronti che ho il coraggio di considerare di lasciarlo.

Allo stesso tempo, che tipo di persona sarei se abbandonassi la relazione al primo segno di problemi? Ogni relazione ha i suoi problemi, e la nostra non è certamente immune. Non posso lasciare che la mia disastrosa vita amorosa passata detti il mio futuro romantico.

Quando un campanello d'allarme è un segnale di avvertimento o una barriera di sicurezza, e quando è un segnale di divieto d'accesso? Non lo so, e non so come capirlo.

La pioggia è intenzionata a entrare dentro le mie scarpe. Saranno rovinate. Le mie calze sono completamente inzuppate. Ero così scioccata che non ho nemmeno preso il cappotto uscendo.

Alistair mi raggiunge, e sono di nuovo sotto l'ombrello.

Mi asciugo gli occhi, non preoccupandomi delle scie di mascara che sono sicura stiano trasformando le mie guance in macchie di Rorschach.

Abbiamo davvero un futuro? L'unica cosa di cui posso fidarmi in questo momento è il mio amore per Alistair, nel bene e nel male.

Mi cerca di nuovo. Questa volta glielo permetto. Mi bacia dolcemente, poi mi afferra il braccio e mi guarda negli occhi. «Entriamo», dice gentilmente. «Ti dirò tutto. Possiamo sederci e scaldarci accanto al fuoco».

CAPITOLO 39
Uccellino Ferito

ALISTAIR

Avvolgo il braccio attorno a Ivy. È completamente fradicia. Mi sento terribile. La guido lentamente verso casa, con cautela, come se fosse un uccellino ferito. In un certo senso, lo è—e sono io che l'ho ferita. Christopher prende l'ombrello dalle mie mani e lo scuote, mentre mia madre tiene sollevato un asciugamano per Ivy. Borbotta e lo avvolge intorno alle spalle tremanti di Ivy, mormorando che prenderà un raffreddore se non la scaldiamo rapidamente. Non noto spesso i suoi gesti materni, ma questo lo è certamente. Ivy si toglie le scarpe inzuppate e le lascia all'appendiabiti.

«Portala nella stanza Lewis» mi ordina mia madre. «Beth-Ann ha acceso un fuoco lì per voi. Ci sono delle coperte in più. Arriverà presto con tè e brandy. E un cambio di vestiti.»

Sembra che abbiamo salvato un gattino randagio sorpreso dalla tempesta. Ivy ringrazia mia madre sottovoce e condividono un momento. Non sono sicuro di cosa significhi esattamente il loro scambio silenzioso, ma sono sollevato che Ivy stia accettando le sue cure.

La stanza Lewis è perfetta. È una delle stanze più accoglienti della casa, piena di libri e dipinti, e il fuoco ha già riscaldato i divani. Metto Ivy davanti al caminetto e lentamente le tolgo i vestiti inzuppati. La natura amorevole e sensuale del gesto sembra riportarla a me mentre rimuovo un indumento alla volta e li appendo sul radiatore per farli asciugare. Mi guarda, scaldandosi lentamente. L'aiuto a indossare i vestiti asciutti, una tuta color champagne morbidissima con dettagli in filo d'oro. La morbidezza e il colore le donano. La faccio sedere davanti al fuoco con la sua tazza di tè e comincio a spazzolarle i capelli. Sto attento a non tirare i nodi; l'ho già ferita abbastanza oggi.

Dovrebbe sembrare una penitenza, queste attente e affettuose cure, ma non lo è, perché amo prendermi cura di Ivy. Voglio farlo per il resto della mia vita.

«Farò meglio» le dico. «A partire da ora.»

Lei apre le braccia e ci abbracciamo.

«Sincerità sempre» dice.

«Sì» rispondo, anche se questo mi riempie d'ansia. A maggior ragione, decido, devo portare l'azienda alla luce il prima possibile.

Ci sistemiamo, tirandoci una coperta sulle gambe. Se Ivy era un uccellino ferito, le ho fasciato l'ala e ora la tengo al caldo. Il suo viso ha ripreso colore; la sua espressione ha perso quella devastazione.

Mi osserva, aspettando, finché non sono pronto a iniziare. Scambio il tè con il brandy e mi schiarisco la gola. Raccontare questa storia è sempre molto difficile per me. Si potrebbe pensare che diventi più facile, ma non è così.

«Ariana» sussurra Ivy.

Il brandy mi brucia la gola mentre scende. Lo accolgo volentieri. Ho sempre preferito il dolore fisico alla sofferenza emotiva.

«Ariana» dico. «Aveva nove anni. Quella foto che stavi guardando sulla mensola? È una delle ultime che le sono state scattate. Era ventisei anni fa.»

Chiudo gli occhi. L'immagine occupa tutto lo spazio nella mia mente, ma è come se potessi vedere attraverso la stampa, perché ricordo quel giorno. Ricordo di stare con il braccio sulla spalla di mia sorella, mentre lei metteva il suo su quella di Christopher, che era ancora abbastanza piccolo da indossare i braccioli gonfiabili. Ricordo che era una giornata di sole, abbastanza calda per nuotare, da qui i costumi bagnati e i capelli appiattiti nella foto. Avevo un paio di occhialini verde brillante appesi al collo. Quelli di Ariana erano magenta. Entrambi avevamo alcuni denti da adulto —ancora troppo grandi per le nostre bocche—il che ci dava dei sorrisi dentuti. Chris, paffuto e biondo, era un bambino dall'aspetto angelico, tanto meglio per ingannare gli adulti facendogli credere che fosse meno monello di quanto fosse in realtà. Eravamo lì, sotto il sole, i tre innocenti Raven, ignari del fatto che non saremmo mai più stati così spensierati.

«Quel viaggio fu pieno di ultime volte. L'ultima nuotata di Ariana. L'ultimo gelato di Ariana. L'ultima occasione per Ariana di indossare i suoi nuovi occhiali da sole a forma di cuore.» Deglutisco. «La nostra ultima vacanza con Ariana.»

Ivy non mi affretta e non fa domande. Mi dà tutto il tempo di cui ho bisogno per aprirmi con lei. Di solito, non mi piace nemmeno pronunciare il nome di mia sorella defunta. Fa troppo male. Ma ora continua a uscirmi dalla bocca, come una specie di incantesimo.

Ivy è rapita.

Faccio un respiro e lo espiro lentamente. «Un giorno, eravamo tutti fuori, tranne Ariana. Chris ed io eravamo agli allenamenti di cricket. Mio padre era al lavoro.

Mamma era fuori per commissioni o a vedere amici o qualcosa del genere. Ariana era stata presa da scuola ed era a casa con la nostra tata dell'epoca. Henderson era con lei—»

«Henderson?» chiede Ivy, assicurandosi di aver sentito bene. Non sembrava appartenere a questa storia di tanto tempo fa, ma il suo ruolo sarebbe presto diventato chiaro.

Annuisco. «Gli Henderson—il nostro maggiordomo e la tata—vivevano nella proprietà. Padre si assicurava che gli fossero concessi gli stessi privilegi che avevamo noi. Scuola privata costosa, la migliore attrezzatura sportiva. Partecipava persino ad alcune delle sue partite.»

Ivy annuisce.

«Dunque, Ariana e Henderson erano qui. Andavano molto d'accordo. Tutti amavano Harry—questo è il suo nome di battesimo, lo stesso di suo padre; è diventato Henderson solo quando ha iniziato a lavorare per me. Il signore e la signora Henderson erano qui, e alcuni altri membri del personale. Ariana aveva nove anni. Harry ne aveva dodici, la mia stessa età all'epoca.»

Vorrei poter sorvolare sugli eventi reali di quel giorno. Potrei stare qui per ore a raccontare a Ivy di come tutti noi amavamo Harry e delle marachelle che combinavamo. Del modo in cui Harry mi teneva sempre testa quando ero inutilmente cattivo con Christopher. Del modo in cui portava a Ariana uno dei suoi animali di peluche se era turbata per qualcosa. Di come impediva a Chris di mangiare il cibo del cane mentre Ariana e io lo guardavamo con gioia.

«Ero un po' geloso di lui, in realtà. Mamma lo chiamava Harry-dal-Cuore-d'Oro. Tutti sapevamo che era vero.»

Ecco Harry, coraggioso, calmo, e dal cuore d'oro.

Espiro un altro lungo respiro.

«Ti ho parlato di De Luca. Il mio padrino diventato nemico mortale.»

Ivy annuisce. «Il socio che ha voltato le spalle a tuo padre e gli ha rubato l'azienda. La fazione rivale.»

«Era sanguinosa tra noi. Pensa a *Romeo e Giulietta*.»

«I Capuleti e i Montecchi» dice. «*Dall'antico rancore nasce nuova rivolta*.»

«Rivolta è la parola giusta» rispondo. «Si fanno chiamare i Redbricks. È un nome che ho maledetto per tutta la vita. Ora abbiamo un fragile cessate il fuoco, ma se potessi, li ucciderei tutti.»

Ivy sembra spaventata, ma ha chiesto la verità, e questa è. Voglio che ogni Redbrick sia morto per quello che hanno fatto alla mia famiglia. Il semplice fatto che sia loro permesso di esistere—che De Luca ed entrambi i suoi figli adulti siano vivi—è veleno nelle mie vene.

«La violenza genera altra violenza» dico. «Se ho imparato qualcosa come Ravenscroft, è questo. So che è importante mantenere la pace, ma non mi viene facile.»

Ivy riempie il mio brandy e ne versa una dose nella sua tazza.

«Erano in cinque quel giorno. Cinque uomini di De Luca. Hanno preso d'assalto la tenuta. All'epoca non avevamo una sicurezza high-tech. Padre aveva fatto qualcosa che aveva fatto infuriare De Luca—non so se fosse un affare andato male, o una specie di vendetta per una scaramuccia precedente. C'era sempre cattivo sangue tra loro. Padre si è sempre incolpato; ha iniziato ad allontanarsi dall'azienda dopo l'accaduto. Non si è mai ripreso dalla perdita di Ariana.»

Nessuno di noi si è ripreso.

«Quando siamo tornati a casa quel giorno, la guardia non era al cancello. Non ci abbiamo fatto caso. Pensavamo dovesse essersi allontanato per una rapida pausa in bagno. Hanno trovato il suo corpo più tardi, semplicemente scartato e trascinato fuori vista. Abbiamo continuato a salire per il vialetto. La porta d'ingresso era leggermente socchiusa, la serratura rotta. È allora che Padre ha capito che qualcosa non andava. Ci ha afferrato le braccia così strette che ho pensato le avrebbe spezzate.»

Posso ancora sentire la sua stretta a nocche bianche; potrò sempre sentirla. Ci ha detto di stare zitti e ci ha spinti nelle siepi. Ci ha detto di sdraiarci piatti nelle ombre e di non muoverci.

«Ha tirato fuori la sua pistola, che non avevo mai visto prima, ed è entrato in casa. Christopher piangeva accanto a me. Era così giovane. Ho dovuto praticamente soffocarlo per mantenerlo in silenzio. Tutto quello che volevo fare era scappare. Vorrei essere stato più coraggioso, ma non avrebbe fatto alcuna differenza. Erano già morti.»

Gli occhi di Ivy sono colmi di lacrime.

«Hanno risparmiato la madre di Harry, la nostra tata, la signora Henderson. Era legata in cucina insieme al personale della cucina. Grazie a Dio, altrimenti Harry sarebbe rimasto orfano quel giorno. Era già abbastanza grave aver perso suo padre e Ariana.»

Ivy scuote la testa, il viso pallido per il dolore che sto condividendo con lei.

«I mercenari di De Luca erano venuti per vedere Padre. Quando non sono riusciti a trovarlo sul posto di lavoro, sono venuti a casa. Il padre di Harry ha cercato di impedire loro di entrare. Ma era un maggiordomo, non una guardia del corpo. Non li lasciava passare, così gli hanno sparato. Harry aveva assistito. È corso nell'ufficio di mio padre e ha preso un fucile—Padre ci aveva insegnato a sparare. Una delle donne delle pulizie ha trovato il signor Henderson e ha iniziato a urlare, e gli uomini devono essere andati nel panico. Le hanno sparato. Ariana deve aver sentito l'urlo perché ha abbandonato la pratica del pianoforte ed è accorsa. Harry l'ha vista correre verso di loro e ha iniziato a gridare di stare indietro, di uscire dalla casa, e si è messo tra loro per proteggerla. Si è frapposto fra cinque uomini armati che avevano appena ucciso suo padre, e mia sorellina. Riesci a immaginare?»

Il pugno di Ivy è stretto sulla bocca, e le lacrime le scorrono dagli occhi.

«Ha sparato a uno di loro. Un altro ha risposto al fuoco, ma il proiettile ha mancato Harry, e Ariana ha gridato ed è caduta. C'era molto sangue. È tutto ciò che ricorda. Uno degli uomini lo ha messo fuori combattimento, fratturandogli il cranio abbastanza gravemente da farlo finire in ospedale per una settimana.»

«Oh mio Dio» dice Ivy. «Mi dispiace così tanto. Non c'è da meravigliarsi che non volessi dirmelo.»

«Padre ha incolpato se stesso, naturalmente. Ha offerto a De Luca una delle due opzioni. O avrebbe ucciso entrambi i figli di De Luca, o avrebbero firmato un trattato di pace e sarebbero rimasti fuori dal territorio l'uno dell'altro. Inoltre, De Luca doveva pagare un'enorme somma alla vedova di Henderson, per assicurarsi che Harry fosse sempre accudito.»

«Da qui il cessate il fuoco» dice Ivy.

«Ventisei anni dopo, sembra ancora fragile.»

«Perché non hai ottenuto vendetta?»

«Forse. So che mio padre ha fatto la cosa giusta. Se non avesse insistito per fermare ulteriori spargimenti di sangue, probabilmente saremmo ancora lì, a uccidere a turno i cari l'uno dell'altro. Non è un modo di vivere.»

«Ma sembra ancora ingiusto» dice Ivy. «Perché la morte di Ariana non è stata vendicata.»

«Sì» dico. «Sembra... sbilanciato.»

«Cosa dobbiamo fare per mantenere la pace?»

«Stare lontano dal loro territorio—possiedono Manchester—e dai loro affari. Sanno che Padre è un anello debole ora. Sarebbe un facile bersaglio, da qui la sicurezza stile Fort Knox qui intorno. L'accesso biometrico avanzato significa che è impenetrabile.»

Sento le mie energie calare. È stata una giornata estenuante, e ora mi sento come se mi fossi svuotato per Ivy. Non è rimasto molto. Ivy istintivamente si appoggia a me, e rimaniamo così, mano nella mano, guardando le fiamme divorare la legna.

CAPITOLO 40

La Battuta d'Arresto

IVY

Il caos squarcia il mio mondo. Il telefono di Alistair inizia a suonare ripetutamente. È successo qualcosa. Controllo rapidamente il mio per assicurarmi che non si tratti di Jamie.

«Cazzo! CAZZO!» esclama lui, il corpo improvvisamente rigido. Nel giro di pochi secondi si è trasformato da mercurio caldo a freddo acciaio.

Sono scossa. «Cosa? Che succede?»

«È Granite.»

Corriamo di sotto. Il resto della famiglia ha ricevuto la stessa comunicazione.

Christopher sta camminando avanti e indietro. Isobel è in piedi alla finestra, braccia incrociate, lo sguardo fisso nella notte buia. Posso vedere dalla rigidità della sua schiena che è furiosa.

«Non è stato un incidente,» sbotta Christopher. «Le cariche sono state posizionate strategicamente per causare il massimo danno.»

Isobel scuote lentamente la testa. «Elena mi ha guardato negli occhi e ha detto che non ci sarebbe stata *più violenza*. Le ho creduto. Devo star perdendo il tocco.»

«Non stai perdendo il tocco,» ringhia Alistair.

«Birmingham, Glasgow, Leeds, tutto a pezzi,» legge Christopher dal suo telefono. «Siamo *colossalmente* fottuti.»

«Il danno all'azienda è una cosa,» dice Alistair. «Ma ciò che mi preoccupa di più è il messaggio che stanno mandando.»

Christopher alza lo sguardo dal telefono. «Sì. Il messaggio è che siamo colossalmente fottuti.»

Alistair raddrizza le spalle. «Il messaggio è che stanno venendo per noi e per la nostra attività. Sanno quanto sia vitale Granite.»

«*Fosse*,» corregge Chris.

«Sanno che è l'arteria principale per la nostra distribuzione, e senza distribuzione, la nostra attività crolla.»

«Mi ha guardato *negli occhi* e ha mentito,» fuma Isobel.

«È una battuta d'arresto,» dice Alistair.

«Una *battuta d'arresto*?» urla Christopher. «È una fottuta catastrofe, amico!»

Alistair rimane calmo. «La ferrovia può essere ricostruita. Ci costerà tempo e denaro, ma può essere riparata. Sarà riparata. Questa è la parte facile.»

«Oh, dio,» dice Christopher, pizzicandosi il ponte del naso. «Se questa è la parte facile, non voglio sentire quella difficile.»

«Dobbiamo annientarli,» dice Isobel.

Deglutisco. Sono sbalordita dalla sua fredda sintesi. È facile farsi cullare dal suo stile sofisticato e dai suoi modi, ma quando le cose si sporcano, è pronta a regnare.

«Non possiamo operare quando abbiamo questo elemento di caos violento sulla nostra porta. Hanno chiarito che parlare non è una soluzione, quindi dobbiamo comunicare in un linguaggio che comprendono.»

Un brivido freddo mi percorre la schiena. Una parte di me sente che deve essere un sogno, che sono in un film di Guy Ritchie e devo svegliarmi prima della caratteristica scena del bagno di sangue. Non appartengo a questo film. È completamente fuori dal mio carattere. Sono la persona che controlla l'etica e l'impronta di carbonio delle aziende prima di comprare lo shampoo, per l'amor di Dio! Non sono la ragazza del gangster.

Alistair è concentrato sul problema in questione. Non vede le emozioni che attraversano il mio viso. Incredulità, orrore, paura.

«L'annientamento totale è l'unico modo,» continua Isobel. «Se qualcuno sopravvive, vivremo nell'ombra della loro vendetta. Capite cosa sto dicendo?»

«Sì, Madre,» dice Christopher.

«Sarà difficile,» dice Alistair. «Il rapporto di Blackwood sulla loro sicurezza si legge come un romanzo di Karamazov.»

«Beh,» risponde Isobel, «queste cose non sono mai facili.»

La signora Ravenscroft si scusa, dicendo che è passata l'ora di andare a dormire. Io indugio, non sapendo cosa dire o fare. So che non dovrei essere qui, ma non voglio lasciare Alistair. Lui mi guarda appena. Lo capisco. Sono una distrazione. Mi chiedo se dovrei seguire l'esempio di Isobel e andare a letto; presumo che dormiremo qui stanotte. Persa, mi siedo su uno dei divani, mi infilo le gambe sotto e osservo.

Christopher non riesce a stare fermo. Alterna tra il camminare avanti e indietro, l'armeggiare con cose, controllare il telefono per nuovi messaggi. Alistair è l'opposto:

calmo, composto, sicuro. Gli unici indizi del suo stato d'animo sono le sopracciglia aggrottate, la schiena rigida, e il fatto che è più pallido del solito.

Dà un'occhiata al suo orologio. «Partirò per Mosca stasera.»

«Cosa?» Christopher ed io diciamo all'unisono.

«Niente da fare, fratello,» sbuffa lui. «Assolutamente no. Abbiamo gente per questo.»

Alistair scuote la testa. «Questo è troppo importante per delegarlo.»

La mia bocca è ancora aperta, ma nessuno lo nota.

«Amico,» dice Chris. «Sei sotto shock. Va bene. Faremo occupare Vilmos della cosa. Non ci ha mai deluso.»

«Sono troppo nebulosi,» dice Alistair. «Fottuti specchi e fumo. Devo vedere con i miei occhi che sia fatto.»

«Quell'idea mi mette super a disagio,» dice Chris. «Mi dà ansia.»

Gli occhi di Alistair sono come pugnali.

«Perdonami se mi sento un po' a disagio, amico,» dice Chris. «Voglio dire, solo poche ore fa ci facevi una predica sul portare l'attività nella legalità, e ora stai volando a Mosca per annientare la fottuta mafia russa.»

Ha un punto valido.

«Questo solo se tu non hai idee migliori,» dice Alistair, con voce tagliente come una lama.

Chris intasca il telefono e esce dalla stanza a grandi passi, scuotendo la testa.

«È solo preoccupato per te,» mormoro.

Penso che Alistair si sia dimenticato che sono nella stanza, perché sembra sorpreso.

Si avvicina a me. «Sì.»

Deglutisco con difficoltà. «Fai spesso questo genere di cose?»

«Quale parte?» chiede. «Spegnere incendi? Volare a Mosca? Assassinare il nemico?»

«Tutte le precedenti,» rispondo.

La sua risposta è sommessa. «Sì. Per la prima, comunque.»

«Ma hai persone che fanno il... lavoro sporco, giusto?»

«Sì.»

Non sono sicura perché sia importante. Dare l'ordine di uccidere qualcuno rispetto a fare l'uccisione vera e propria è la stessa cosa, no? Quando ho dato ad Alistair il nome completo di Jeff dopo che ha aggredito me e Jamie, sapevo che stavo effettivamente ordinando un'esecuzione. L'ho fatto comunque. Si potrebbe pensare che questa sia la cosa più sorprendente, ma non lo è. La cosa più sorprendente è che non me ne pento. Jeffrey Bates meritava di morire, e ora sono con un uomo potente che fa accadere cose del genere.

Dio mi aiuti, questo mi eccita.

Non ho mai pensato a me stessa come una persona cattiva, ma ho realizzato che non sono certamente così "buona" come pensavo di essere - o fingevo di essere? - e questa è parte della mia intensa attrazione magnetica per Alistair. Posso essere completamente chi sono, senza alcun giudizio. Quando Jeff mi ha chiamato puttana, mi è sembrato brutto. Spregiativo. Con Alistair, sono felice di essere una puttana, purché possa appartenergli. Alistair fa emergere il mio lato cattivo, e non ne ho mai abbastanza.

CAPITOLO 41
La Vera Ivy

ALISTAIR

«Non è esattamente la presentazione in famiglia che speravo», dico a Ivy, dopo aver terminato la chiamata per organizzare il jet di famiglia.

Non mi aspetto che sorrida, ma lo fa. In effetti, non mi aspettavo nemmeno di trovarla ancora in casa. Pensavo che fosse già lontana chilometri.

«È un bel po' da digerire», ammette.

Naturalmente, non è solo il disastro di Granite e le sue conseguenze che ha dovuto ascoltare oggi. Ha anche scoperto la nostra storia violenta con De Luca e i Redbricks. Ariana. Se fossi in lei, me ne starei scappando da questo casino di famiglia. Tanti anni di spargimento di sangue e traumi. Eppure eccola qui, seduta, che mi guarda con quei suoi magnifici occhi.

«Quando parte il tuo aereo?», mi chiede.

«Ho un paio d'ore».

Sembra stia riflettendo su qualcosa. La osservo. «Perché sei ancora qui?», le chiedo.

«Perché ci sei tu». Il suo viso assume un'espressione

famelica. Allunga la mano e mi accarezza attraverso i pantaloni. Nonostante tutto, mi irrigidisco immediatamente.

«Come fai?», le chiedo.

«A fare cosa?», chiede, sbattendo le palpebre innocentemente, mentre stringe di più la presa su di me.

«Chi sei e che cosa hai fatto alla vera Ivy?»

Sorride di nuovo. Questa volta è il sorriso lento, dalle labbra curve di una seduttrice. «Oh, credimi, questa è la vera Ivy». Si sposta verso il bordo della sedia, dandosi più controllo mentre aumenta la presa sul mio cazzo, che ora pulsa nella sua mano.

«Cosa ti è preso?», ringhio. «Non fraintendermi, mi piace da morire. È solo che mi ha spiazzato un po'».

«Ti trovo incredibilmente sexy», risponde. «Con tutte queste stronzate che succedono, e guardati. Così calmo e in controllo. Anche quando la posta in gioco è alle stelle».

«È una recita», le dico. «Dentro sono in pieno panico».

Lei ridacchia. «No, non è vero».

«Lo sono. Un completo crollo mentale. Solo che non puoi vederlo».

Ivy stringe più forte e io mi sporgo verso di lei.

«Eri così quando sono scomparsa?»

Scuoto la testa. «No. Ho perso completamente la testa. Chiedi a Henderson».

«Ma poi l'hai ritrovata».

«Ho dovuto», dico. «Perché dovevo trovare te. Trovarti era l'unica cosa che contava».

«Mi hai salvato la vita», dice. «Ti meriti una ricompensa».

«Tu, Ivy Mickelson, sei la mia ricompensa. Sei la cosa migliore che mi sia mai capitata».

«Voglio continuare a capitarti», dice.

Non sono sicuro di cosa intenda finché non mi abbassa la cerniera. Dovrei chiudere le porte, ma Ivy mi ha già preso in bocca. Chiudo gli occhi e sospiro. Non posso allontanarmi da un piacere simile.

«Adoro il tuo cazzo», mormora. «È così maledettamente bello. Mi sta proprio bene».

Se pensavo di essere duro prima, ora sono di titanio. Cazzo! Ivy sa esattamente come usare la lingua e le sue mani scivolose che accarezzano e si avvolgono intorno a me. Gemo. Mi esce più forte di quanto mi aspettassi.

Mi guarda mentre succhia. Massaggiandomi i testicoli e l'asta. Porca miseria. Sento il piacere affluire da ogni parte del corpo al mio cazzo. Come se il mio orgasmo fosse una tempesta in formazione, che prende energia da ogni muscolo, da ogni centimetro di pelle, e la convoglia nei miei testicoli.

Ma non voglio venire così. Voglio venire dentro Ivy. C'è qualcosa di magico nella sua figa - non importa quanto ci provi, non ne ho mai abbastanza. Mi richiama costantemente, anche quando stiamo facendo cose banali come fare colazione o scherzare su qualcosa.

È un richiamo di sirena, e il mio cazzo risponde ogni volta.

Ivy mi toglie dalla sua bocca per cambiare posizione, e colgo l'occasione per chiudere a chiave le porte per evitare che il personale entri. Lavorare per la mia famiglia è già abbastanza traumatico senza dover entrare mentre sono con i pantaloni abbassati. E se Christopher ci scoprisse, non me lo farebbe mai dimenticare.

Afferro la mano di Ivy, la trascino giù dal divano e davanti al fuoco. La spoglio della sua morbida tuta e mi tolgo i pantaloni. Lei mi solleva la camicia dalla testa.

«Abbiamo trascurato la nostra lista di fantasie», dico.

«Non me n'ero accorta», risponde. «Mi fai venire sempre così forte che dimentico tutto il resto».

«Cosa vuoi provare adesso?»

Si guarda intorno come se cercasse idee. Vorrei schernirla. Non c'è niente di sexy in questa stanza, con i suoi dipinti ad olio troppo costosi e i tappeti orientali sbiaditi. Ma lei mi dimostra che mi sbaglio. Ivy sta prendendo l'abitudine di sorprendermi, e mi piace da morire.

«Shibari?», suggerisce.

Guardo dove sono concentrati i suoi occhi. Le tende di velluto sono tenute indietro da una corda dorata.

«Grazie a Dio», scherzo. «Pensavo volessi provare la Subaru».

Ridacchia mentre prendo la corda. Si stacca facilmente dal gancio. Non è lunga quanto vorrei, quindi ne prendo altre due. Tutto quello che so dello shibari è ciò che ho imparato alle feste. Quello che dovrei fare è un vero tutorial, ma per ora, testeremo solo le acque. Sono sicuro che nessuno di noi voglia una sessione troppo lunga, comunque. È stata una giornata infernale, e devo prendere un aereo.

«Ne facciamo solo un po'», dico. «Per vedere se ti piace. Ho delle vere corde da shibari a casa».

«Oh, lo so», fa le fusa. «Ho visto il tuo dungeon, ricordi?»

Ivy non ha visto nemmeno la metà delle cose che tengo nella mia stanza del sesso. Ma le vedrà. Presto.

Si inginocchia davanti al fuoco, nuda, con il desiderio che le tremola negli occhi.

Inizio legando una delle corde intorno alla sua vita, come ho visto fare prima, poi da quel nodo, giù, sopra il suo clitoride e lungo le linee delle sue labbra, su intorno all'altro lato, seguendo la fessura del suo sedere. Quella viene annodata di nuovo alla vita, e poi su e delicatamente intorno al collo. L'idea è che la senta intorno alla gola ma non abbia alcuna costrizione. Per quanto riguarda il collo, è una sensazione, non una legatura.

«Va bene così?», le chiedo aggrottando la fronte, incerto.

Ivy annuisce. «Mi piace».

Prendo la seconda corda e la lego intorno alle sue spalle, sotto i seni, e poi lego i suoi polsi dietro la schiena, annodandola di nuovo alla vita. Con l'ultima corda, incornicio i suoi seni con triangoli che si incontrano al collo. Faccio un passo indietro per ammirare il mio lavoro.

«Non voglio vantarmi», le mormoro. «Ma sei fottutamente stupenda».

«Fai una foto», dice.

Il mio cazzo sussulta. «Sei sicura?»

Annuisce.

«Userò il tuo telefono», dico.

«Sempre attento a mitigare i rischi», risponde, con un sorrisetto sul suo delizioso viso.

Digito il suo PIN e scatto alcune foto mentre appare incredibile. La ammiro fino a quando non riesco a sopportare di non toccarla, poi inizio ad accarezzare il suo corpo con i palmi. La sua pelle è sempre così morbida. Non so come facciano le donne a mantenerla così.

«Se muovi leggermente il corpo, la corda dovrebbe darti sensazioni piacevoli», dico.

Ivy muove le spalle, il che fa muovere le corde intorno ai suoi seni. Mi sorride, godendosi la sensazione. Poi, ruota i fianchi, facendo strofinare la corda dorata sul clitoride.

«Ooh», dice, sorpresa. Affascinata.

Ooh davvero, penso. Le raggiungo la schiena, tenendo la corda che le lega i polsi, e stringo. Sospira e apre la bocca.

Mi ci tuffo dentro, baciandola profondamente, e lei mi ricambia con altrettanta intensità.

«Cazzo, Ivy», mormoro, sospirando. «Non hai idea di cosa mi fai».

Ivy mi premia con un sorriso, che adoro. Allo stesso tempo, voglio cancellarglielo subito dalla faccia. La voglio contorcersi e gemere di piacere. Ora.

CAPITOLO 42

Corda d'oro

IVY

Alistair mi spinge giù. Non riesco a mantenere l'equilibrio, quindi devo fidarmi di lui. Passo dall'essere inginocchiata a sdraiarmi sulla schiena, il che rende scomoda la legatura ai polsi.

«I miei polsi», dico.

Alistair rapidamente li slega, poi mi allunga le braccia sopra la testa sul pavimento e le lega alla gamba del divano.

«Meglio?» chiede.

Annuisco.

Gli occhi di Alistair percorrono il mio corpo nudo adornato con corde dorate mentre si tocca. La sua voce è roca. «Non hai idea di quanto sei deliziosa».

«Mostrami», rispondo.

Mi bacia sulla bocca, sul collo, poi le sue labbra calde si spostano sui miei capezzoli. Succhia i miei seni con forza, alternandoli, cercando di prenderne quanto più possibile nella sua bocca. Sono così eccitata che ansimo. Mentre mi muovo contro di lui, le corde mi sfregano nella maniera più piacevole. Gemo.

«Queste corde non saranno mai più le stesse», dico.

«Corde fortunate», risponde Alistair. Scende verso la mia figa, premendo la corda contro di me mentre lecca su entrambi i lati. Questo è tutto ciò che serve per portare il mio orgasmo alle porte. Mentre inarcò la schiena, le corde tirano, portandomi quasi oltre il limite.

«Cazzo», dico. Non me l'aspettavo. Trovavo l'idea erotica, ma non pensavo che potesse essere così bello.

«Ti scoperò adesso», ringhia Alistair. «La prossima volta, possiamo giocare quanto vuoi».

Annuisco. *Sì per favore.* Sì per favore a tutto.

Sistema la corda che corre lungo il mio clitoride per permettergli l'accesso, poi fa scivolare un dito dentro. Sono così calda e bagnata che non offro alcuna resistenza.

La sua voce è rauca, il suo corpo è puro muscolo. «Oh mio dio», dice, facendo scivolare un altro dito dentro. «Non ne avrò mai abbastanza di questa figa. Per tutto il tempo che vivrò».

«Bene», faccio le fusa. Perché questa figa non può mai avere abbastanza di Alistair. Mi apre con le dita, accarezzando il mio punto G finché non grido, poi spinge il suo glorioso cazzo dentro di me.

«Cazzo!» urlo, dimenticando dove mi trovo. Alistair mette il palmo sulla mia bocca mentre si muove dentro di me. Inarca le sopracciglia, chiedendo se va bene. Annuisco. Mi piace. Braccia legate sopra di me, la sua mano che copre la mia bocca, sono quasi impotente. Dare ad Alistair potere su di me, dentro di me, è un nuovo tipo di euforia. Il mio corpo vibra. Nella vita normale, odio sentirmi impotente. Nelle braccia di Alistair, lo desidero. Voglio che abbia dominio su di me.

Alistair sente i miei gemiti e inizia a spingere delicatamente. Il piacere inonda il mio cervello e il mio corpo. Non scopiamo spesso in posizione missionaria – non colpisce il punto giusto come a pecorina – ma mi piace perché posso vedere i suoi incredibili muscoli mentre si muove, e possiamo guardarci negli occhi. Lui può ammirare il mio corpo annodato con corde dorate, il sexy ondeggiare dei miei seni mentre spinge dentro di me.

«Di più», mormoro contro la sua mano.

Solleva la mano per sentirmi.

«Di più», ripeto. Lo voglio più forte, più profondo, più veloce. Voglio sentirmi completamente sotto il suo comando.

Mi copre di nuovo la bocca e inizia a spingersi dentro di me con forza. Mantenendo il contatto visivo, annuisco. Continua, e i miei muscoli pelvici iniziano a contrarsi contro la sua forza. Questo è ciò che voglio.

Per andare più in profondità, solleva i miei piedi da terra e li spinge completamente sopra la mia testa, così che il mio corpo è piegato a metà e le mie caviglie sono ai lati del mio viso. I nostri stomaci si toccano mentre si abbassa su di me. In quella posizione, raggiungere la profondità è facile. Urlo contro la sua mano per la sensazione, come se il suo cazzo avesse preso il sopravvento su tutto il mio bacino, riempiendomi completamente.

Cazzo.

È un piacere così primordiale che singhiozzo nel suo palmo.

L'impotenza che provo, in combinazione con l'essere legata, fa tornare alla mia mente quando Jeff mi legò alla sedia. Il puro terrore che provai quando Jamie rimase in silenzio dietro di me è qualcosa che non voglio mai più provare. Le mie ferite, il dente che mi fece saltare, i miei occhi e polmoni che bruciavano per il fumo, tutto mi torna in mente. Il cuore mi batte forte. Si potrebbe pensare che vorrei che Alistair si fermasse, che mi slegasse, ma è vero il contrario. Voglio che mi scopi più forte che può. Perché anche se sono io quella legata, sono io quella che ha il controllo qui. Sono io quella che può dire sì, no, più forte, più veloce. Sto rivendicando il mio potere, e Alistair è felice di darmelo.

Cerco di trattenermi dal venire perché non voglio che questa beatitudine finisca, ma la mia figa ha altri piani. Annuisco ad Alistair, comunicando solo con gesti che sto per raggiungere l'orgasmo. Le scintille volano dentro il mio corpo. La miccia della dinamite è accesa. Alistair mantiene il contatto visivo e annuisce a sua volta.

«Sei pronta?» chiede.

Continuo ad annuire. Inizia a martellarmi. La sensazione è così intensa che gemo contro la sua mano. I miei occhi si rovesciano all'indietro; non riesco più a tenerli aperti. Il puro piacere mi attraversa mentre l'orgasmo si impossessa di me.

Cazzo, cazzo, cazzo. CAAZZOOO!

Sto urlando, singhiozzando, il mio corpo che convulsa. Alistair ringhia, tenendomi stretta e spingendo nei miei muscoli pulsanti, facendomi venire ancora più forte, la mia figa che strangola il suo cazzo mentre lui grida. Si svuota dentro di me, proprio come ha svuotato in me i suoi ricordi ed emozioni prima, tutto il suo dolore. Io li prendo. Li trasformo. Siamo una cosa sola.

CAPITOLO 43
La paura è un bene

ALISTAIR

«Porca miseria», sussurro, slegando lentamente Ivy e godendomi il processo. «È stato intenso». La corda le ha leggermente irritato i polsi. Glieli bacio. «Ti fanno male?»

«No», risponde. «Troppo piacere per sentire qualsiasi dolore».

«Temevo di essere stato troppo duro».

«Non lo sei stato. Te l'avrei detto».

«Ti avevo coperto la bocca con la mano».

«Ti avrei morso la mano», scherza.

Beh, credo stia scherzando. Una volta tolte le corde, mi rannicchio a cucchiaio con lei davanti al fuoco. «Non ti sto spingendo a fare troppo, troppo presto?»

«Assolutamente no», dice. «Quella lista che stiamo completando è lunga. Voglio arrivare alla fine prima di aver bisogno di un deambulatore».

Rido. «Spero che tu abbia ancora qualche anno prima che ciò accada».

«Inoltre», dice, «ho sentito una voce».

Le accarezzo il braccio. «Mm-hmm?»

«Che la lista che stiamo completando è solo la prima di tante».

«Beh, sì», riconosco.

«È la lista per principianti», dice. «Kink 101».

«Sono tutto per cancellare cose dalla lista Kink 101», dico. «E ci *sono* liste più avanzate. Ma non c'è fretta per nessuna di queste».

«Mi piacciono le liste», dice. «Mi piace spuntare le cose. Mi fa sentire realizzata».

«Sei realizzata», rispondo. «In tutti i modi che contano».

«È il tuo modo di dirmi che hai apprezzato il pompino durante il pranzo?»

«Sì. Puoi sicuramente spuntarlo dalla tua lista».

Il mio telefono vibra. So cosa dice il messaggio prima di leggerlo. Il jet è pronto, o almeno lo sarà entro il momento in cui arriverò all'aeroporto.

«Dannazione», dico, mordendole delicatamente la spalla. «Devo andare».

«Noooo», dice Ivy, stringendomi a sé. «Non lasciarmi».

«Credimi, è l'ultima cosa che voglio fare». Preferirei di gran lunga rimanere qui per ore, osservando il corpo nudo di Ivy dipinto dalla luce del fuoco.

«Non hai nemmeno fatto i bagagli», dice. «E il lavoro?»

È un gioco; sta cercando di ritardare la mia partenza. «È per questo che c'è Gazinski». Nessuno conosce il mio guardaroba essenziale o la mia agenda meglio di Gazinski.

«E Reacher e Bijou?»

«È per questo che c'è Brumilde».

«E io?»

Mi prendo un momento. «Henderson si prenderà cura di te».

Il gioco finisce. Si mette seduta. «No. Assolutamente no. Ti servirà durante il viaggio».

Scuoto la testa. «Non posso lasciarti qui senza Henderson».

«Porta Henderson con te. Lucky può prendersi cura di me. Non sono io quella che sarà in pericolo». I suoi occhi sono spalancati per la preoccupazione. «Alistair, per favore. Ho bisogno che tu sia al sicuro».

«Lo sarò», la rassicuro. «Ma non riuscirò a concentrarmi se sono preoccupato per te. Quindi fidati di me su questo».

Geme per la frustrazione. «Non mi piace per niente questa cosa. Sono preoccupata che tu non torni».

Ridacchio. «Oh, tornerò. Neanche i cavalli selvaggi potrebbero tenermi lontano».

«Ho paura».

Le prendo il viso tra le mani. Potrei interpretare l'alfa invulnerabile, o potrei essere onesto. Scelgo quest'ultima opzione. «Anch'io. Ma la paura è un bene. La paura ti mantiene vivo».

Ivy allontana le lacrime con un battito di ciglia. «Sarà meglio».

Accompagno Ivy alla villa, accarezzo i cani e do istruzioni a Brumilde. I bagagli preparati da Gazinski non lasciano nulla a desiderare, e la elegante valigia nera è leggera. Lo trovo soddisfacente. Non c'è bisogno di portare quasi nulla se soggiorni negli hotel che frequento io, e lui lo sa. Lascio un regalo a sorpresa per Ivy da trovare più tardi e, mentre mi dirigo verso la pista, ordino una consegna di rose per la mattina seguente. Aprirmi con lei ci ha avvicinato, ma non posso fare a meno di quella sensazione di incredulità che fluttua nella mia testa. Ivy è troppo buona per me. Troppo buona per i Ravens. Ora che il nostro passato costruito su denaro sporco di sangue è di sua conoscenza, perché sta ancora qui?

Conosco la risposta, naturalmente. La nostra connessione è più forte di qualsiasi altra cosa al mondo. Più forte della sua bussola morale, più forte del mio impulso a tenerla fuori dai miei affari per proteggerla. Potremmo parlare di dilemmi morali per tutta la notte, ma alla fine si ridurrà sempre a questa intensa attrazione magnetica che abbiamo, non solo dei nostri corpi, ma anche delle nostre menti. Eravamo destinati a stare insieme, non importa cosa succeda. Sappiamo che non ha senso resistere. Non dico che sarà facile. Dio sa che ci aspetta molto dolore, un dolore che posso già sentire quando mi preoccupo per lei. Ma alla fine, non ho dubbi che resteremo insieme.

Ho perso così tanto quando ho perso Ariana. È un buco nero che non scomparirà mai.

Non perderò anche Ivy.

Arriviamo al Gulfstream G650. Ivy storcerebbe il naso per l'impronta di carbonio, ma con venti favorevoli, sarà un viaggio di meno di quattro ore per Mosca. Atterreremo al VKO, l'aeroporto Vnukovo alla periferia della città. Offrono un terminal dedicato e strutture discrete, inclusa un'auto privata che ci porterà all'hotel. Blackwood mi ha assicurato che è l'equivalente moscovita di Sable, il nostro hotel praticamente invisibile a sud di Londra. Ho tre uomini con me: Madre ha insistito. Era inorridita quando ho detto che non avrei portato Henderson, ma gli uomini che sono con me hanno abilità straordinarie e sono stati personalmente controllati da lei, quindi non ha avuto modo di protestare. Rimangono per conto loro nella cabina; mangiano, riposano e si preparano mentalmente per il compito che ci aspetta. Dovrei fare un pisolino, ma non posso fare a meno di leggere il file sulla famiglia Kuznetsov che è apparso come per magia nella mia casella di posta. *Qualunque cosa paghiamo Alexander Blackwood*, penso tra me e me, *non è abbastanza.* Se la conoscenza è potere, Blackwood è la nostra arma migliore.

CAPITOLO 44
Modalità aereo

IVY

Sono sveglia nel nostro letto ad Ascot Grange, con la pioggia che continua a battere contro le finestre. Si fermerà mai? Mi preoccupo per la visibilità durante il volo, ma poi mi rendo conto che Alistair ha già lasciato la regione. Dopo due ore di volo, starà sorvolando l'Europa orientale, forse la Polonia o la Bielorussia. Controllo il meteo locale polacco sul mio telefono. Niente pioggia. Mentre ho il telefono in mano, controllo i miei messaggi, ma non c'è nulla di nuovo. Né dalla mamma con aggiornamenti su Jamie, né da Becks, né da Alistair. Sospiro e mi giro su un fianco. La mamma mi ha scritto prima per dirmi che il medico di Jamie le manda frequenti messaggi, ma dicono tutti la stessa cosa: Nessun cambiamento. Odio sentirmi così impotente. Mi sono concessa una doccia irresponsabilmente lunga e un'ora di yoga per rilassarmi, ma sapere che Alistair sta andando incontro al pericolo rende impossibile dormire.

Noto il leggero segno rosa dove la corda mi ha sfregato il polso, che mi ricorda il nostro precedente incontro amoroso. Scorro fino alle mie foto e vedo le immagini che

Alistair mi ha scattato quando ero legata. Ricordando la sensazione della corda sul mio clitoride, sento una pulsazione nella mia vagina. Ne scelgo una, la mia preferita, e gliela mando. Non mi aspetto che la riceva fino all'atterraggio, quindi quando risponde, quasi mi cade il telefono di mano.

ALISTAIR RAVENSCROFT

Cristo, Ivy, stai cercando di far schiantare l'aereo?

IVY MICKELSON

Cosa? Perché sei online? Sei tu che farai schiantare l'aereo! Spegnilo!

Sto scherzando. Se non la mostro al pilota, dovremmo rimanere in aria.

Perché il tuo telefono non è in modalità aereo? O quella non è una cosa per i ricchi?

Non è una cosa per i ricchi.

Regole diverse per i ricchi. Mi fa così schifo.

Dare il wifi a una cabina piena di bestiame in classe economica è chiedere guai e lo sai.

Va bene.

E con questo intendo [emoji dito medio]

Nel caso non fossi stata chiara.

È un tipo diverso di segnale sui jet. Basato su satellite anziché su torri cellulari.

Quindi hai ricevuto la mia foto?

Oh, sì. Grazie. La conservo per dopo, quando sarò solo in una squallida stanza d'albergo nella capitale.

LOL

Come se tu andassi in un albergo squallido da qualche parte.

Cosa stai facendo in questo momento, a parte ammirare foto erotiche di te stessa?

Arrossisco.

Non riesco a prendere sonno. Sono preoccupata per te.

Starò bene. Sarò di ritorno prima che te ne accorga.

Che giornata.

Cristo, non dirlo a me.

Sono sicura che devi prepararti. Ti lascio in pace.

Tu sei la mia unica pace.

Comunque. Elabora strategie, ecc.

Sì.

P.S. Ai miei genitori piaci molto.

Non che per me sia importante in un senso o nell'altro.

Ma è piuttosto conveniente.

Come un Tesco Express.

Non sei per niente come un Tesco Express.

Più come un Sainsbury's Local.

Mi manchi già.

Goditi il tempo senza di me. Riposati e recupera le forze, perché quando torno ti *divorerò*.

Non vedo l'ora.

CAPITOLO 45
Nuotare nello sciroppo

ALISTAIR

L'hotel è perfetto per le nostre esigenze. Ripassiamo il piano e poi ci dirigiamo nelle rispettive stanze che contengono la nostra attrezzatura: armi e telefoni usa e getta. Mi manca avere Henderson con me, ma sono fiducioso che gli uomini con cui sono faranno un lavoro impeccabile. Si occuperanno dei tre figli adulti dei Kuznetsov, mentre io mi occupo di Papà Orso. Mia madre insiste nel voler affrontare Elena Kuznetsov personalmente, ma si rifiuta di dirmi come.

Mi ha guardato negli occhi e ha mentito, ha detto della matriarca russa. Questo non sarà perdonato, specialmente dopo tutti gli sforzi fatti per stabilire il trattato di pace.

Gli uomini mi manderanno un messaggio una volta completati i loro compiti e scarteranno i loro dispositivi. Un secondo telefono usa e getta farà loro sapere quando la nostra missione sarà stata completata con successo e sarà ora di tornare a casa. Spero che avremo sistemato tutto in ventiquattro ore, ma l'esperienza mi insegna che queste cose richiedono sempre più tempo del previsto. Voglio che sia tutto finito così possiamo tornare, ricostruire ciò che è stato distrutto, e continuare con le nostre vite.

La mia auto privata è guidata da un locale che sa di non dover fare domande. Mi porta all'indirizzo che gli è stato dato a Maryino, un grande quartiere residenziale a dieci miglia dal centro città.

Mariya da Maryino, penso, guardando il *khrushchyovka* – un grande edificio di appartamenti dell'era sovietica – grigio, standardizzato, prodotto in massa. Funzionale, se la sicurezza non è una preoccupazione pressante. È facile introdurvisi finché si ha una semplice chiave scheletro. Qui non c'è un sistema di accesso biometrico ad alta tecnologia. Indosso un vecchio cappotto invece del mio preferito abituale; questa zona è operaia, e voglio mimetizzarmi il più possibile. Strati di abiti invernali, un paio di occhiali con montatura nera e una sciarpa che copre la parte inferiore del viso mi permettono di apparire abbastanza anonimo. È importante, soprattutto alle due del mattino quando non ci sono folle per camuffarsi. Dovrei riuscire a entrare in tempo: Mariya di solito torna a casa dal bordello alle tre.

La chiave funziona bene sulla porta d'ingresso principale al piano terra, ma si blocca un po' quando cerco di aprire la porta dell'appartamento di Mariya Ivanov, numero ventotto. La forzo, e proprio quando penso che la chiave si romperà, la serratura arrugginita cede e supero l'ingresso. Sbuffo un rapido sospiro di sollievo e chiudo la porta appiccicosa dietro di me, chiudendola a chiave. La stanza odora di pane di segale e detersivo, e qualcos'altro che non riconosco immediatamente. Borotalco? Sento lungo il muro l'interruttore della luce, ma proprio mentre lo individuo, c'è uno schianto e un dolore accecante alla nuca. Cado in avanti, conficcando schegge di vetro nei palmi delle mani mentre colpisco il pavimento. Sibilo sorpreso.

Mariya non dovrebbe essere già a casa. I nostri osservatori al bordello hanno confermato che non aveva lasciato l'edificio. Siamo stati compromessi. Devo avvisare gli altri membri del team.

Lei ha il vantaggio. È il suo posto. Lo conoscerà al buio. La sento vicino a me – senza dubbio con un'altra dannata bottiglia di vodka – e faccio oscillare le gambe per farle perdere l'equilibrio. Lei urla e cade, ed è allora che lo sento. Un bambino che piange.

Accendo la luce. Stordito dal colpo alla testa, la donna appare sfocata. Sbatto le palpebre per liberare la mia visione dall'interferenza. La luce della lampadina è gialla, i miei movimenti sono lenti – mi sento come se stessimo nuotando nello sciroppo. Rapidamente la lego e le metto del nastro adesivo sulla bocca per tenerla tranquilla mentre il neonato piange disperato. È terrorizzata e continua a ripetersi. Sono sicuro che stia dicendo qualcosa del tipo «per favore non fare del male al mio bambino». Non voglio che sia spaventata, ma è necessario per portare a termine il lavoro.

Il mio telefono usa e getta vibra.

NUMERO SCONOSCIUTO
Ivanov lascia il lavoro. ETA 20 min residenza Maryino circa 2:52

Guardo dallo schermo del telefono alla donna, e di nuovo indietro. Ho sbagliato appartamento? Controllo la posizione indicata, ma è corretta. Il pianto del bambino sta diventando più forte. Presto i vicini busseranno. Poi capisco.

Le tolgo il bavaglio, facendole cenno di stare zitta. La indico.

«Mariya?» chiedo.

Lei scuote la testa. «*Nyet*», poi continua con un frenetico fiume di vernacolo che non riesco a capire.

«Non ho intenzione di farti del male», dico. La mia app del telefono lo traduce in russo. «*Ya ne sobirayus' tebe vredit.*»

Lei non sembra convinta.

«Questo è l'appartamento di Mariya?» chiedo. «*Eto dom Mariya?*»

La donna annuisce, con gli occhi sgranati.

«Lei lavora per Mariya. Si prende cura del suo bambino». Il mio telefono: «*Ty rabotayesh' na neye. Ty pozabotish'sya o yeye rebenke.*»

La babysitter annuisce. Va bene. Stiamo facendo progressi, nonostante il bambino che urla e il mio mal di testa lancinante. La mia app di traduzione mi aiuta a spiegare che non ho intenzione di fare del male a lei, al bambino o alla madre del bambino. Ho solo bisogno di parlare con lei. Tuttavia, se mai dirà a qualcuno di questo, la sua garanzia di sicurezza verrà meno. Lei capisce. Vado nella stanza del bambino, che è anche la lavanderia e il ripostiglio. Lui piange più forte quando mi vede, completamente disperato. Si agita contro di me mentre lo sollevo. Cerco di mettergli il ciuccio in bocca, ma lo allontana con un colpo.

Non volendo essere battuto da un bambino, lo metto saldamente sul fianco e mi sposto verso la cucinetta. Cerco lo zucchero e lo trovo in un contenitore vicino al bollitore. Sciacquo il ciuccio sotto il rubinetto, lo immergo nello zucchero e ci riprovo. Questa volta lo prende, succhiando energicamente, e il suo corpo si rilassa. Lo dondolo, grato per il silenzio.

Dio benedica te e i tuoi trucchi, Brumilde. Non è la soluzione più nutriente, ma mi manterrà sano di mente e gli altri vivi.

Senza le urla, posso pensare. Il piano è ancora praticabile. Non siamo stati compromessi. Tuttavia, avrò delle parole molto severe con Blackwood. Mi rimangio quello che ho pensato in aereo sul pagargli di più. Come ha potuto non notare il fatto che Mariya Ivanov *ha un bambino*? Qualcosa non torna.

Il mio telefono vibra. L'obiettivo uno di cinque è stato sistemato, assicurandomi ancora una volta che la missione non è stata compromessa e che le informazioni di Blackwood erano per lo più buone. Faccio un respiro profondo. Devo ricompormi prima che Mariya arrivi, il che dovrebbe essere tra dodici minuti.

CAPITOLO 46
Veleno

ALISTAIR

Quando sento Mariya alla porta d'ingresso, sono pronto per lei. La babysitter è stata rassicurata, imbavagliata di nuovo e sistemata nella camera da letto principale. I vetri rotti sono stati spazzati via e il piccolo Ivanov è seduto a giocare in un recinto improvvisato che ho creato con vari complementi d'arredo morbidi e giocattoli.

Pensavo che avrebbe lottato con la serratura appiccicosa per un po', come ho fatto io, ma lei conosce il trucco e non ha alcuna difficoltà. Entra e chiude la porta dietro di sé, mormorando un saluto alla babysitter che immagino pensi sia sveglia visto che la luce della camera è accesa. Quando vede il bambino nel salotto, si ferma.

Sorpresa, ma non turbata, rivolge una domanda al bambino. Suona affettuosa. Probabilmente qualcosa del tipo *che succede? Perché sei sveglio? Dov'è la zia?*

Lui la guarda, il viso che s'illumina.

Esco da dietro di lei, bloccandole la via d'uscita, poi le copro fermamente la bocca così che quando urla, il suono esce cupo e smorzato.

«*Ya ne sobirayus' tebe vredit*» dico. *Non ho intenzione di farti del male.* So dal suo fascicolo che parla inglese, ma il panico confonderà i suoi pensieri. Continuo a ripeterlo finché non si calma. Passo all'inglese, mantenendo la voce bassa e chiara. «Non Le farò del male, né a Lei né al Suo bambino. La babysitter sta bene. È nella Sua stanza. Ho solo bisogno di parlare. La mia pistola rimarrà nella tasca del cappotto se non urla».

Mariya annuisce, e io tolgo la mano dalla sua bocca. Lei corre a prendere in braccio il bambino, e solo allora mi guarda. È attraente, anche quando è terrorizzata.

«Sapevo che sarebbe successo». I suoi occhi sono scuri. «Vuole prendere il mio bambino».

«No». Scuoto la testa. «Non voglio. Ho bisogno che Lei faccia qualcosa per me. La pagherò molto bene».

«Non ho bisogno dei Suoi soldi», ribatte. Il suo bambino si appoggia a lei, le palpebre pesanti.

«Sono molti soldi, Mariya. Abbastanza per iniziare una nuova vita da qualche parte. Abbastanza per dare al Suo bambino la vita che desidera per lui. Avrà i Suoi nuovi passaporti entro la fine della giornata».

Lei sbuffa con disprezzo. «Queste sono fantasie che avete solo voi occidentali. Il Sogno Americano».

«No. Accadrà per Lei e per il Suo bambino. Me ne assicurerò io. Ma ho bisogno che Lei faccia qualcosa... di difficile».

«Pensa che siccome lavoro in un bordello farò qualsiasi cosa per denaro?»

«Assolutamente no, ma non importa cosa penso io. Farà questo lavoro per me?»

«Ho scelta?» dice, con la voce che si spezza.

«No», rispondo.

«Allora mi dica».

Le illustro il piano. Lei vedrà Mikhail per il loro consueto appuntamento a pranzo. Secondo il fascicolo, vanno sempre nello stesso luogo segreto: l'hotel "invisibile" dove alloggio io. Scopano, ordinano il servizio in camera, poi se ne vanno. È un'abitudine consolidata da anni, il che fa sospettare a Blackwood e a me che si tratti di più di un rapporto di natura commerciale. Quando guardo il bambino di Mariya, noto che ha i suoi occhi penetranti, ma il broncio tipico dei Kuznetsov. Questo complica le cose, ma non cambia il piano originale.

«Avrà bisogno di mettere questo nel suo cibo», dico, dandole un piccolo pacchetto di polvere fine.

«Veleno?» chiede. Se è scioccata, non lo dà a vedere.

«Arachidi», rispondo.

Lei alza le spalle. «Per Miki è la stessa cosa».

Uno dei motivi per cui mangiano sempre nello stesso posto è perché ci sono poche cucine di cui Mikhail Kuznetsov si fida a causa della sua grave allergia alle arachidi.

«Lo ama?» chiedo.

«Cosa Le importa?»

«Mi importa perché potrebbe compromettere il lavoro».

Mi importa perché potrebbe esitare a uccidere il padre del suo bambino.

«Lo odio», dice. «È un *kusok der'ma*. Un pezzo di merda. La farà felice questo?»

«Sarò felice quando sarà in un sacco per cadaveri», rispondo.

«Allora», dice lei, con gli occhi duri come sempre. «Abbiamo qualcosa in comune».

«Le fa del male?» chiedo.

«Non sono affari Suoi».

Quando Kuznetsov reagirà alla polvere, Mariya dovrà urlare per chiedere aiuto, far entrare le guardie del corpo e approfittare del caos che ne seguirà per sgattaiolare fuori e correre all'uscita posteriore dell'edificio, dove sarò ad aspettarla nella mia auto, pronto a dirigerci verso il jet, dove gli altri membri della squadra dovrebbero già essere a bordo.

«E Alexei?» chiede.

Il bambino era un'ottima assicurazione. «Sarà in macchina con me».

«E Natalya?»

La babysitter. «Abbiamo raggiunto un accordo. Rimarrà qui fino a quando il lavoro non sarà completato. Riceverà la sua ricompensa finanziaria, anche se, come Lei, non la vuole. Tiene ad Alexei. Le ho promesso che se avesse mantenuto il silenzio, Alexei non avrebbe subito alcun danno».

«È un bel modo per dire che gli farà del male se lei non obbedisce».

«Sì», rispondo. «È necessario che lei lo creda».

Mi dà un cenno brusco.

«Altre domande?»

«*Nyet*».

«Io ne ho una per Lei. Perché non c'è nessuna documentazione della nascita di Alexei?»

Nessun certificato, nessuna cartella clinica, nessuna vaccinazione. Nessuna prova fotografica dell'esistenza del bambino, altrimenti Blackwood l'avrebbe trovata.

«Dovevamo mantenerlo segreto», risponde. «Elena è una moglie gelosa. Lui voleva che mi liberassi di Alexei, ma ho rifiutato. Mi ha picchiata, sperando che questo risolvesse il problema. Non è stato così».

Sarebbe ingenuo chiederle perché ha continuato a vedere quell'uomo. Con uno come il Barone di Vetro, non aveva scelta.

CAPITOLO 47
La Bella e la Bestia

ALISTAIR

Non perdo Mariya di vista. Mi ritrovo propenso a fidarmi di lei, ma non è mai una buona idea. Non ho dubbi che seguirà il piano, perché avrò Alexei in macchina. Tuttavia, è snervante. Le cose non vanno mai al cento per cento secondo i piani, quindi devo essere pronto con piani di emergenza.

I membri della squadra hanno tutti fissato i loro obiettivi e stanno aspettando il mio via libera. Dobbiamo completare i compiti in un momento simile così da non allertare il resto della famiglia del pericolo. Saranno già in massima allerta dopo il bombardamento di Granite, in attesa di rappresaglie, quindi siamo già in leggero svantaggio. Trascorro la mattinata camminando avanti e indietro, pensando e impartendo varie istruzioni sui pagamenti e i passaporti che devono essere eseguiti. Ho inviato la foto di Alexei. Non si aspettavano la richiesta di un secondo passaporto con i documenti necessari, ma non è stato un problema. Raramente lo è per noi.

Christopher sta spegnendo i vari incendi causati dal

danno alla linea ferroviaria. È riuscito a ottenere una flotta di camion che trasporteranno le merci più urgenti, e sta indagando su altre modalità che potrebbero funzionare. Yacht, autocarri, persino autobus. È tutto rischioso, perché quei veicoli sono vulnerabili all'interferenza della polizia.

Madre sta aspettando il mio via libera per occuparsi della sua nemesi. Presumo che sia riuscita a ingaggiare uno degli aiutanti fidati di Elena per fare il lavoro. Nonostante sia spietatamente efficiente, è nota per non sporcarsi le mani. Non ha quello che la mafia russa chiama *Krasnaya Ruka*-una mano insanguinata.

Mi fa pensare a Lady Macbeth, che mi fa pensare a *Romeo e Giulietta*, ai Redbricks e a Ivy. Le mando un messaggio, sperando che le tre ore di differenza di fuso orario non siano un problema.

ALISTAIR RAVENSCROFT

Buongiorno, bellissima. Sei riuscita a dormire un po'?

IVY MICKELSON

No! Tu?

Negativo.

Quando torni, mi assicurerò che tu stia a letto tutto il giorno.

Non tentarmi.

Se provi ad andartene, ti ammanetterò.

Perversa.

Ho imparato dalla migliore.

Programmi per oggi?

Yoga fatto. Ora vado a portare a spasso i cani. Mi adorano.

Non mi sorprende.

Poi una nuotata?

Come farai a gestire tutto? Una giornata così frenetica. Dovrei assumere qualcuno per aiutarti.

Brumilde sta facendo un ottimo lavoro.

Mi ha preparato la colazione! Ero così in imbarazzo.

Non esserlo. Adora questo genere di cose. Crêpes?

SÌ! Ha insistito.

Bene.

Sono contento che qualcuno si prenda cura di te.

Non che tu abbia bisogno che qualcuno si prenda cura di te.

Esatto. Non sono una principessa Disney.

Sicura?

???

Non sei forse l'epitome della Bella che vive nella casa di una bestia?

Beh, se la metti così...

La Bestia però aveva più libri.

E una biblioteca con una di quelle scale scorrevoli.

Hai la mia carta. Cosa stai aspettando?

Gesù, sai sempre come eccitarmi.

LOL

Sul serio. Vorrei che fossi qui.

Dammi ancora qualche ora. Nel frattempo, fantastizerò sulla giornata a letto che mi hai promesso. E sulla scala scorrevole in biblioteca.

Mi manda un cuore e un'emoji a spruzzo.

Pagana. Mio Dio, non c'è nulla di sacro? Niente spruzzi permessi in biblioteca!

Questo lo vedremo.

Il mio cazzo si gonfia al pensiero di Ivy nella biblioteca

che ancora non esiste. Me la immagino con gli occhiali appoggiata alla scala, le braccia sopra la testa come quando l'avevo legata nel salotto. Cazzo. Ora devo gestire un'erezione inopportuna. È colpa mia per frequentare una come Ivy, che mi fa eccitare con un semplice occhiolino. Sospiro e guardo l'orologio. Va bene. Ho un po' di tempo. In effetti, sarebbe bene allentare la tensione che provo. Sarei più concentrato dopo un decente orgasmo.

ALISTAIR RAVENSROFT
Ivy? Sei fuori con i cani?
IVY MICKELSON
Non ancora, appena uscita dalla doccia. Ashtanga.
Perché parli in sanscrito?
Ashtanga = yoga sudato
Capito. Quindi... hai appena fatto la doccia?
Sìììì?
Quindi... sei nuda?
Oh, ok, adesso capisco dove vuoi arrivare.
Tempo per una sveltina?
Ne abbiamo già parlato.
Sarà veloce. Lo prometto.
Ho tutto il giorno. Brumilde mi sta preparando il pranzo.
Ti lascio sola un giorno e diventi una bambina completamente viziata.
Mi darai una sculacciata quando tornerai a casa?
Solo se lo desideri.
Nel DUNGEON DEL SESSO?
Non è un dungeon.
Ma sì.
Sceglierò una pagaia adatta.
Ora sì che ragioniamo.

Hai trovato il regalo sotto il cuscino?

No?

I tuoi cuscini sono ridicoli.

Trovato!

Cos'è?

Un vibratore che controllo con il mio telefono. Vuoi giocare?

CAPITOLO 48

Foto

IVY

Il vibratore che trovo sotto il cuscino è piccolo, elegante e nero.

IVY MICKELSON
Assolutamente no.
ALISTAIR RAVENSCROFT
Accendilo.

Cerco il pulsante e lo premo. Una piccola luce blu segnala che è acceso.

Giocaci.
Mandami delle foto.
Credo che tu mi stia confondendo con le tue ragazze di OnlyFans.
Posso mandarti dei soldi.
Soldi? Perché non l'hai detto prima?? Ecco una foto.

Gli mando una foto del mio dito medio.

Mi ero fatto delle speranze.

Così credulone.

Così crudele.

Vado a portare fuori i cani. Ci sentiamo dopo. Divertiti con quell'erezione!

Nooooo

Ivy

Sono così duro per te

Ho bisogno di te

No, non è vero. Hai bisogno della tua mano e di un tubetto di Morgasm.

Così fredda.

Chiederò a Brumilde di farti un maglione.

Per favore non menzionare la mia tata d'infanzia quando ho

Beh, sai cosa ho

Un'enorme erezione scomoda

Correttamente dichiarato, anche se un po' clinico

Un cazzo gigantesco duro come il marmo. Meglio così?

Molto meglio.

Foto?

Metto giù il telefono, sogghignando, godendomi l'idea che vedrà che sono offline e che dovrà occuparsi da solo della sua situazione. Mi piace l'aspetto del nuovo giocattolo, ma non sono eccitata. Sono troppo preoccupata per Alistair per essere eccitata. Inoltre, è bene dire di no ogni tanto. Non voglio che mi dia per scontata. Quello è il preludio alla morte di una relazione, giusto? Meglio tenerlo sulle spine.

Inoltre, ho effettivamente una giornata piena programmata per tenere la mente lontana da ciò che Alistair e i suoi uomini stavano facendo a Mosca. La tenuta ha praticamente bisogno di un intero ammodernamento per metterla a punto dal punto di vista energetico. Devo far venire degli esperti per consigliarmi, ma ho già iniziato la lista delle cose che devono essere fatte. I pavimenti in legno devono essere rimossi e isolati. L'isolamento della cavità del soffitto deve essere sostituito. La cucina AGA è un incubo per quanto riguarda il consumo di carburante, ma so bene di non doverlo menzionare con Brumilde. Lei è la regina dell'AGA. La piscina riscaldata richiede pannelli solari, così come il resto della casa, ma non ho capito come potrebbe funzionare senza distruggere l'estetica del tetto originale in ardesia. Dovrà essere installato un sistema di acqua grigia e messo in atto un sistema di compostaggio domestico. Il progetto mi dà energia, e la distrazione è vitale. Ogni volta che penso a Mosca, lo ignoro rapidamente e guardo la mia lista che cresce.

Andrà tutto bene.

Alistair starà bene.

CAPITOLO 49

Glaciale

ALISTAIR

Visto che Ivy è così *egoista*, decido di prendere in mano la situazione - letteralmente. Ho qualche ora da far passare e so che sarò in grado di concentrarmi meglio dopo essermi sfogato. Di solito, in queste situazioni, scorrerei un po' di porno di alta qualità, ma con il corpo incredibile di Ivy così fresco nella mia mente, decido che non ne avrò bisogno - soprattutto dopo la festa a cui abbiamo partecipato.

Mi stendo sul letto e riporto alla memoria il ricordo del trio nei dettagli più vividi che riesco a ricordare.

«Il tuo corpo», disse Ivy alla donna in bikini dorato. «Sei così dannatamente sexy».

Allungò la mano, e Freya gemette quando Ivy la toccò. Ivy fece scorrere la lingua lungo la clavicola di Freya. Più in basso, prese il capezzolo di Freya in bocca mentre Freya ridacchiava. Quando Ivy aumentò la pressione, le risate di Freya furono sostituite da un profondo sospiro di piacere. Ivy si dedicò ai seni di Freya, poi rimosse una delle pinzette e la applicò al proprio capezzolo così che fossero unite dalla catena dorata. Altri baci, poi Ivy attaccò anche l'altra pinzetta e la tirò, mandando un brivido di eccitazione attraverso di me.

«Voglio assaggiarti», disse Ivy.

Freya si morse il labbro e annuì. Distese il corpo sul letto, rimanendo sollevata sui gomiti per ammirare la vista. Ivy mi guardò. Le sorrisi.

Freya ci osservò scambiarci degli sguardi. «Vorresti che il tuo uomo si unisse?»

«Sì», rispose Ivy. «Ma non ancora.»

Il mio corpo vibra di desiderio. In quel momento volevo Ivy così tanto che potevo a malapena sopportarlo. Mi stringo il cazzo, già così duro, desiderando che lei fosse qui. Non posso farne a meno; devo scriverle.

ALISTAIR RAVENSCOFT
     Com'è stato quando hai fatto sesso orale a Freya?

I puntini blu mi dicono che ha visto il messaggio ma lo ignora.

Non sapevo che potessi essere così fredda.

Mi invia un'emoji che ride.

Ho sentito dire che Mosca può diventare glaciale.
     Hmm
     Sono fuori a camminare.
     Non farò sexting mentre cammino, ma ti propongo un accordo.
     Sono tutto orecchi.
     Accetterò praticamente tutto, quindi fissa il tuo prezzo e non essere timido.
     Mi stai seriamente offrendo di pagarmi per fare sesso?

Ti pagherò per qualsiasi cosa tu voglia.

In realtà non mi dispiace l'idea che mi paghi per fare sesso.

Piuttosto eccitante, in effetti.

Questa è un'informazione nuova. Un'informazione molto gradita, aggiungerei.

Una busta di contanti?

Ti ricordi che hai accesso illimitato alla mia carta di credito, vero?

Che non usi mai.

Il che mi fa dubitare che tu sia umano.

Non è la stessa cosa.

Una busta di contanti è... oscena.

Spendere quei soldi mi farà sentire così sexy.

Come se fossi la tua puttana e ne fossi orgogliosa.

Gesù, come è cambiata questa donna. Io, per uno, non mi sto lamentando.

Una busta di contanti sarà.

Non sai nemmeno qual è l'accordo.

Non mi interessa quale sia l'accordo, purché coinvolga te.

Così facilmente sfruttabile.

Solo per te.

Mi manda un'emoji di formaggio. Rispondo con una faccia da pazzo.

Ecco a cosa stavo pensando.

Lei passa un po' di tempo a scrivere, così io lavoro sulla mia erezione, chiedendomi quale potrebbe essere l'accordo mentre immagino la curva delle sue labbra e la forma perfetta dei suoi seni. Senza nemmeno sforzarmi troppo, sono vicino a venire. Il mio viso si accalora e i miei testicoli si contraggono. Non ci vorrà molto per spingermi oltre il limite.

IVY MICKELSON
La prossima volta che saremo insieme a letto, ti racconterò *tutto* quello che vuoi sapere sul sesso con Freya. Ogni succoso dettaglio. E poi potremo parlare di quando ti sei unito tu e di quanto sia stato fottutamente incredibile.

E poi mi scoperai fino a farmi perdere i sensi, esattamente come piace a me. Mi farai venire così forte, e poi ricambierò il favore.

E saremo cosiiii felici che il tuo dungeon sia insonorizzato.

Il mio orgasmo mi attraversa, così intenso che urlo. I miei addominali si contraggono mentre il mio corpo si piega in avanti, tutto si contrae prima della deliziosa sensazione di totale liberazione.

Cazzo.

ALISTAIR RAVENSCROFT
Avrai due buste di contanti.

CAPITOLO 50
Reacher

IVY

Camminare all'aperto è meraviglioso. Il cielo è per lo più azzurro e l'aria è fresca e pulita. Sono così abituata a vivere in città che essere qui mi sembra un vero lusso, poter camminare quanto voglio e vedere ancora il verde. Rimango nella proprietà poiché i cani sono senza guinzaglio. Ho ancora un sacco di posti da esplorare.

Reacher inizia ad abbaiare, e gli dico di fare silenzio. Poi anche Bijou comincia, e non vogliono smettere. C'è qualcosa nell'abbaiare del golden retriever che non mi piace. Non è il suo solito abbaiare amichevole. È più forte, più rapido, e diventa rapidamente frenetico. Si allontana da me correndo, in direzione di quella cosa che lo preoccupa.

«Reacher! Torna indietro! Reacher!!»

Bijou resta al mio fianco, continuando ad abbaiare, come se mi stesse proteggendo.

«Reacher!»

L'istinto mi dice di chiamare Henderson. In qualsiasi altro giorno sarebbe una reazione esageata, ma con l'attacco a Granite ieri e Alistair lontano, so che devo essere particolarmente cauta. So che Jeff è morto ma non posso fare a meno di vederlo nelle ombre. Tremo mentre tiro fuori il telefono. Henderson risponde al secondo squillo.

«Ivy?»

«Sono alle vecchie stalle. I cani sono improvvisamente impazziti. Reacher è corso via verso il fondo della proprietà.»

«Entra in casa. Chiudi tutto.» Chiude la chiamata.

Corro verso casa, con Bijou che continua ad abbaiare al mio fianco. Scivolo nel fango ma riesco a reggermi prima di cadere. Barcollando raggiungo la porta sul retro, entro e la chiudo a chiave.

«Brumilde!» grido.

È lì in un istante, con il suo grembiule spolverato di farina. La sua faccia mi dice che ha sentito il panico nella mia voce.

«Aiutami a chiudere la casa!» Lei saprà dove sono tutte le serrature.

Senza fare domande, si muove come una furia per il maniero, chiudendo ogni possibile entrata. Prendo in braccio Bijou e la stringo forte. Mi ritrovo a desiderare il sistema di sicurezza avanzato della tenuta Ravenscroft. Soddisfatta che la casa sia al sicuro, Brumilde mi prende per mano e corriamo al piano di sopra, nella camera da letto principale. Rapidamente sgancia la porta segreta che porta alla stanza del sesso e ci nascondiamo dentro.

È la panic room perfetta. È completamente nascosta, insonorizzata e ha un frigorifero pieno di bevande e spuntini, oltre a un caricabatterie per telefono. Ho il cuore in gola.

«Alistair mi ha detto che non sapevi di questa stanza,» sussurro.

«Ah,» dice, senza allegria. Poi muove le sopracciglia su e giù. «Io so tutto.»

Le credo.

«Inoltre,» dice, «pensa che questo tappeto si aspiri da solo?»

Mi scappa una risata strozzata. Ci abbracciamo. Aspettiamo. Beviamo una cola zuccherata per calmare i nervi.

Aspettiamo un messaggio da Henderson che ci dica che è sicuro uscire. Non arriva.

Mi preoccupa che Reacher abbia smesso di abbaiare. Cerco di non immaginare il peggio.

Resisto all'impulso di mandare un messaggio ad Alistair. Non c'è nulla che possa fare da lì, e non voglio distrarlo.

Aspettiamo.

CAPITOLO 51
Tracce Fresche

IVY

Finalmente, il mio telefono emette un suono.

HENDERSON

Proprietà sicura. Puoi uscire ora.

IVY MICKELSON

Come faccio a sapere che sei tu e non qualcuno che ha il tuo telefono?

Paranoica.

Approvo.

Dimmi qualcosa che solo tu potresti sapere.

Ti piace lo yoga.

Potresti essere entrato in casa e aver trovato il mio tappetino da yoga.

Ti piacciono i libri.

Vedi risposta precedente ma con i miei libri. Inoltre, a chi non piacciono i libri?

Va bene. Hai un trucco voodoo strano quando si tratta di selezionare libri in negozio.

Ok, hai superato il test. Scendiamo adesso.

Apriamo la porta a Henderson e ci incontriamo in cucina. Potrebbe aver messo in sicurezza la zona, ma sembra ancora turbato. Reacher sta scodinzolando come se fosse stato un gioco meraviglioso. Riempio le ciotole d'acqua dei cani e do loro una grattatina sulla testa e un biscotto.

«Fammi indovinare», dico, sentendomi proprio un'idiota. «Ho completamente esagerato».

Mi aspetto che Henderson dica *assolutamente no, meglio prevenire che curare.*

Scuote la testa. «Hai fatto bene ad ascoltare Reacher. Qualcuno stava entrando nella proprietà dal confine est».

È in quel momento che lo shock mi colpisce davvero.

«Qualcuno stava cercando di entrare?» ripeto, con il viso intorpidito.

«Tracce fresche di almeno tre persone», dice. «Dobbiamo andarcene. Subito».

La mia bocca rimane aperta. «Cosa?»

«Macavoy ci sta aspettando».

Sono ancora inchiodata sul posto. Non è la migliore strategia di sopravvivenza quando ci sono tre persone che cercano di entrare. Brumilde, calma come sempre, mi strofina il braccio. «Andrà tutto bene», sorride. Fischia per chiamare i cani, e loro accorrono saltellando. «Andiamo».

«Cosa significa questo per Alistair?» chiedo, una volta che siamo tutti nella limousine e sembra che stiamo andando in vacanza con la famiglia Addams.

«Non ne sono ancora sicuro», dice Henderson. «Non c'è modo di sapere chi fossero o chi li abbia mandati».

«Ma è ovvio che sono i russi», argomento. «Questo significa che sanno che lui è a Mosca?»

«Possibile», dice Henderson. «Non cambia il piano».

L'ansia mi attraversa come una fiammata. «Ma se sanno che è lì...»

«Non ha senso fare ipotesi», dice Henderson. «Ho trasmesso le informazioni. Alistair saprà cosa fare».

«Immagino che ci stiate portando alla tenuta?» dice Brumilde.

«Esatto».

«La tenuta?» chiedo. «Dai Ravenscroft?»

Brumilde mi sorride. «Hanno una panic room *come si deve*», dice con un occhiolino.

Christopher arriva nello stesso momento in cui arriviamo noi. Ci fa un cenno. «Ciao Ivy. Ciao Mildew. Immagino che abbiate ricevuto le stesse istruzioni».

I cani schizzano fuori dall'auto, abbaiando eccitati.

«Sì», dice Brumilde calorosamente, abbracciandolo. «Meraviglioso vederti, Criss-Cross».

«Le guardie sono state tutte allertate», dice Henderson. «Qui sarete al sicuro. Anche se dovessero oltrepassare i muri, sarete al sicuro nella panic room».

«Finalmente!» esulta il padre di Alistair, Gregory. «Possiamo usare la panic room!»

Isobel alza gli occhi al cielo, ma con più affetto che disprezzo. «Cara», mi dice. «Come stai reagendo? Devi essere stata così spaventata».

Sospiro. «Sto bene. Sono preoccupata per Alistair».

«Alistair starà benissimo», mi rassicura, ma percepisco preoccupazione nella sua voce. «È terribilmente bravo in questo genere di cose».

Il telefono di Christopher inizia a suonare come se fosse una sirena.

«Cazzo», mormora.

«Linguaggio», lo rimprovera Isobel.

Scorre un messaggio. «Sono a casa mia. Hanno sfondato l'ingresso. La sicurezza se ne sta occupando».

Brumilde fischia per chiamare i cani. Noto distrattamente che indossa ancora il grembiule.

«Muoviamoci, allora», dice Henderson. Sappiamo tutti cosa sta pensando.

Verranno qui dopo.

CAPITOLO 52

Sacchi per Cadaveri

ALISTAIR

Sto aspettando in macchina fuori dall'ingresso posteriore dell'hotel.

L'autista è stato istruito per partire come un fulmine non appena Mariya sarà salita. Ho i suoi bagagli nel retro, e i passaporti per lei e il suo bambino. Faccio un respiro profondo e tamburo con le dita sul ginocchio. È difficile stare fermo. Mariya dovrebbe essere già uscita. Alexei gorgoglia felicemente dal seggiolino per auto procurato in fretta e furia. Guardarlo legato al sicuro calma i miei nervi per qualche motivo. Qualcosa di piccolo che posso controllare quando tutto il resto sembra essere in bilico.

Quando Henderson mi ha detto che c'erano intrusi nella tenuta, ho quasi perso il controllo, sapendo che Ivy e Brumilde erano lì. Maledico quella fottuta Bratva dello Specchio. Non posso fare a meno di immaginare una banda di bastardi russi con i loro tatuaggi da prigione che prendono Ivy, o fanno del male a Milly. Il solo pensiero mi rende così furioso che mi sento incandescente dentro, pronto a scatenare l'inferno su chiunque abbia avuto un ruolo in questo attacco non richiesto e immeritato contro la mia famiglia.

Una cosa è certa. Non mi perdonerei mai, mai, se Ivy si facesse male.

Mi odio per averla trascinata in questo pasticcio? Sì. Avevo scelta? No. Credo che entrambi sappiamo che una volta incontrati quel giorno fatidico alla manifestazione, non avevamo alcuna possibilità. Alcune cose possono essere disfatte, invertite, dimenticate, ma la nostra connessione non è una di quelle.

Mi assumo la piena responsabilità di aver coinvolto Ivy in questa situazione. Dobbiamo superarla e poi iniziare la prossima fase delle nostre vite.

«Mama», dice Alexei. Sta stringendo un sonaglio.

«Sì», rispondo. «La mamma sarà qui presto». Cerco di addolcire la mia espressione. «E poi voleremo su un aereo».

«Mama», dice di nuovo.

Ho dato al resto della squadra il via libera per completare i loro compiti. I cinque obiettivi sono Mikhail, Elena e i loro tre figli adulti. Abbiamo la conferma del successo per due dei figli finora. Mia madre deve essere stata sconvolta dai recenti sviluppi a casa, ma sono sicuro che la sua missione sarà completata presto.

Il mio telefono squilla, inviandomi un'ondata di adrenalina come una doccia fredda. Tutti sanno di non chiamarmi oggi a meno che non sia un'emergenza assoluta. L'ID chiamante dice che è Blackwood.

«Alistair», rispondo.

«Signore. Sviluppi. Interrompere la missione».

Rimango senza parole per un secondo. Sbatto stupidamente le palpebre. «Interrompere?», chiedo. «È troppo tardi! Tutte le parti sono in gioco. Due sono già a terra».

«Cazzo», impreca Blackwood. «Cazzo. Cazzo».

Non credo di aver mai sentito Blackwood imprecare prima, e questo mi rende ancora più nervoso.

«Dimmi che cazzo sta succedendo». Cerco Mariya con lo sguardo, ma non c'è ancora segno di lei.

«Hai agito prima che avessimo conferma».

«Dovevo farlo», rispondo. «E ho fatto bene. Sono completamente spietati. Hanno preso Christopher. Hanno sabotato l'attività, e ora stanno prendendo di mira la mia famiglia!»

«Alistair», dice, usando il mio nome. Un'altra novità. «Le bombe non erano russe».

Mi si annoda lo stomaco. «E quindi? Hanno usato forniture locali. Ovviamente!»

«Gli esplosivi impiegati nell'attacco a Granite...»

Sento il suono stridulo di una sirena fuori, poi un'altra, fino a che non c'è una cacofonia di ululati. Non ho visuale di quello che sta accadendo all'ingresso principale dell'hotel, ma immagino l'ambulanza e le auto della polizia che arrivano all'entrata a sirene spiegate.

Un'altra conferma arriva sul telefono usa e getta. Sono tre su cinque. Anche uno su cinque sarebbe stato troppo tardi per interrompere. Lasciare vivo qualsiasi membro della famiglia della Bratva dello Specchio potrebbe costarci la vita ora.

«Devo andare», dico a Blackwood, terminando la chiamata. Parleremo quando sarò in volo.

Mariya sarebbe dovuta uscire molto prima che arrivasse l'ambulanza. I poliziotti sciameranno presto. Guardo l'orologio. Dobbiamo andarcene *ora*.

«Vai!» dico all'autista. Non perde tempo a premere l'acceleratore.

Mando un messaggio alla babysitter.

Mariya non è ancora uscita.

Dobbiamo andarcene.

Arrivo per lasciare il bambino e i passaporti a te.

Ti contatterò con i nuovi dettagli del volo non appena Mariya sarà in contatto.

NATALYA

Mariya non uscirà.

È come un pugno nello stomaco.

Il mio primo pensiero è che Mariya abbia cambiato schieramento. Poi capisco con un terribile e crescente terrore, come inchiostro nero versato nell'acqua, quello che Natalya sta dicendo. Mariya non uscirà viva. Il cadavere che raccoglieranno nel sacco per cadaveri non sarà quello di Mikhail Kuznetsov, ma quello di Mariya.

CAZZO! Chiudo le dita a pugno. *CAZZO. CAZZO. CAZZO.*

Il momento di interrompere la missione sarebbe stato quando ho scoperto del bambino. Un'intelligence approssimativa compromette qualsiasi missione. Avrei dovuto fermarmi proprio allora. Invece, ho incassato i colpi, arrogante e troppo sicuro di me.

Ovviamente la babysitter era una di Mikhail. Quando hai una gravidanza e una nascita segrete, hai anche bisogno di assistenza all'infanzia discreta, che sarebbe ovviamente pagata da Kuznetsov. L'avrebbe piazzata in profondità e in sicurezza con l'istruzione di mantenere il bambino un segreto e di tenerlo informato.

Non proprio una trappola, eppure sono riuscito a caderci in pieno.

CAPITOLO 53

Ho cercato di avvertirti

IVY

Grazie al cielo la panic room è grande, perché siamo in sei più i cani, che sono rumorosi e irrequieti. Christopher non sta aiutando la situazione. Ogni volta che riceve un aggiornamento dal suo sistema di sicurezza domestica, impreca ad alta voce e prende a calci il muro.

«Hanno completamente devastato casa mia», dice a nessuno in particolare. «Maledetti bastardi». Non riesce a stare fermo, e non so chi sia più turbato, Christopher o i cani.

Mi trattengo dal dire ad alta voce quello che penso. *La tua casa non importa. Le tue cose non importano. Le persone sono in pericolo. Tuo FRATELLO è in pericolo. Cresci e riprenditi.*

Invece, continuo a controllare il mio telefono, sperando in un messaggio da Alistair. Mi sento male. Brumilde e Henderson sono calmi e pazienti, come se fossero in una sala d'attesa di un medico. Isobel è seduta alla piccola ed elegante scrivania nell'angolo. È davanti al suo laptop, scrutando lo schermo attraverso i suoi occhiali bifocali.

Fa un sospiro soddisfatto e chiude il laptop.

«Henderson», dice. «Per favore, manda un messaggio ad Alistair per dirgli che ho completato il mio compito».

Lui annuisce e invia rapidamente un messaggio.

«Cristo, mamma», dice Christopher. «Sembri una fottuta Griselda Blanco».

Isobel sbuffa. «Non proprio», risponde. «Christopher, so che siamo in una posizione precaria, ma apprezzerei se controllassi il tuo linguaggio. Specialmente quando è rivolto a me».

«Come l'hai fatto?» chiede suo marito.

Isobel esita. Non vuole condividere i dettagli macabri con suo marito. Lo tengono fuori dalla trincea per una buona ragione. Si stringe nelle spalle. «Ha importanza?»

«Certo che ha importanza!» balbetta Chris.

Lei gli lancia uno sguardo di disapprovazione. Lui alza le mani in segno di resa. «Te ne stai lì letteralmente a uccidere persone e io sono quello cattivo perché dico parolacce».

Incrocio lo sguardo di Brumilde mentre condividiamo un'espressione d'accordo sul fatto che Chris abbia ragione.

«Va bene», dice lei, appoggiandosi allo schienale della sedia. «L'ho fatto con il Fabergé in miniatura».

La mascella di Christopher crolla. «Cosa?»

«Prima di inviare quell'uovo, sapevo che c'era la possibilità che Elena rifiutasse la mia proposta. Se l'avesse fatto, saremmo state due famiglie in guerra. Avevo bisogno di un'assicurazione. Così ho usato il pentyl».

«Una bomba?» chiede Christopher.

Isobel fa un brusco cenno di assenso. «Il PETN è incolore, inodore e ragionevolmente stabile. I metal detector non possono rilevarlo, e un animale addestrato non può fiutarlo».

«Un cavallo di Troia!», esclama Gregory, poi getta indietro la testa ridendo.

«La scatola laccata conteneva la telecamera, e l'uovo l'esplosivo. È stato molto semplice, in realtà. Tutto quello che dovevo fare era aspettare di vedere Elena vicino all'uovo e premere un pulsante».

Christopher la guarda con qualcosa di simile alla riverenza. «In questo momento ho davvero paura di te».

«Come dovresti avere», dice Isobel con garbo, sistemandosi il colletto.

Il mio telefono vibra, e quasi mi sfugge di mano.

NUMERO SCONOSCIUTO.

La cronologia della chat mi dice che è lo stesso numero bloccato da cui ho ricevuto i messaggi su Alistair che sarebbe un assassino dopo che ha sistemato Jeffrey Bates.

NUMERO SCONOSCIUTO
Ho cercato di avvertirti

Il sangue mi defluisce dal viso.

IVY MICKELSON
Chi è?
Ti ho detto di stare lontana da Alistair.
I Ravenscroft sono ladri e assassini.
Mi credi adesso?

Cazzo.

Perché non l'avevo detto ad Alistair? È stata una *grave* mancanza di lungimiranza. Deglutisco.

«Henderson», dico, sporgendomi in avanti e girandomi, in modo da parlare solo con lui.

I suoi occhi si allargano, probabilmente allarmato dal

mio colorito pallido. Gli racconto dei messaggi precedenti, poi gli mostro il mio schermo.

Aggrotta la fronte. «Questo è impossibile. Le uniche persone che avevano accesso a quella chat erano Alistair e Lucky. Lucky è solido come una roccia e, comunque, il messaggio li implica entrambi».

«E i messaggi sono criptati end-to-end, giusto?» chiedo. «Quindi nessuno potrebbe hackerarli?»

«Esatto», dice. «A meno che non siano criminali, nel qual caso esiste una certa tecnologia oscura che può essere usata per violare i telefoni. Si chiama lancing».

«Come hai fatto al mio quel primo giorno dopo l'incidente alla protesta».

«Sì. Spiegherebbe come hanno ottenuto il tuo numero».

Henderson manda alla famiglia una parola in codice che significa che la sicurezza delle comunicazioni mobili è stata violata e di non inviare più informazioni sensibili. Un messaggio che avrebbe dovuto essere inviato il giorno in cui ho ricevuto i messaggi indesiderati. Cazzo.

«C'era un video», dico. «L'ho cancellato senza guardarlo. Dall'anteprima... ho capito che era il momento in cui Alistair... ha sparato a Jeffrey Bates. Cosa che Lucky non avrebbe filmato».

Henderson scuote la testa. «Sarebbe stata una telecamera nascosta. La persona responsabile dovrebbe sapere dov'è quello scantinato».

«Voi... usate spesso lo stesso... scantinato?» chiedo.

«L'abbiamo usato prima, sì».

«Quindi qualcuno l'ha scoperto e ha piazzato la telecamera. Prima dei problemi con la Mirror Bratva. Chi lo farebbe?»

«Qualcuno che vuole ricattare Alistair?» ipotizza.

«Ma allora perché mandarlo a me?»

«Dice che sta cercando di avvertirti», si stringe nelle spalle Henderson. «Forse è vero».

«Dubito che qualcuno si prenderebbe tanta pena per avvertire una sconosciuta. E scommetto che se c'era una telecamera in quello scantinato, ce ne sono molte altre là fuori. Temo che questa situazione sia molto più grande di me».

CAPITOLO 54
Alla fine

ALISTAIR

È un certo sollievo quando atterriamo sulla pista di casa, ma sono ancora spaventato e furioso come l'inferno. Infuriato con Alexander fottuto Blackwood - che non ha mai deluso la famiglia neanche una volta in oltre vent'anni - per aver trascurato qualcosa di importante come un maledetto bambino. E non un bambino qualsiasi, ma il figlio illegittimo del fottuto Barone di Vetro. Ancora più furioso con me stesso per aver fatto uccidere Mariya. La vedo ogni volta che guardo Alexei, e sono inondato di rimorso. Come se percepisse il mio disagio, Alexei inizia a piagnucolare dal suo posto. Lo slaccio e lo metto sulle mie ginocchia. Smette di piagnucolare e si appoggia a me. Abbiamo un legame.

Uno dei membri della squadra si avvicina. Willoughby. Sono stati tutti di successo con i loro obiettivi. Tutti hanno avuto successo tranne me. «Desidera che... prenda il bambino per Lei, signore?»

«No,» rispondo. «Grazie.»

Confortare il bambino è il minimo che possa fare.

Willoughby è ancora lì in piedi, quindi alzo lo sguardo verso di lui.

«Volevo solo...» si interrompe. «Volevo solo dire che l'avrebbe uccisa comunque, prima o poi, con o senza di Lei.»

La squadra ha visto il suo fascicolo. L'elenco delle sue ferite era solo la superficie degli abusi che aveva subito da Mikhail, e quelli erano solo i pochi che erano stati registrati. Ho apprezzato il suo tentativo di farmi sentire meglio, perché queste cose ti perseguitano per tutta la vita.

L'avrebbe uccisa comunque, prima o poi.

«Sì,» rispondo. «Ma avrei potuto fermarlo prima che lo facesse.»

Chiamo Blackwood.

«Mi dica per favore com'è possibile che Le sia sfuggita l'esistenza di un intero essere umano?»

«Mi scuso profondamente, signore.»

«È troppo tardi per le scuse. Ed è decisamente troppo tardi per Mariya cazzo Ivanov.»

«La prego di accettare le mie più sincere scuse.»

Non voglio fottute scuse. «Spieghi,» ordino.

Alexei sussulta, così lo dondolo e abbasso il tono.

«È un buco nero di informazioni quando si tratta di Ivanov,» dice Blackwood. «È come se avessero cancellato la sua identità. A parte i dettagli più basilari, è un fantasma. Il bambino ancora di più. Assolutamente nessuna traccia di lui.»

«Mi aspettavo di più da Lei,» dico.

«Sì, signore.»

«Mi parli di Granite.»

«Gli esplosivi erano Semtex. Quello è un marchio di fabbrica Redbrick, signore. Non russo: loro preferiscono il C-4 militare.»

Mi sento come se Blackwood mi avesse appena schiaffeggiato. La mia bocca è istantaneamente secca.

«Cosa ha appena detto?»

«Semtex, fabbricazione cecoslovacca, di provenienza Manchester, e piazzato da membri noti della fazione De Luca.»

«Membri noti?»

Si schiarisce la gola. «I figli De Luca e compagnia.»

«No,» rispondo. Non è possibile. «Le Sue informazioni sono errate.»

Blackwood va avanti, nonostante la mia incredula resistenza. «Ho appena ricevuto conferma che il segnale di detonazione a distanza proveniva da un cellulare che ha agganciato la torre di Alderly Edge.»

«Perché? Perché l'avrebbero fatto?»

«Angelo De Luca è morto l'altro ieri. L'hanno tenuto nascosto. Presumo che i suoi figli abbiano deciso che il trattato di pace è morto con lui.»

«Ma la pace è vantaggiosa per tutti!» dico tra i denti.

«Il controllo della vostra famiglia sulla linea Granite era un promemoria quotidiano che Suo padre aveva avuto la meglio nell'accordo. Togliere quel canale di distribuzione così importante ha azzoppato l'attività dei De Luca.»

«L'attività che ci hanno rubato,» ribollisco.

«Loro la ricordano diversamente,» risponde.

«Certo che sì. Come cazzo è conveniente.» Mi chiedo se ricordino anche di aver ucciso mia sorella in modo diverso. Sono così arrabbiato che il telefono trema nella mia mano. Il mio cervello è sovraccarico di domande. «Perché i figli De Luca avrebbero piazzato gli esplosivi di persona?»

Sicuramente, avrebbero pagato qualcuno per farlo, o almeno usato i loro fottuti mercenari.

«Perché far saltare in aria la linea non era solo un lavoro. Era personale.»

È in quel momento che mi rendo conto che Ivy è in vero pericolo.

CAPITOLO 55
Metallo Bruciato e Sangue

IVY

Aspettiamo quasi un'ora. È una tortura.

«Va bene», dice Christopher. «Va bene, sono qui».

È in piedi davanti alla parete di schermi di sicurezza, con le dita intrecciate dietro la testa, mentre osserva un grande camion nero sfondare il cancello d'ingresso. Questo ce lo aspettavamo. Le guardie sparano al parabrezza e ad alcuni pneumatici, ma è troppo tardi. Sono dentro la proprietà.

«Non fatevi prendere dal panico», dice Isobel. «Ce lo aspettavamo. Ho mandato tutto il personale a casa. E qui siamo al sicuro».

I cani percepiscono la tensione e iniziano a ululare. Brumilde cerca di calmarli. L'odore del suo grembiule deve ricordare loro casa perché si accoccolano vicino a lei.

«Che canale è questo?» chiede Gregory, scrutando l'azione che si sta svolgendo sugli schermi delle telecamere a circuito chiuso. «Non c'è una partita di calcio? Dov'è il telecomando?»

Christopher scuote la testa e sibila sottovoce: «*Per l'amor del cielo*».

Osservo con orrore i cinque intrusi vestiti di nero dalla testa ai piedi mentre affrontano le guardie di sicurezza, e i corpi cadono. Vedere violenza reale mi provoca una terribile reazione viscerale, come se le mie viscere stessero vibrando e volessi fuggire dal mio stesso corpo. Non sono fatta per questo. Mi tengo vicina a Henderson e ringrazio Dio - e Alistair! - per aver insistito affinché Henderson rimanesse con noi.

Le guardie riescono ad abbattere due dei cinque aggressori, ma alla fine perdono la battaglia, e i tre sopravvissuti con i passamontagna entrano in casa.

«Per l'amor di Dio», si lamenta Christopher. «C'erano una dozzina di ragazzi là fuori. Dove li abbiamo assunti? Maledettamente inutili».

Isobel ha smesso di rimproverarlo per il suo linguaggio. Probabilmente sta pensando la stessa cosa.

Per non parlare del fatto che hanno tutti dato la vita cercando di proteggerci. Che probabilmente hanno mogli e figli a casa che non rivedranno mai più i loro mariti e padri.

Vorrei che Alistair fosse qui con me. Sono così spaventata che potrei sciogliermi sul pavimento.

«Chiamiamo la polizia?» sussurro a Henderson.

«Sa che non possiamo farlo», dice lui gentilmente. «Saremo al sicuro qui dentro. Il rilevamento del DNA è estremamente sofisticato. Si possono falsificare impronte digitali e iridi, ma non si può falsificare il DNA».

Annuisco e costringo il mio respiro a rallentare. Devo mantenere la calma.

I vari schermi mostrano gli intrusi che corrono per la casa, con le pistole in pugno, cercandoci. Sospettiamo che abbiano intercettato i nostri telefoni, quindi sapranno che siamo qui.

«Sì!» esclama Christopher, con gli occhi incollati allo schermo che mostra l'esterno dell'edificio. Un SUV risale il vialetto sgommando e si ferma bruscamente sulla ghiaia.

«È Alistair», dice Chris. «E... Lucky? Sì, Lucky».

Non sono entusiasta quanto Christopher. Preferirei che Alistair stesse lontano. Vedere con quanta facilità gli intrusi hanno eliminato tutto il contingente al cancello mi fa temere che potrebbero ucciderlo. Vorrei urlare attraverso lo schermo di andarsene. Non riesco a gestire la paura. Se Alistair morisse, non vorrei vivere.

Osservo, inorridita, mentre gli uomini con i passamontagna trovano l'ingresso della panic room. È un passaggio stretto quindi è difficile vedere cosa stiano facendo. Penso a come hanno fatto esplodere la linea Granite. Avranno portato esplosivi con loro. Il mio cuore sta per saltarmi fuori dal petto, e non riesco più a controllare il respiro. Credo di avere un attacco di panico. O forse è così che ci si sente quando si pensa di essere sul punto di essere assassinati.

Alistair e Lucky, a un paio di stanze di distanza, stanno riducendo il divario. I killer, concentrati sulla porta tra noi, danno loro le spalle. Il linguaggio del corpo di Henderson è rigido quanto il mio. Isobel rimane una statua. Pietrificati, guardiamo l'uomo che amiamo rischiare la vita per salvarci.

Sento il vomito salirmi in gola.

La luce sopra la porta della panic room emette un segnale acustico e diventa verde.

«Cosa?» urla Christopher. Barcolla, come se potesse svenire.

«A terra!» grida Henderson. «Tutti a terra!» Mi spinge

giù e si sdraia sopra di me, con la pistola puntata verso la porta. Riesco a malapena a vedere, a malapena a respirare.

I killer irrompono, urlando e imprecando. Le pistole sparano in entrambe le direzioni. Gli schermi vanno in frantumi. Lancio un urlo mentre la gamba del tavolo accanto alla mia testa esplode. Reacher si slancia contro il più alto di loro.

«No!» grido. Il retriever salta, mordendo il braccio dell'uomo, costringendolo a lasciar cadere la pistola. Sto piangendo. Reacher! L'uomo si solleva per fracassare il cranio del cane, ma Henderson gli spara al petto, e lui cade.

Alistair!

Alistair analizza la stanza, abbatte l'intruso più vicino a lui, poi spara all'ultimo sopravvissuto alla coscia. Lucky si lancia sopra di lui, lottando per strappargli la pistola e legandogli le mani dietro la schiena. È svenuto. Lucky lo mette seduto contro il muro e lo lascia lì, vivo ma privo di sensi, con il sangue che si accumula dalla ferita da proiettile.

Alistair si precipita verso di me mentre Henderson si toglie di sopra.

«Ivy!»

Piango in modo scomposto. Sono così sollevata che siamo entrambi vivi. Mi controlla per verificare che non abbia ferite, poi mi stringe forte contro di sé.

«Avevo così tanta paura per te», singhiozzo contro il suo petto. Sento l'imbottitura extra del suo giubbotto antipro-iettile. È rassicurante.

«Non so cosa farei se ti fosse successo qualcosa», dice, con la voce roca per l'emozione.

Alistair lascia malvolentieri il mio fianco per controllare Isobel, che ha un braccio sanguinante ma giura che è solo un graffio. Un proiettile le ha lacerato la pelle, dice, ma per il resto è illesa.

«Redbricks», dice a Christopher, che passa dall'apparire svenuto a quasi perdere i sensi.

«No!» esclama Isobel, stringendosi il petto. Gregory è ammutolito.

«Cosa?» sussurra Henderson. Provo compassione per lui, vedo il dolore nei suoi occhi. Non posso fare a meno di immaginarlo come il ragazzino che così coraggiosamente ha combattuto contro i Redbricks in questa stessa casa. Che ha perso suo padre per mano di queste persone brutali e violente.

Lucky ha trascinato via i cadaveri e confermato che sono i fratelli De Luca, Nathaniel e Sebastian. Ho l'illogico impulso di fasciare la coscia del sopravvissuto per fermare l'emorragia. Brumilde deve avere un impulso simile, perché gli getta una coperta sulle gambe. Lucky chiede cosa dovrebbe fare con lui.

«Aspetta che si svegli», dice Alistair. «Abbiamo delle domande».

Sempre materna, Brumilde distribuisce bottiglie d'acqua a tutti. Accettiamo tutti con gratitudine, e Christopher ne prende due.

«Ho qualcuno che dovreste conoscere», annuncia Alistair alla stanza.

Tutti lo guardiamo come se fosse impazzito. Abbiamo appena sopravvissuto a un massacro, e uno degli assassini è ancora nella stanza, sanguinando sul tappeto. C'è letteralmente l'odore di metallo bruciato e sangue nell'aria. E lui vuole fare le presentazioni?

Si gira e chiama: «Macavoy».

Sentiamo i suoi passi prima di vederlo, e all'improvviso Macavoy è sulla porta, che tiene in braccio un *bambino* di tutte le cose. Ora sospettiamo che Alistair sia doppiamente pazzo. O forse sono io ad aver perso la ragione. PTSD? Il bambino allunga le braccia verso Alistair, che lo prende, sembrando più a suo agio nel tenere un bambino di quanto avrei mai immaginato.

Sbatto le palpebre, sperando di dissolvere questa allucinazione piuttosto bizzarra, ma il bambino sembra essere reale.

«Vi prego di salutare il nuovo membro della nostra famiglia. Alex Harry Ravenscroft».

Detriti e Redenzione

EPILOGO

ALISTAIR

Sapevo che avrebbe scioccato la famiglia, ma non mi pento di aver portato Alexei con me. Devo a questo bambino il miglior futuro possibile. Non mi perdonerò mai, ma forse la redenzione è possibile.

Che Mariya Ivanov riposi in pace.

Non ho ancora elaborato la logistica, ma sono fiducioso che troveremo una soluzione funzionale. Ciò di cui non sono sicuro è come questo influenzerà Ivy.

Tenendo in braccio il piccolo Alex, la guardo, cercando di capire quanto mi odia per aver preso questa decisione senza di lei. Ovviamente non mi aspetto che si assuma alcun tipo di responsabilità per il bambino, ma la sua presenza da sola, che decidiamo di farlo vivere con noi o meno, non è un impegno da poco.

Ivy si avvicina lentamente, aggirando i detriti di vetri infranti e mobili scheggiati. Quando ci raggiunge, mi mette le braccia attorno alla vita. Lei e il bambino si guardano, entrambi con occhi spalancati e curiosi. Sembra che tutti nella stanza trattengano il respiro.

«Beh, ciao, Alex Harry Ravenscroft» dice. La sua voce è la più dolce che abbia mai sentito. Gli porge il mignolo, e lui lo afferra e gorgoglia.

Brumilde si fa avanti. «Posso fare un turno?» chiede, con le braccia tese. Ha sempre amato i bambini. Alex esita a lasciare le mie braccia ormai familiari, ma è conquistato dal calore di Brumilde, e si rannicchia tra le sue braccia con le palpebre pesanti. Lei lo culla e lo porta fuori dalla stanza, chiacchierando con Macavoy mentre se ne va - probabilmente alla ricerca di un biberon e una coperta.

L'intruso mascherato sussulta e raddrizza il collo. Gli occhi si spalancano. Lotta, ma non riesce a muoversi, con i polsi legati saldamente dietro la schiena.

«Va bene» dico, rilasciando un respiro secco, pronto ad affrontare il mercenario. «Torniamo agli affari.»

Ora che abbiamo vinto questa battaglia contro i De Lucas, la mia furia verso i Redbricks si è dissipata. Con la famiglia De Luca morta, sembra che il pericolo dalla fazione rivale sia finito. Allontano dalla mente la conoscenza di Mikhail Kuznetsov, solo per adesso. So che ci aspetta un mondo di dolore con la Mirror Bratva, e ci vorrà tutto ciò che ho per sconfiggerli, ma mi occuperò prima di questo killer a sangue freddo.

Mi preparo, poi do a Lucky il segnale di togliere il passamontagna all'uomo.

Glielo strappa via, e ogni singola persona nella stanza rimane sbalordita in silenzio.

Non solo perché è una donna, con i capelli scuri che le cadono sulle spalle, ma perché la riconosciamo tutti, anche se sono passati più di ventisei anni. Non posso credere a ciò che sto vedendo. La Madre vacilla; cerco di non fare lo stesso. Lei ci guarda con aria di sfida, le labbra una linea sottile, i familiari occhi nocciola che cercano i miei.

La mia voce esce strozzata. «Ariana?»

Vuoi di più?

LA STORIA DI IVY & ALISTAIR CONTINUA

Scusate per il finale in sospeso! Volevo concludere il libro con un colpo di scena.

E, parlando di colpi di scena, vi assicuro che scoprirete TUTTO sull'incontro con Freya nel libro 3.

Spero che seguirete le montagne russe emotive di Ivy e Alistair che li porteranno al loro definitivo piccante lieto fine.

\>> Leggi Born To Be Bad qui.<<